Chapitre I

Paris, le 15 décembre 2006.

Il était neuf heure trente, un quinquagénaire, Georges Charpentier s'engouffra dans le métropolitain à Paris à la station Dugommier située dans le douzième arrondissement de Paris.

Un soleil discret brillait malgré une température hivernale, il était d'excellente humeur. Il portait une sacoche en cuir. Sur les quelques mètres séparant son appartement situé boulevard de Reuilly près de la station de métro, il était interpellé par d'autres piétons qui le saluaient. Il leur rendait la politesse en discutant et continuait sa route en se pressant vers le métro. Il habitait le quartier et y travaillait depuis plusieurs années.

Il prit alors la ligne 6, et choisit la direction de Charles de Gaulle-Etoile. Il savourait cette belle matinée, le ciel bleu éclairait la capitale quand la rame enjamba le pont de Bercy et la Seine. Il descendit à la station Trocadéro, il remonta à pied l'avenue Georges Mandel, et après avoir longé sur sa droite, les murs du cimetière de Passy. Il empruntait la rue sur sa droite, la rue Greuze qui commençait, il reconnut derrière un immeuble au numéro 5 de la rue l'ambassade de Thaïlande à Paris. Devant cet immeuble à trois étages sur la rue, le stationnement était interdit par deux rangées de barrières, une grosse Mercedes pourvue d'une plaque diplomatique était stationnée à proximité.

Une file d'attente s'était organisée sur le
trottoir, une vingtaine de personnes attendaient
l'accès à l'ambassade pour la délivrance de visas
pour des longs séjours dans le pays. Bien éduqué,
notre homme se place dans la queue et patiente, il est
sous les drapeaux du pays où il envisage de se
déplacer pour des longues vacances. Il vérifia
l'absence d'appel sur son téléphone portable, leva la
tête, et aperçut la tour Eiffel qui s'élance dans le ciel
de Paris en dominant les toits du Palais de Chaillot. Il
ne put détourner son regard de la grande dame de fer,
qui perçait la grisaille matinale.
Un bruit de gâche se fit entendre, et lui fit
prendre conscience que la file d'attente commençait à
entrer sous la porte cochère. Il suivit le mouvement,
pénétra dans le long couloir de cet ancien hôtel
particulier, une personne chargée de l'accueil assise
derrière une paroi vitrée, lui indiqua le chemin de la
salle de réception pour les visas.
Elle lui demandait de tourner à gauche. Dans
la salle, il prit un ticket et alla s'assoir dans la salle
d'attente. Il vérifiait le dossier à fournir pour
l'obtention d'un visa d'une durée trois mois. Il
chercha son étui de carte bleue ou il avait déposé la
somme en espèces requise pour les frais d'ambassade.
Il y avait seulement dix numéros dans la liste
d'attente avant son tour, il regardait les autres
personnes qui patientaient, et vérifia dans son porte
document l'intégralité des pièces prévues pour
l'obtention du visa.

Enfin son numéro d'appel parut sur le tableau lumineux, il fonça vers le guichet où une jolie asiatique l'attendait avec un sourire discret.

L'homme était ravi et se sentait déjà hors de la France. Il déposa les nombreux imprimés nécessaires, les photocopies de pièces fournies, elle lui remit un récépissé de réception de son dossier.

Il souriait comme un enfant en égrenant toutes ses pièces, l'employée, elle, ne faisait que son travail sans le moindre sourire et sans chaleur. La totalité des pièces fournies, une huitaine de jours de délai serait nécessaire pour récupérer son passeport et le visa. La secrétaire demandait la somme de cinquante euros en espèces uniquement pour les frais de visa.

Georges était mielleux et heureux devant cette asiatique presque comme un adolescent devant une jolie fille. Quelques minutes plus tard, Georges salua la tour Eiffel sur la Place du Trocadéro pour entrer dans le métropolitain et regagna son domicile parisien.

La fin de l'année s'annonçait bien, Georges Charpentier travaillait toujours dans son agence immobilière. Il la dirigeait depuis plus de 15 années, seule une secrétaire, sa fidèle Jeanne l'assistait. Il était heureux, car il venait de vendre son affaire commerciale depuis quelques jours, la longueur de la procédure de vente faisait que l'acte définitif de cession du fonds de commerce ne serait effectif que trois mois plus tard.

Elle est bientôt proche de la retraite, la vente finalement faisait autant plaisir à Georges qu'à elle, c'était une fin professionnelle honorable pour ces deux personnes. L'esprit de Georges était léger, l'acquéreur de son fonds de commerce était fiable, lui voulait arrêter son activité immobilière. Cette fin d'année coïnciderait avec l'arrêt de son activité professionnelle.

La secrétaire passerait les trois premiers mois de l'année qui arrivaient dans son appartement voisin où elle vivait seule.

Elle adorait son quartier et faisait beaucoup de bénévolat dans des associations dépendant de la mairie d'arrondissement. Elle approchait de la soixantaine, le repreneur de l'agence la garderait encore quelque mois jusqu'à son départ à la retraite.

Cette journée de fin décembre était une journée d'ouverture comme une autre, les chalands présents dans les rues étaient plus soucieux de finir les courses pour les fêtes de fin d'année qu'à dénicher une bonne affaire dans l'immobilier.

Georges dans son bureau, était content, l'arrivée des vacances en Thaïlande et la vente de son affaire le rendaient de bonne humeur, il passait quelques coups de fils pour prévenir de sa longue absence et sa cession d'activité dans quelques mois.

Il vérifia une dernière fois ses billets d'avion et les modalités de séjour sur son ordinateur, réglait ses affaires privées comme la gestion de ses appartements personnels. Sa carrière dans l'immobilier et les revenus de son agence dans les bonnes années lui avaient permis de constituer un petit patrimoine. Ses revenus immobiliers étaient suffisants, pour assurer son train de vie. La vente de l'agence lui donnerait un supplément de revenus qui lui permettra de voyager et profiter du bon temps. Il aimait beaucoup le contact avec les clients, mais l'occasion était belle de vendre son fonds de commerce à 55 ans.

Le décès de sa mère, il y a peu, unique personne à qui il tenait, au début de cette année l'avait profondément marqué, et conforté dans le but de passer de nombreux mois en vacances.

Il n'avait pas d'autre famille, si ce n'est des lointains cousins, qu'il ne fréquentait pas. Plus que quelques jours, et le grand avion l'amènerait vers la Thaïlande, pour passer les mois d'hiver, à son retour il signerait l'acte définitif de cession de son affaire commerciale, tout allait bien dans le meilleur des mondes.

L'heure du déjeuner sonnait, Georges proposait à sa secrétaire, de déjeuner en sa compagnie, il l'invita à la petite brasserie voisine, la Civette, ou il déjeunait souvent. Ce restaurant servait une nourriture bien française, Le patron Bob régnait derrière son bar, un chef cuisinier fidèle qui officiait depuis plusieurs années, et un serveur confirmé Jack composaient cette équipe.

La proximité de ce restaurant à côté de son agence facilitait le choix, il suffisait de traverser le boulevard de Reuilly pour déjeuner rapidement et correctement. L'établissement était fermé le soir mais Georges y prenait quelques verres après la fermeture de son agence. Bob était son copain, ils se côtoyaient depuis presque 15 ans,

Georges et son employée traversaient donc le boulevard, entraient chez Bob, saluait les clients, et partait s'installer à sa table habituelle près la porte de la véranda, table au point de vue parfait. Il pouvait v o i r, déjeuner, et surveiller tous les clients. Cette journée était froide et humide, le plat du jour était un poisson grillé à la sauce aigre douce.

Ce plat asiatique lui plaisait, comme à son invitée aussi, Bob était nerveux, Jack le serveur absent, c'était vraiment inhabituel. Ce jour-là, pour le service de midi, la terrasse ouverte avait ses baies vitrées baignées de lumière. La véranda et la terrasse sont situées dans le musoir entre le boulevard et la rue Dugommier, elles étaient protégées par des gros pots remplis d'arbustes. Les platanes finissaient par donner un air bucolique et ombragé à cet endroit si particulier aux beaux jours. Cette gargote possédait en son propriétaire et patron, une sacrée personnalité, il était la pierre angulaire du boulevard. C'était Bob, son estaminet servait une cuisine simple, bien française comme il le disait et correcte. Son appartement était au premier étage juste au-dessus du fonds de commerce, on y accédait par un escalier intérieur dans le restaurant. Bob, âgé de de 60 ans, avait des cheveux blancs comme la neige, il était divorcé depuis plusieurs années.

Il vivait seul dans son appartement, sans sa maman, ni rue Sarasate, comme le chantait AZNAVOUR. Il était lozérien, d'origine, père d'un fils qu'il ne voyait que très rarement, sa vie c'est son restaurant, il ne sortait que pour ses courses en gros. Certains matins calmes, Bob allait dans la rue pour fumer quelques cigarettes et servir des clients en période d'été sur les terrasses.

Mais le bar c'était son royaume, c'était le boss. L'escalier qui permettait de monter à son appartement était étroit, caché par une porte face au bar. Peu de gens l'on prit, c'était un vieux célibataire, c'était sa garçonnière et son bureau pour son commerce. Son caractère était teinté d'une bonne dose de misogynie, il préférait la compagnie des hommes à celle du sexe opposé, il n'hésite pas à dire haut et fort sa méfiance à l'encontre du sexe dit faible, méfiance est bien sûr un euphémisme.

Notre lozérien vivait dans son restaurant, mangeait dans son restaurant, il ne le quittait que pour dormir et une période de congés au mois d'août pour quelques jours ou il rentrait dans sa province natale. Le soir, il s'enfermait pour sa comptabilité. C'était un travailleur infatigable, du matin au soir, il était au turbin, sa vieillesse prochaine lui faisait de plus en plus savoir que sa vieille carcasse n'était plus aussi vaillante qu'à vingt ans. Il compensait sa fatigue par un peu d'alcool, du matin au soir, il était devant ou derrière son bar.

Quand son taux de fatigue ou d'alcool était à saturation, il avait tendance à manifester bruyamment sa colère et son mauvais caractère. Il possédait son Sancho Pansa comme Don Quichotte, c'était son fidèle serveur Jacky depuis longtemps. Jacky était un employé modèle, il supportait son patron. Ce couple masculin et professionnel était souvent à couteaux tirés pendant le service. Le restaurant était toujours bien tenu du matin au début de soirée. Jacky était marié, il passait plus de temps avec son patron qu'avec son épouse et sa douce belle- mère. Bob était le tôlier et le barman, Jacky était serveur de la salle de restauration et donnait le coup de main, derrière le bar si le chef à un moment d'absence ou de fatigue. Dans ce restaurant, seul, le cuisinier était un petit peu étranger à cette cohabitation, il est toujours derrière son piano, le restaurant ne servait que pour le déjeuner. L'humeur du chef s'avérait souvent massacrante, le service est rapide et notre équation à trois employés marche convenablement depuis plusieurs années.

En cette journée froide et humide, vers les onze heures trente, la Civette était vide, les clients étaient absents, la journée devait être calme, Jacky terminait la mise en place des tables, Bob finissait de ranger l'arrière de son bar. L'inquiétude commençait à monter, le cuisinier n'était pas encore arrivé, Un sentiment d'inquiétude régnait dans les murs. Les fours de la cuisine étaient toujours éteints.

Un grain de sable allait gripper et dérégler cette belle machine de la Civette, patatras, Bob, le boss est derrière sa caisse, il décrocha. Un pressentiment, le chef n'était toujours pas là, c'était un motard averti et il n'avait pas pu le joindre sur son engin.

Bob le patron étai un peu dur de la feuille, il fit répéter car il ne reconnaissait pas la voix de la personne qui appelait. Après une dizaine de secondes de silence, il remerciait son interlocuteur et raccrocha. Le teint de sa peau déjà très clair devint livide. Jacky le regardait et vit bien que la nouvelle n'est pas très réjouissante. Jacky était en tenue professionnelle, avec son tablier de service d'un blanc immaculé et essuyait les derniers verres sur une table.

Ce n'était pas la première fois que le chef des casseroles était en retard, mais Bob ne s'attendait pas à cette nouvelle en cette matinée.

Bob tourna la tête vers Jacky, le regarda et lui dit.

---- *Le chef est à l'hôpital, il a eu un accident, c'est sa femme qui vient d'appeler.* Le patron et Jacky étaient devenus aussi blancs que leurs chemises immaculées, le visage de Bob est déconfit.

---- *Tu vas faire la bouffe*, il ne sera pas là à midi.

Jacky devinait que le service sera difficile, sur la nature de l'accident et la gravité des blessures, Bob n'avait pas pris le temps de demander. En bon employé, il se rendit vers la cuisine et alluma les feux pour parer au plus pressé. Les clients habituels qui ne voyaient pas Jacky dans la salle de restauration étaient déjà installés pour le déjeuner. Bob n'osait pas leur annoncer que le chef était hors service. Le serveur était furieux de se retrouver dans cette petite cuisine mais il n'avait pas d'autre choix que d'obéir à son Don Quichotte du boulevard, il bouillait de rage de l'absence du chef cuisinier.

Les clients continuaient à arriver pour le déjeuner, et s'installaient sur les chaises, Bob était livide et affolé, mais il devait faire face à ses clients. Il prenait les commandes sur son carnet de service et amenait les commandes à Jacky en cuisine. Les clients demandaient des nouvelles de Jacky, il maugréait et répondait dans le vide. Une apparition dans la salle, le serveur arrivait et servait une table avant de rentrer rapidement dans la cuisine. Petit à petit, les clients apprenaient que le chef cuisinier était absent et que le service serait fait par le patron qui était en transe.

Le cuisinier de la journée allait faire ce qu'il pouvait dans ses casseroles. Malgré sa volonté et savoir-faire, le service était long, les plats arrivaient au compte-goutte, les clients non avertis de l'absence du chef faisaient contre mauvaise fortune, bon cœur. Un client célibataire et oisif en cette journée, proposa ses bons offices, et donna un coup de main, derrière le bar qu'il connaissait bien. Bob limita la casse et prenait les commandes des clients.

Jacky nageait dans les plats, la cuisine était en désordre, le service de midi se termina dans la douleur et la fatigue, les derniers clients du déjeuner quittaient le restaurant, déçus par la pitance. Mais les clients fidèles étaient pour la plupart compréhensifs et magnanimes. Georges et Jeanne avaient subi avec amusement ce petit moment de panique. Seuls les habitués comprirent plus tard les explications de ce grain de sable dans les rouages de cette belle machine. Le repas consommé, l'après-midi passa et l'agence ferma ses portes pour l'avant dernier jour avant les vacances au soleil pour Georges.

Le lendemain, c'était le dernier jour de travail pour Georges, il fermerait son agence plus tôt, ce samedi sa secrétaire était de repos. Il était entre deux états d'esprit entre celui du futur vacancier et celui du responsable d'agence qui devait terminer quelques dossiers de location avant de fermer sa

boutique pour deux mois. La matinée passait très
vite, il se rendrait tout seul chez Bob, pour déjeuner
mais il s'assurait que tout allait bien.

Le chef-cuisinier était revenu après son petit
accident de la vieille, Jacky était au service, Bob
derrière son zinc, tout allait bien dans le meilleur des
mondes.

A peine remis de la veille, tout le personnel
est présent, la chute en moto avait été sans gravité
pour le cuisinier, seuls des hématomes étaient
visibles sur un bras. La petite entreprise revivait,
le service devait reprendre comme tous les jours,
l'atmosphère était plus détendue.

La journée était belle, un petit soleil de
décembre brillait. La table habituelle de Georges
possédait un petit porte nom avec l'inscription «
réservé », il s'asseyait et regardait son journal qu'il
venait d'acheter au kiosque qui était devant la sortie
du métro Dugommier. Comme la veille, Georges
avait réservé la table qu'il occupait quasiment tous
les midis, il saluait à son arrivée quelques clients
habituels, puis il s'asseyait. En s'installant pour le
déjeuner, les habitués avaient rapidement appris
que le chef était là derrière ses fourneaux, les
commandes débutaient. Jacky en bonne tenue
rayonnait entre les tables et racontait sa mission
imprévue de la veille aux habitués. Un couple de
deux jeunes filles entra dans l'estaminet, s'installa
autour d'une table et patienta pour commander.

Jacky arriva avec son petit carnet à souche,
les deux clientes prirent d e u x plats du jour et une
carafe d'eau. Le service fut rapide et nos deux filles se

mirent à consommer leur plat en discutant. Tout se
passait bien, quand une abeille égarée dans le
restaurant se mit à tourbillonner autour de la tête de
l'une d'elle.

L'insecte ne voulait pas quitter la zone
surement attirée par quelques assiettes qui lui
plaisaient. L'une des jeunes filles appela le patron,
qui arriva pour connaitre, le motif de l'appel. Il tentait
de faire fuir l'intruse à l'extérieur de la véranda
ouverte.

L'insecte était retors, il ne voulait partir, Bob
tenta de l'écraser entre ses deux mains comme s'il
voulait applaudir. Du premier coup, il écrasa l'abeille,
qui tomba dans l'assiette de la jeune fille. Sur sa
lancée et pour finir le travail, il prit la fourchette et
acheva la bête dans l'assiette.

L'ingénue effarée de la fin de son histoire, et
lui dit qu'elle ne paierait pas son plat car elle ne
l'avait pas fini.

Le patron quitta rapidement la table pour aller
continuer son service, et expliqua à Jacky, l'histoire
de l'abeille, mais le tourbillon du travail les reprit.
Quelques minutes après, les deux filles demandèrent
la note, Bob l'imprima sur sa caisse automatique.
Jacky la prit dans la petite soucoupe et la déposa sur
la table. Il ne voulait pas de cette patate chaude que
son patron voulait lui donner. La fille lui dit qu'elle ne
paierait son plat souillé par l'insecte écrasé. Bob fut
appelé comme tout patron dans ces cas de
contestation. Quelques minutes après, il arriva
autour de la table ou cela allait chauffer. Il était
énervé, il commençait à bégayer en cherchant ses

mots.

---- *Mais, mais, vous l'aviez fini votre assiette, quand je l'ai écrasé !*

---- *Non, je ne paierai pas mon plat*, dit-elle.

Le ton monte, les clients habitués à ces coups de calcaire du patron et ses crises sentaient bien que la situation allait s'envenimer. Le ton continuait à monter, Bob au lieu de calmer les deux jeunes filles, éructait en disant que si elles ne payeraient pas, il appelait la police.

---- *Mais, mais, vous l'avez mangé votre assiette !* dit-il en bégayant

---- *Non, je ne l'ai pas finie,* répondit une des jeunes filles.

---- *C'est toujours avec les grognasses et toutes ces femmes que l'on est emmerdé,* dit le lozérien, furieux.

Puis il rajouta :

----*C'est à cause de ces grognasses, qu'il y a autant de pédés !*

Les clientes et clients déjeunant à proximité furent outrés par ce langage, une partie des convives de passage ne reviendraient pas pour entendre des paroles si misogynes. Quelques clients, témoins de la scène de l'abeille et des réactions des voisins attablés tournaient la tête à la recherche d'une caméra cachée, tant cette scène faisait penser aux gags de l'émission télévisée.

Le restaurant était devenu une scène des Muppets Show, quand derrière Bob qui engueulait les filles, apparut la tête de Jacky qui enguirlandait les jeunes copieusement. On était à Clochemerle.

Lasses de se faire insulter, les filles quittèrent le
restaurant en ne réglant qu'un seul repas.

Bizarrement, un homme qui déjeunait, un
ami du patron du restaurant, prit parti pour Bob, et
insulta copieusement les deux filles qui quittaient
les lieux, pourquoi, personne ne sut les causes de sa
colère. Les deux jeunes filles jurèrent, mais un peu
tard, qu'elles ne reviendraient plus dans ce bouge.

Georges toujours assis sur sa chaise à sa place
préférée était hilare par la prestation du personnel et
se disait qu'il n'y avait pas que lui qui avait besoin
de vacances. Après ce repas digne d'un film ou
caméra cachée, il regagna son agence pour y passer
quelques coups de fils. Il était radieux et quittait le
restaurant devenu fou en cette journée. Il était déjà
en vacances, c'était le dernier samedi et sûrement le
dernier jour où il s'occuperait de son magasin, la
vente de son agence n'avait pas filtré dans le quartier.
A son retour de vacances, la vente serait définitive,
il transmettra le flambeau et surtout, il arrêtera de
travailler. Il préparait en souriant, un panonceau
pour indiquer que l'agence serait fermée pendant
deux mois, il ajoutait le numéro de téléphone et
précisait que le répondeur serait consulté de façon
régulière pendant la fermeture.

Une fois rédigée et imprimée, l'affichette fut
apposée sur la porte, il tourna une dernière fois la clé
de son commerce ferma pour une dernière fois la
porte de son commerce. Il baissa la grille, regarda
une dernière fois la façade de l'immeuble et de son
agence. Il quittait avec le cœur léger son magasin et se
dirigeait vers son domicile pour terminer ses bagages

pour son départ dans la nuit pour l'Asie.

A l'arrivée dans son immeuble, il vida sa boite à lettres inondée de prospectus, et remonta dans son appartement. Sa grosse valise, trônait sur le canapé, à moitié remplie d'effets bien rangés. Les soirées qui précédaient avaient été consacrées aux premiers rangements, il était tellement maniaque que ses habits étaient repassés et rangés soigneusement dans la grosse valise.

A côté de ce gros bagage, un stock important de feuilles de papier de soie patientait, il lui servirait pour le pliage de ses habits.

C'était son truc de vieux célibataire, seule habitude et souvenir de son ex-épouse, de laquelle il était séparé depuis plus de quinze ans. Cette astuce lui laissait des habits une fois enroulés et pliés, dans un excellent état à l'ouverture de ses bagages. A l'arrivée, le vêtement était déposé sur des cintres ou dans des rangements, Georges était soucieux de sa personne, et toujours vêtu d'habits propres et repassés.

Il était toujours d'une tenue soignée, jamais négligée, même en vacances. Les bagages étaient clos, quelques babioles restaient à ajouter dans son sac à dos.

Il ne manquait plus que le passeport, les tickets d'avion, et le courrier électronique avec le descriptif de sa réservation. Le décollage était prévu en fin de soirée à vingt-trois heures trente, à l'aéroport Roissy Charles de Gaulle. Il prit une petite collation dans la cuisine, quand de sa fenêtre, il aperçut un taxi qui se garait devant chez lui sur le

boulevard mais ce n'était pas le sien. C'était trop
tôt. Un dernier tour dans les toilettes, il prit ses
derniers produits cosmétiques, il usait de plusieurs
types de crèmes de soins pour son apparence, et
produits d'entretien capillaire.

Ses cheveux étaient noirs, entretenus de façon
artificielle par de nombreuses teintures, sa brosse en
arrière était impeccable tout au long de la journée,
malheur à une mèche rebelle ou indisciplinée qui
quittait le giron capillaire. Elle était reconduite par
cette brosse immédiatement dans une position
voulue.

Il portait dans ses poches d'habits, une petite
brosse à cheveux, un petit tube de gel de maintien, et
il la sortait souvent pour être sur son 31. Sa crinière
était parfaite par tout temps ou saison. Dans le
meuble haut de sa salle de bains, il prit plusieurs
boites de préservatifs qu'il avait achetés
discrètement à la pharmacie voisine chez son
copain du boulevard.

Ses protections personnelles furent déposées
dans son sac à dos, pour un usage prévu plus
tardivement. Il était célibataire, le quartier lui
prêtait quelques aventures mais point d'amie ou
maitresse attitrée. Il était seul dans la vie, et la solitude
lui allait bien. L'allure de ce prochain sexagénaire
était toujours correcte, Il portait souvent en été des
polos de marques, signalés par un petit saurien,
qu'il fermait jusqu'au cou, la gorge était rarement
visible. L'hiver, il portait toujours des costumes
recouverts d'une grosse surveste de cuir retourné
avec un double col. Sa silhouette était familière

dans le quartier, c'était l'agent immobilier du boulevard.

En ce jour de départ, il avait allégé sa tenue, revêtu un polo habituel d'été. Il déposa son téléphone portable dans un tiroir, il ne voulait pas être dérangé pendant ses vacances par des clients. Un pull de couleur vive de la même marque gueule ouverte fut jeté sur ses épaules ; il était en parfaite tenue de golfeur ou de vacancier.

Le téléphone sonna, c'était le taxi qui le prévenait qu'il était arrivé devant chez lui, il est vingt heures. Il posa rapidement ses cadenas sur son gros bagage de soute, puis ferma son sac à dos. Il coupa le compteur électrique et ferma méticuleusement les fenêtres. Son voisin, Hubert le vit quitter son appartement rapidement, quelques paroles banales, et vœux pour la nouvelle année.

La porte blindée close, il fallait porter la grosse valise sur l'escalier jusqu'au rez de chaussée. Ouf, c'était fait, les roulettes du bagage se dévouaient pour aller plus vite vers la voiture qui attendait pour le départ vers le soleil.

Un salut au chauffeur, la voiture se dirigea rapidement vers la Porte Dorée et le périphérique intérieur saturé en ce vendredi soir, mais le chauffeur du taxi confiant pour l'arrivée à l'aéroport.

La discussion continuait sur la circulation routière quand le trafic sur l'autoroute du nord se fluidifia, Georges était rassuré, le GPS du taxi indiquait une arrivée sur le terminal voulu vers 21 h 00.

Enfin, l'immense terminal numéro 1 se

devinait avec de nombreuses corolles de lumière, puis ce fut l'arrivée à la station de taxis.

--- *Bon voyage* ! dit le chauffeur en le déposant devant la porte prévue.

--- *Merci*, répondit Georges.

Georges rentra dans le hall, se dirige vers le tableau affichant les départs, le vol prévu et décollage sans aucun retard annoncé. Georges commença à passer tous les contrôles de sécurité. Après la dernière attente dans les salons, il regarda ce magnifique oiseau d'aluminium et de métal qui devait l'acheminer vers son lieu de vacances.

Une voix appela les passagers à se préparer à l'embarquement, il prépara son passeport, son ticket d'embarquement, puis une fois passé le dernier contrôle, il pénétra dans l'appareil. Il fut accueilli par des hôtesses ravissantes qui le saluèrent à la thaïlandaise. Le wai traditionnel par de si jolies filles, notre touriste était ravi de cet accueil si sympathique qui lui laissait augurer une excellente villégiature.

Il répondit au salut par un « sawadee khap », puis gagna sa place en attendant le décollage qui ne tarderait pas. Une fois assis à son siège, et installé, son regard acéré se posait sur tout le va-et-vient des hôtesses et du personnel navigant, dans l'habitacle pour guider les nouveaux entrants dans l'appareil. Il adore regarder les corps si minces et si attirant des hôtesses, qui pour le départ et le décollage avaient revêtu des tenues asiatiques de soie d'un violet magnifiquement brodées.

Il était déjà en Thaïlande, même si le gros Airbus était encore sur les pistes françaises.

Une fois l'autorisation de décollage donnée, l'immense oiseau s'envola comme une fleur et prit l'altitude de croisière en direction de la lointaine Bangkok. Comme un miracle, une fois l'altitude atteinte, le personnel se représenta pour servir le dîner dans une tenue plus adaptée, mais d'une couleur mauve moins seyante.

La si belle hôtesse qui l'avait accueilli avec le sourire, arriva pour lui proposer la carte des mets pour ce dîner. Il choisit un plat thaïlandais à la sauce aigre-douce pour se rapprocher rapidement du parfum de son lieu de destination.

Le repas se termina, Georges en vieux garçon prépara sa couche, testa les masques occultant, puis les boules Quies.

Il prépara son siège pour la nuit. Il rêva comme un adolescent de cette si jolie hôtesse, ses pensées masculines et hormonales se calmèrent vite et le sommeil arriva. Mis à part quelques réveils dus à des turbulences et rappels de l'équipage pour clore les ceintures de sécurité, la nuit fut tranquille.

Une heure après le petit déjeuner servi, l'avion se posa à Bangkok, la jolie hôtesse thaïlandaise disparut de sa vie. Il fit une courte escale dans le tentaculaire aéroport, puis il embarqua sur un airbus A 319, de la Thaï Airways qui devait l'amener avec beaucoup d'autres touristes vers l'île tant désirée. L'aéronef était complet, le décollage rapide envoya tous ces touristes vers le ciel bleu de la mer de Chine.

A quelques kilomètres au-dessous, des bateaux croisaient, le spectacle était permanent, le visage de notre vacancier ne décollait pas de cette vue si monotone mais si belle.

Ce bleu turquoise et ces beaux reflets étaient un ravissement pour ses yeux. Il y avait peu de personnel navigant à son goût, dans le petit avion, uniquement des stewards masculins, la belle hôtesse du long courrier était déjà oubliée. Le pilote annonça la descente sur Koh Samui, Koh Phangam, était la première île survolée avant que l'avion ne se posa.

Quelques miles plus tard, la statue du Grand bouddha qui gardait l'entrée de l'île, saluait l'arrivée de tous les avions qui se posent sur la piste d'atterrissage. Le rêve commençait, les vacances, la retraite de Georges. Quel changement après l'atterrissage, la descente de l'avion par un escalier passerelle en extérieur où la chaleur était étouffante. Les passagers montaient dans des petits wagons sans portes, tractés par des drôles de petits trains, pourvus d'un toit bienvenu pour les conduire dans le hall où ils récupéreraient les bagages.

C'était un grand bâtiment entouré de superbes jardins asiatiques, ouvert à tous les vents, laissant passer une petite brise accueillante. Le petit aéroport avait une piste unique sur laquelle se succédaient toute la journée les vols d'arrivée et de départ. Les premières valises sortaient et montraient le bout de leur nez, une fois la sienne récupérée, Georges finit de traverser les locaux dont les petits couloirs et chemins sentaient bon la Thaïlande. Les formalités de douane ayant été faites à Bangkok. Un européen souriant, attendait au bout du hall des arrivées.

C'était Antony, le propriétaire de la maison, Georges y avait loué un studio pendant les trois mois de ses vacances sur l'arrière de son gros pick-up, la voiture reprit la route côtière, qui l'amena vers sa location. Sur sa droite, le bouddha est toujours là, et semblait lui donner la direction pour sa route. Antony, accueillait toujours ses locataires de cette façon pour les nouveaux arrivants, il les ramenait souvent vers l'aéroport en fin de séjour. Ils étaient francophones, comme son épouse Danielle, d'origine hollandaise, ils avaient investi dans une grande maison et habitaient à l'année en Thaïlande depuis plus de dix années. La route qui allait de l'aéroport à la maison d'Antony suivait la côte, après un grand carrefour qui longeait la plage de Fisherman.

La maison des hôtes se trouvait sur une grande colline voisine de NAE MAN qui donnait sur l'Ile voisine de Koh Phangam.

Un petit virage sur la gauche, un chemin de terre, puis goudronné, la maison se cachait derrière un mur percé d'un portail coulissant en bois rouge. Deux petites niches creusées de chaque côté du portail, laissaient apparaitre des statues de bouddhas qui semblaient surveiller les entrées dans ce jardin.

Le portail de bois s'ouvrait sur un grand jardin exotique aménagé avec une imposante fontaine et un superbe jet d'eau.

De l'extérieur de la maison, on ne voyait que des cocotiers de grande taille, une fois descendu de la voiture, le bruit permanent des chutes d'eau couvrait tous les autres si ce n'était quelques cris d'hirondelles ou d'autres oiseaux. Danielle, l'épouse descendit les marches qui donnaient vers la piscine à déversoir et vint saluer le nouvel arrivant avec un grand sourire, et un accent du Nord de l'Europe.

La belle demeure moderne possédait des petits studios aménagés avec soin de chaque côté du bâtiment principal, tous les appartements possédaient une vue sur la rade, Georges y fut conduit pour déposer ses affaires. Les trois appartements étaient loués à des touristes de plusieurs nationalités.

Les deux hôtes invitèrent Georges au restaurant pour diner en signe d'amitié et de bienvenue, il en accepta l'augure. Il commença à sortir ses affaires de sa grosse valise pour les déposer dans la penderie de son petit appartement, en prenant soin de replier soigneusement les feuilles de papier de soie pour le voyage retour. Le petit appartement possédait une terrasse sur l'extérieur, une cuisine équipée, la chambre sur l'arrière était meublée avec un lit à baldaquin et une moustiquaire si besoin. La vue était partout extraordinaire, une fois, les affaires déposées en bon ordre sur les cintres, il se rendit à la piscine à quelques mètres de sa terrasse.

Elle était magnifique avec une faïence bleue et une superbe gravure au sol qui symbolisait le Ying et le Yang de couleur blanc et noir. Une grosse tête d'éléphant fixée au mur dissimulait dans sa trompe une arrivée d'eau pour la douche. Georges fit quelques longueurs sous sa présence bienveillante et s'assoupit sur le matelas confortable d'un transat.ca Les vacances se présentaient bien, il prit une douche sous la tête du pachyderme de pierre, il fallait se préparer pour le dîner auquel il était invité.

La nuit tomba, le pickup quitta la maison, descendit la longue côte, puis se dirigeait vers de la ville de Nathon. Des petits débits de boissons, des petits bars ou se trouvaient des jeunes filles qui se livraient à la prostitution bordaient cette petite route.

Les yeux de Georges faisaient des allers et retour entre les deux côtés de la route. L'accueil sympathique de la patronne à l'arrivée au restaurant le ravit. La terrasse était grande sur pilotis reposant sur les rives d'un lac que l'obscurité ne permettait pas de distinguer en totalité. Les vacances désirées par le parisien débutaient bien. Le mobilier du restaurant était imposant, les tables en bois massif, les chaises extrêmement lourdes à manier, mais la soirée si douce et agréable commençait.

Après un repas typique, la soirée se termina par le retour à la maison, et des embrassades sincères. La nuit passa, après le petit déjeuner offert par les hôtes, le maître des lieux l'amènerait louer un deux roues pour se déplacer sur l'île. Antony connaissait une personne, qui tenait un magasin de location de véhicules. Sa boutique était non loin du restaurant à Mae Nam.

La nuit fut excellente, au petit matin, Antony l'attendait dans la cour pour l''amener au loueur de véhicule. L'hôte, le déposa devant la boutique de location puis fonça vers l'aéroport pour récupérer d'autres arrivants. Dans le petit garage, où plusieurs employés réparaient et nettoyaient des deux-roues, il remarqua une pile impressionnante de bouteilles de verre.

Un présentoir sommaire trônait, plusieurs
dizaines de bouteilles remplies de liquide ressemblant
à de l'alcool de couleur beige comme un vieil
armagnac.

Ici, tout le monde vendait du combustible pour
moteur deux temps, cette essence se vend partout sur
toutes les routes de l'ile.

Les deux roues sont le mode de transport si
pratique et souvent unique pour une famille locale.
Souvent des familles entières s'y déplacent sur le
même cyclomoteur, deux, trois, quatre, voire cinq
personnes sont sur le même destrier. C'est l'Asie,
Georges appréciait cette vie si particulière. Il choisit
un scooter de petite cylindrée, avec un siège double
et un petit caisson à l'arrière, qui lui rendrait service
pour ses courses et déplacements.

Le nombre de clients en attente chez le loueur
était important, visiblement de nombreux européens
attendaient leurs deux roues. Pour gagner du temps, il
tendit au patron, une poignée de baths, le propriétaire
qui connaissait bien Antony, sans compter le total de
la liasse lui fit un signe de main pour lui signifier que
c'était bon, pas le temps de faire le contrat. Encore
une facture qui ne connaitrait pas les affres de
l'administration fiscale de la Thaïlande.

Le scooter démarra comme une horloge, le
loueur lui apporta une bombe de cavalier, le seul
casque de protection qui lui restait à disposition de ses
clients. Georges qui ne voulait pas trop abimer ses
cheveux gominés, ne le voulait pas.

Le loueur insista en lui expliquant que

c'était obligatoire et que depuis quelques mois, la
police thaïlandaise commençait à verbaliser les
touristes pour tenter de faire baisser le nombre des
accidents. Georges accepta de sacrifier une partie de
sa chevelure pour se protéger. Il démarra sur la route
côtière, en faisant preuve de prudence, le thaïlandais
n'étant pas réputé pour sa conduite calme et raisonnée.

En plus de la conduite à gauche, il devait
s'habituer au flux incessant des deux roues et aux
voiries souvent dangereuses avec des nids de poules
en quantité.

Les touristes, se comportant avec le code de la
route local aussi mal que les autochtones, la route
thaïlandaise devenait parfois, une aventure à elle
seule, certains comportements étaient très dangereux,
quelques touristes se moquant des règles de
prudence en toute impunité. Après des débuts
hésitants dans cette jungle asiatique et urbaine, la
route défila à allure très modérée, Georges jetant des
coups d'œil sur les bars à filles qui à cette heure
étaient déserts mis à part quelques rares clients
esseulés sur les terrasses.

Il fit ses courses de bouche au magasin
Tesco qui est à proximité puis rentra tranquillement
dans sa location. La chaleur tombait, un petit bain
dans la piscine allait s'imposer. L'emploi du temps
était prévu, Georges avait invité Antony et son
épouse à un repas de bienvenue. Le restaurant de la
veille avait plu, les trois personnes s'y donnaient
rendez-vous ce jour, à dix-neuf heures. Le pick-up
démarra de la résidence, descendit la route avec les
hôtes et notre vacancier pour un petit diner.

Ce restaurant ne se trouvait pas loin de la bordure de mer, sa terrasse reposait sur des pilotis qui enjambaient les bordures d'un lac d'eau salée. Sous les tables étaient disposés des appareils à combustion qui avaient le mérite d'éloigner les moustiques des clients. La patronne arriva pour recevoir les clients, c'était une birmane qui avait épousé un thaï, depuis elle tenait ce restaurant fort fréquenté car il était placé idéalement près de deux grands hôtels à l'européenne.

Ces hôtels ne possédaient pas de salle de restauration dans ses murs. Vu la modicité des prix des restaurants typiques, la salle de son restaurant et sa grande terrasse ne désemplissaient pas. Curieusement, au début de repas, une lumière artificielle scintillait dans le lac voisin plongé dans le noir.

Petit à petit, la silhouette d'un homme qui portait un éclairage sur son crane tel un mineur, se trouvait au milieu de l'étendue d'eau, il disposait un filet qui lui permettait de pêcher la nuit et ramener du poisson qu'il revendrait ensuite. Georges goûtait ce tableau si inhabituel en Europe, et passait une agréable soirée avec ses hôtes.

Le temps était beau, peu d'air frais, mais l'ananas frit et sa garniture de riz le ravissait. Après le dessert à base d'ananas frais, baignant dans un jus très sucré, termina cette soirée.

Il était temps de regagner l'appartement, le jet lag commençait à peser sur les paupières de Georges, le retour fut silencieux, il se réveilla sur le parking, Antony dut le secouer pour le délivrer des bras de Morphée.

Le lendemain après son petit déjeuner, il reprit la direction du grand magasin de l'île, le MAKRO.

Le petit scooter de marque japonaise était pourvu derrière sa selle, d'un top case qui allait bien lui servir pour ses courses au cours de son séjour. Quelle belle journée ! Georges arborait un sourire éclatant, il aimait la quiétude et le soleil brillant, il roulait tranquillement sur la route qui le menait vers le supermarché.

Il s'arrêtait fréquemment, regardait la vie de tous ces gens et surtout en insistant sur les corps des jolies filles qui se trouvaient sur le chemin. Il regardait avec jalousie tous ces européens de tout âge, qui se payaient ces compagnes temporaires et tarifées. Le trafic routier était très important notamment celui des deux roues. Il devait faire attention à la circulation. Certains vieux séducteurs européens se prélassaient sur leur motocyclette avec leur dernière conquête sur le siège qui les enlaçait. Ils étaient tous démunis de casque comme s'ils voulaient montrer la puissance de leur sex-appeal, et leur grande facilité de séduction avec la gent féminine.

Georges ne dédaignait pas la compagnie de ces filles mais son côté vieux célibataire l'empêchait d'avoir une compagne habituelle. Il aimait la compagnie des femmes occasionnellement, et si possible, sans perdre du temps dans les prémices de la drague. Ses vacances, il les consacrait au farniente et les soirées à la drague facile et tarifée avec des baths en poche. Pour qui connait le flux des véhicules en Asie, la conduite thaïlandaise relève du sport d'évitement, les locaux souvent installés dans des pick-up ne s'embarrassent pas des deux roues. Notre touriste devait en plus de la conduite sur la partie gauche de la chaussée, faire preuve de grande prudence.

Sur le conseil de son hôte, il se rendit de nouveau au supermarché MAKRO qui était réservé aux grossistes, mais tolérant avec le business des particuliers. Il tourna sur sa gauche, et gara son scooter sur son imposant parking réservé aux deux-roues. Georges mit son cyclomoteur à l'abri du soleil et de la chaleur, ce parking était couvert partiellement.

Il fit ses courses principales, puis s'aperçut de la loi thaïlandaise sur les alcools quand la caissière lui garda son pack de bière. A l'heure de son passage, la vente d'alcool était interdite. Il s'étonna mais sourit et sortit du supermarché.

Georges rentra à la location, sur la route du retour, il s'arrêta près d'un tricycle stationné sur la route. Son propriétaire y avait monté une petite cuisine roulante et vendait des brochettes de poulets grillées qui étaient accompagnées d'une portion de riz cantonnais. Il dévora tout sur place, et repartit vers sa location avec ses denrées pour y faire une sieste bienvenue au bord de la piscine à déversoir.

Les vacances démarraient bien, la météo était bonne comme souvent dans cette période.

Chapitre II

Ile de Koh Samui Thaïlande.

La petite maison blanche est située au bout
d'un chemin de terre qui relie la route côtière de
Bophut, à une encablure du quartier Fisherman, aux
plages magnifiques où foisonnent des restaurants et
les touristes. La demeure au toit en fibrociment,
repose sur des piliers en bétons à une hauteur de
cinquante centimètres du sol, pour la protéger de
l'humidité, des pluies fréquentes et des rongeurs.
Une parabole de télévision de couleur orange vif
décore le toit recouvert de mousses. Devant la façade,
sont empilées un tas de chaises de plastique
blanches. Des tuyaux d'arrosage traversent le jardin
dans un grand désordre. Un garage ouvert pour un
véhicule prolonge la maison, il y règne comme
ailleurs un grand désordre avec des chaussures qui
prennent l'air sur un présentoir extérieur et du linge
séchant sur des cintres.

Le propriétaire est ouvrier dans une fabrique
de meubles de plein air, monsieur Ming est marié,
son épouse reste à la maison, les trois enfants sont
déjà à l'école. La cour à l'arrière du bâtiment est
remplie d'ustensiles de toutes sortes. Deux
cyclomoteurs sont à l'état d'épave et rouillent sous
une haie épaisse, surveillés par un groupe de poulets
qui picorent sous le vide sanitaire de la maison. Un
chien, de race difficile à identifier, sommeille sous un
eucalyptus, accroché par une corde à un pieu planté

dans le sol.

Une chevelure longue entourait des yeux noirs
et fatigués. La jeune femme vêtue de short de nuit,
d'un tee-shirt aux couleurs passées, chaussée de
tongs, sortait de son sommeil.

Elle était ivre de fatigue, elle se dirigea vers
les toilettes situées dans un petit coin au fond du
jardin. Une caresse machinale, au chien toujours sous
son arbre et quelques mots, la jeune femme se dirigea
vers la cuisine pour s'y préparer un thé comme
premier repas de la journée. Madame Ming, la
propriétaire, ne lui avait pas adressé la parole
depuis son lever, elle baissait la tête sans dire un mot,
et éviscérait le poulet.

La jeune femme but son thé dans un vieux
verre usé, et se dirigea sur sa paillasse pour y finir la
nuit trop courte. Elle referma son rideau occultant, et
se rendormit presque immédiatement.

La cuisinière la regardait en frappant le poulet
fort avec son hachoir, pour le découper. Une heure
plus tard, May se réveillait de nouveau, elle était
fiévreuse, mais son travail l'attendait.

Elle se rendit dans la salle d'eau qu'elle avait
l'autorisation d'utiliser, une fois par jour, pour sa
toilette. Elle ne pouvait pas se permettre de
manquer son travail, elle devait régler son loyer, et
envoyer de l'argent à sa famille du nord de la
Thaïlande. Elle travaillait comme hôtesse dans un
bar fréquenté par beaucoup de touristes européens.

Officiellement, elle était serveuse au

restaurant, officieusement elle vendait ses charmes après le service pour arrondir ses fins de mois.

Le bar où elle était employée, se trouvait dans la grande rue de Chaweng et très proche du grand parking qui longeait les bassins d'eau de l'île. Sur ce périmètre, se trouvait plusieurs dizaines de bars de ce type, il s'y diffusait de la musique asiatique et surtout européenne. La clientèle masculine de tout pays s'y retrouvait sur des hauts tabourets pour boire et rechercher la jolie personne qui vendrait son corps et égayerait la fin de la soirée.

A l'arrière, de ce bar, une salle était prévue pour des massages locaux, un peu plus bas dans une courette des sièges s'alignaient, où attendaient deux femmes vêtues de tenues très vives, d'âge mur qui officiaient comme masseuses, pédicures ou manucures. La majorité de ces masseuses étaient des anciennes prostituées qui finissaient une carrière plus conforme à leur âge. Certaines prestations féminines tarifées se passaient dans le parking, quoi qu'éclairé, sa vaste étendue permettant des échanges rapides entre nouveaux amoureux de deux sexes.

Ce grand parking permettait aux touristes de stationner près de la grande rue de la ville. Une grosse partie de la route était réservée au stationnement des deux roues qui sur des centaines de mètres étaient alignés sur le côté gauche. La jeune May était l'ainée d'une famille de six enfants, ses parents et sa fratrie habitaient dans le nord du Pays dans la province de Kalasin, près de la frontière avec le Vietnam.

Son père, petit agriculteur, ne pouvait nourrir

sa famille, May avait quitté son village pour
travailler dans la zone touristique comme serveuse.
Son oncle possédait la petite maison où elle habitait.
Elle y logeait dans son petit réduit, son oncle avait
payé le long voyage pour qu'elle vienne travailler sur
l'île de Koh Samui. Elle était redevable à son oncle et
tante, de ces frais qu'elle remboursait petit à petit
ainsi que le loyer pour son hébergement. Tout le
reste de ses revenus était envoyé à sa famille dans le
Nord, cette somme était indispensable à la survie de la
famille. Il y a plus de deux ans, elle avait traversé le
pays dans un très long voyage en car jusqu'à la
province de Surat Thani puis pris le ferry qui l'avait
déposé sur l'île.

Ce travail lui avait été proposé par l'oncle qui
connaissait bien le propriétaire du bar restaurant,
May n'avait pas eu le choix, la survie de sa famille
était trop importante. Les derniers évènements
climatiques avaient détruit les récoltes du papa dans le
nord. Elle était très jolie, de taille moyenne, elle était
la thaïlandaise type avec un visage d'enfant et une
belle chevelure noire. Seuls ses yeux trahissaient la
fatigue de son travail nocturne. Elle cachait un
sourire qu'elle dévoilait aux clients de son restaurant.

Ce début de journée, pour elle, coïncidait avec
le début de l'après-midi pour sa logeuse.

Elle prit une douche rapide pour se remettre en
forme et se fit réchauffer un thé. Elle se mit en tenue
de travail, c'est-à-dire short moulant en jean et un tee-
shirt sans manche de couleur vive. Elle termina le
séchage de ses cheveux à l'aide d'un sèche-
cheveux très bruyant. La première cigarette fut

allumée, elle échangea quelques mots avec sa propriétaire sans chaleur et surtout par nécessité. Il fallait régler le loyer du mois échu, May, se dirigea vers sa chambre exiguë.

Elle partit chercher la somme d'argent qu'elle dissimulait dans un petit recoin. Elle prit une liasse de billets qu'elle mettait de côté pour régler son loyer. La Thénardière et patronne des lieux recompta la somme minutieusement pour s'assurer de l'intégralité de la dette. Elle partit les cacher à l'intérieur de sa maison.

Elle lui fit un signe de tête mais sans un mot pour la remercier. Le passage de la jeune fille devant la vieille glace qui servait de miroir lui rappela que son visage trahissait son rythme de vie effréné. Elle regagna son réduit, posa sur son visage un fond de teint pour gommer quelques imperfections et un antiride pour gommer toute trace de fatigue. Elle récupéra les clés de son scooter qu'elle louait également à son oncle et sa tante, son sac à dos sur ses épaules, elle fit démarrer son cyclomoteur.

Elle devait amener sur le lieu de son travail, sa copine, qui elle aussi, ne demeurait pas très loin de son hébergement.

Son amie, Lia était aussi originaire du nord du Pays, faisait le même métier et surtout pour des raisons quasiment identiques. Rapidement, elle remplit son sac à dos avec quelques effets, trousse de maquillage, cigarettes, elle fit démarrer son véhicule. Il était déjà seize heures, le début de son travail au bar restaurant était prévu à dix-sept heures.

Le travail en soirée, c'était uniquement

l'accompagnement des clients dans le bar et terminer la nuit avec eux. La route côtière était très fréquentée en cette heure, elle s'arrêta devant un 7 Eleven. Cette chaîne de magasins présente sur l'île est reconnaissable avec sa grande enseigne de couleur verte, magasin d'alimentation en tout genre. Son amie patientait devant, assise sur une vasque de fleurs. Une bise fut échangée, un grand sourire quelques mots, et les deux passagères partirent pour le restaurant où elles collaboraient. Après avoir quitté la route principale, et circulé sur la grande rue de Chaweng, May stationna son cyclomoteur sur le côté de la rue, des dizaines d'autres deux roues monopolisaient la presque totalité du stationnement de la rue.

Après quelques mètres à pied, le restaurant avait déjà ouvert ses portes, le patron était sur place, et avait lancé la sonorisation musicale qui était audible de loin pour attirer le client. Monsieur Fo était d'origine chinoise, il avait travaillé avec son ancien patron dans cet établissement, puis il l'avait racheté. Il méprisait ses employés, comme son ancien patron l'avait maltraité pendant qu'il était son ouvrier. Il possédait un superbe véhicule tout terrain de marque allemande, il voulait montrer sa réussite, lui qui venait de Chine et avait bouffé beaucoup de vache enragée à son arrivée en Thaïlande.

Les serveuses du bar et du restaurant étaient des employées payées sur le fruit du travail nocturne qui suivait le service, il prélevait un pourcentage pour le prêt de son commerce.

Si une fille devait arrêter de travailler pour

quelque raison que ce soit, elle était remplacée par une autre, toute une filière recherchait des filles dans les régions les plus pauvres du nord du pays. La prostitution dans le pays était tolérée, les familles des jeunes filles connaissaient la vérité du travail, mais elle ne pouvait cracher sur cet argent. La famille fermait les yeux sur cet argent, elles n'avaient pas le choix de le refuser pour vivre. Les revenus de la petite exploitation agricole de ses parents étaient insuffisants pour faire vivre toute la famille, le père s'occupait d'une petite plantation. Sa maman travaillait quelques heures dans la coopérative agricole qui conditionnait leurs fruits.

L'arrivée de cet argent sale, était attendue comme le père Noel, chaque virement était une fête pour la maman de May. Le père posait la question, pour savoir si l'argent était là, les parents n'avaient pas revu leur fille depuis son départ dans le sud du pays. Seules leurs prières les rassemblaient en début et fin de journée auprès du petit autel posé à côté de la maison de tôles. May et Lia, son amie fit un petit passage dans un petit réduit qui servait de salle de maquillage à côté des toilettes, un petit rajout sur le maquillage, un coup de brosse pour mettre en valeur leur chevelure d'ébène. Le patron les désigna comme les bar women pour la soirée car il les trouvait plus souriantes et accueillantes pour le mâle européen en rut. Les premiers éléments isolés commençaient à tourner dans le quartier à la tombée de la nuit. Pas le temps de souffler, un léger ménage rapide sur le vieux bar en bois, quelques pots d'orchidées époussetés et remplacés, puis elles remplirent les placards des boissons et les frigos pour servir les clients. Les autres hôtesses du restaurant étaient en place pour l'accueil et faire asseoir les clients, May et Lia devaient user de leurs splendides sourires, et de temps à autres se promener avec la carte des menus et racoler les clients dans la rue, et si possible à des groupes d'hommes seuls.

La soirée débutait comme toutes les autres, quelques touristes par groupes de deux ou trois prenaient un repas en compagnie de quelques hôtesses qui leur amenaient leurs plats en donnant gratuitement des sourires prometteurs.

Au loin, des bruits de musique électronique déchiraient la nuit en provenance du rassemblement des fanatiques du tuning qui se retrouvaient tous les soirs auprès du grand bassin de Chaweng.

Une nuit comme une autre, la musique des Bee-Gees résonnait dans le restaurant, pour couvrir la musique de l'échoppe voisine qui vendait aussi du plaisir, la petite terrasse est remplie de clients grisonnants pour la plupart.

Quelques filles parlaient l'anglais, plus facile pour le business et pour communiquer avec les clients du restaurant, futures conquêtes à crédit. Elles faisaient de grands sourires pour les amadouer et les faire boire. Les conversations entre les filles et les clients étaient courtes, l'alcool fait que le touriste devenait de plus en plus amoureux. Les filles ne buvaient pas d'alcool, une fois l'affaire conclue sans négociation, elles connaissaient des recoins dans les alentours pour finir le travail. Si le client était d'accord, elles les suivaient dans sa location pour finir la nuit. Souvent au petit matin, on devinait dans les salles de déjeuners des hôtels, ces couples improbables où la différence d'âge et d'origine étaient importantes, la couleur des cheveux allant du gris européen a u n o i r mat des filles locales.

La fille déjeune sur le compte du client sous le regard des couples de touristes, celui des compagnes ou épouses étant souvent inquisiteur ou méchant. Les hommes, eux, a un regard plus conciliable avec le fantasme inavoué de passer une nuit avec une jolie fille asiatique idéale que l'on voyait sur les affiches ou sur les supports de publicité.

La musique toujours très forte et répétitive, couvrait les bruits du service, un stroboscope lançait des éclairs sur les poutres poussiéreuses. Cette terrasse était éclairée par des spots de couleur qui donnaient un petit air de boite de nuit. Déjà près de trois mois, que Georges régnait sur son île. Il rencontrait tous les vendredis, une prostituée dans plusieurs bars ou il allait à la pèche à la fille. Il possédait un bronzage parfait, ce soir, il avait laissé ses tenues soignées à sa location, il vivait en short et tee-shirt multicolore toute la journée mais toujours des petites chaussettes de tennis blanches au pied.

Le lendemain soir, il devait repartir vers la France et comme plusieurs soirs en semaine, il partirait sur son deux-roues pour terminer la soirée dans les bras de prostituée repérée au hasard sur l'Ile. Il était dans sa chambre où la valise pour le retour attend. Il mit un beau bermuda de marque, un polo de la marque similaire, et soigna sa coiffure qu'il fixa une fois de plus avec un gel brillant.

Il prit son sac banane, où il rangea sa brosse à cheveux pliable, son passeport, des préservatifs et le restant de ses espèces en monnaie locale. Une grosse larme d'after-shave sur son visage et notre séducteur à crédit, prit son casque de polo, sous son bras, et partit chercher son scooter dans le jardin de la maison. Il était heureux de ses vacances même si celles-ci se terminaient le lendemain.

Il avait toujours en tête ces merveilleux sourires et corps de prostituées qu'il avait croisées, et ces instants d'affection achetés. Ce soir, il voulait se faire plaisir et contrairement à ses habitudes, il amena sa carte de crédit, car les baths qui lui restaient lui paraissent insuffisants.

Il descendait le chemin qui le menait à la route côtière, puis il partirait après sur Chaweng pour terminer sa soirée. Il se trouva au bout de quelques minutes dans la grande rue et stationna son deux-roues sur la file interminable qui bordait la rue principale. Il cherchait un restaurant sur le trottoir, quand il fut abordé par un beau transsexuel, qui racolait pour le spectacle transformiste du soir. Le spectacle de danse, sur un playback, ne lui disait pas grand-chose, il était plus attiré par le corps de rêve de ces pseudos femmes que par le menu proposé.

Il succomba au sourire du racoleur, accompagné par une deuxième personne en tenue de scène argentée et s'assit dans une salle sombre. Il commanda son ananas frit, regarda le spectacle qui s'acheva vers les vingt-trois heures trente. Quelques bières plus tard, il se dirigea vers le port, où ses incessantes visites sur l'île l'avaient déjà conduit. Il arriva vers le bout de la rue, dépassa un grand cabaret qui produisait un spectacle de chant et de danse brésilien puis tourna sur sa droite et la musique du groupe Queen le happa. Il passa devant trois bars à filles, dont l'un l'attira plus, par le nombre important de clients et surtout d'hôtesses d'accueil.

Il fut invité par de grands sourires à aller s'assoir dans la salle, une fille, c'était Lia, s'approche de lui pour lui demander s'il voulait une consommation ou une compagnie.

Il commanda un double scotch et voulut pour l'instant choisir sa prochaine compagne. A peine finit-il son verre que May comme bonne hôtesse, passa pour lui proposer un autre verre, il commanda un autre double whisky, l'alcool bu dans la soirée faisait effet, son anglais s'améliorait doucement, enfin le croyait-il. May lui servit son verre très délicatement sur sa table en lui faisant un radieux sourire. En déposant le verre sur la table, elle effleura sa main moite. Les yeux bordés d'alcool ne quittaient pas le corps de la jeune fille et surtout la légèreté de ses habits.

La soirée fut arrosée, l'alcool coula à flots, un deuxième double scotch, après une halte à la table de Georges, il fut convenu du deal, dans un anglais alcoolisé. A la fin de son service qui approchait, May accompagnerait le touriste à son logement. Georges commanda un autre whisky. Il était en état d'ivresse, la fin du service se profilait, May était assise en face de lui, elle le regardait sans aucune envie, elle le trouvait si banal mais ne pouvait pas renoncer au

surcroît de revenus que cette passe allait lui
procurer. L'habitude de ces relations lui laissait
espérer une somme supérieure à celle négociée à
table. L'intensité de la musique baissait, les clients se
faisaient rares, les filles partaient seules, ou certaines
étaient accompagnées pour la deuxième partie de
soirée.

May et Lia terminèrent un nettoyage
sommaire du bar, le patron r a c c o m p a g n e r a i t
Lia jusqu'à chez elle. Georges ressentait les effets de
sa consommation alcoolique abusive, il titubait. Mais
il tenait à se montrer à la hauteur de son instinct
masculin. Il alla chercher son deux-roues dans la
grande rue presque vide, il récupéra son casque après
avoir passé un coup de brosse sur sa chevelure. Il
récupéra May qui se trouvait devant le bar fermé, et
lui fit un signe de tête pour lui indiquer de monter à
l'arrière. Le couple improbable récupéra la côtière
pour revenir sur Bophut, lui, fier, conduisait le
scooter avec son casque de cavalier, May
s'accrocha à lui comme un couple d'amoureux.

Elle jouait sa partie à fond, le mâle dominant
et alcoolisé était grisé car son charme d'européen
financier avait marché comme tout le temps. May
ne connaissait pas son lieu de destination mais elle
pensait terminer sa nuit dans un lit confortable d'un
hôtel comme bien souvent, avec le petit déjeuner
offert. Le personnel de ces hôtels, était habitué à
ces va-et-vient matinaux, et à c e s l o c a t a i r e s
supplémentaires.

La route défilait, la grande intersection
donnant sur le quartier Fisherman fut dépassée, et le

scooter tourna sur sa gauche dans un chemin de terre
qui donnait vers la mer. Le chemin était dans
l'obscurité totale, Georges essayait d'éviter les trous
d'eau asséchés, uniquement éclairé par le phare du
scooter, le couple s'arrêta près d'une plage illuminée
par un brin de lune. C'était un des coins tranquilles
où Georges était venu prendre un bain de soleil un
après-midi dans les jours précédents. May n'aimait
pas trop ce confort sommaire et nocturne, adieu le
matelas confortable et les draps propres pour finir
la nuit, mais il lui fallait gagner de l'argent à tout
prix. Toujours précautionneux à l'extrême, il ôta
son casque qu'il posa sur la selle, sa sacoche sur le
guidon, le mâle dominant allait avoir sa récompense,
même si son crâne embué par l'alcool commençait
à le faire souffrir. Il titubait de plus en plus.

May attendait l'assaut en grillant une
cigarette. Elle regardait cet homme, après un moment
de silence, elle finit sa cigarette. De toute façon, elle
n'avait pas le choix. Elle était assise sur un cocotier,
et fit glisser son short. Le tronc de cet arbre partait
curieusement parallèle à la mer.

Elle le regardait ranger ses habits et les plier
soigneusement sur la selle de son scooter.

Il enleva son tee-shirt et s'aspergea d'un
déodorant en spray, comme pour se présenter sur un
meilleur profil. Seul le phare de la motocyclette
éclairait cette petite crique. Quand pour plus de
discrétion, Georges l'éteignit, la jeune fille savait
qu'elle devait faire un effort et faire la deuxième
partie de la journée.

C'était la plus pénible, mais la plus

rémunératrice. Comme un amoureux transi, il s'assit
sur le tronc du cocotier à côté d'elle, et il commença à
caresser ses jambes. May supportait difficilement
l'assaut bestial, sa présence parfumée et les vapeurs
d'alcool qu'il exhalait. Elle fermait les yeux et
poussait quelques cris pour tenter de faire finir
rapidement la passe. Seul un cri étouffé de
délivrance se fit entendre, dans la nuit, Georges se
redirigea vers sa monture mécanique pour reprendre
une apparence normale. Il rectifia sa tenue lentement,
s'habilla, refit sa coiffure en bataille, puis il démarra
le scooter qu'il laissa tourner sur ses béquilles pour
éclairer le nid sans amour.

May remis ses habits, arrangea sa tenue, elle
attendait toujours assise la somme d'argent prévue
par avance. Elle rêvait de regagner un bon lit dans
une location, cela lui occasionnerait un repos
salvateur et un petit déjeuner copieux au petit matin.

Georges ouvrit son portefeuille, il vérifia la
somme promise en baths. Stupeur, sa consommation
d'alcool de la soirée avait vidé son porte-monnaie
d'une grosse partie des espèces.

Il n'en avait plus assez pour régler la passe.
May voyait bien, à la tête déconfite de son client,
dans la pénombre que quelque chose clochait.

Il fouilla ses poches nerveusement, elle pensa
tout de suite que le client était en train de la rouler.
Georges avait beau expliquer par gestes et paroles
qu'il la paierait demain dans un anglais approximatif
et teinté de beaucoup de whisky. May éleva la voix.
Elle pensait être tombée sur un mauvais client. Les
deux personnes s'énervaient mais aucun des deux ne

se comprenait. Elle commença à le repousser de ses mains, lui essayait de la calmer en serrant ses deux poignets dans ses mains. Il lâcha prise sur une main, elle lui donna involontairement une gifle pour se dégager de son étreinte.

Elle s'arrêta une seconde, elle venait de frapper un client. Un éclair traversa la tête de Georges, il leva sa main droite vers le haut. Il asséna une v i o l e n t e gifle au niveau du front de May. Georges ne supportait pas l'affront de cette femme. Il repoussa May d'un deuxième coup de poing au visage qu'il ne sentit pas partir. May était sonnée, elle avait le nez en sang, Elle s'essuya machinalement avec son bras gauche, elle se rapprocha de lui comme pour se défendre et se venger. Elle était en furie. La bousculade et le coup reçu avaient plongé Georges dans un état de folie, et il s'approchait d'elle comme pour continuer de venger son honneur d'homme. Il fit un pas en reculant et asséna un violent coup de poing fermé sur le visage de May.

Suite à la violence du choc, elle chuta en arrière, sa tête heurta violemment le tronc du cocotier.

Après un cri étouffé, le calme revint, Georges était sans voix, il regardait cette main qui l'avait vengé. La prostituée était inanimée, le visage plein de sang. Comme un enfant, il plongea les mains dans l'océan en regardant le corps inerte pour se laver ses mains.

Le corps de May était allongé au pied du tronc du cocotier, sans réaction, dans l'obscurité, Georges tourna le guidon pour que le faisceau de lumière éclaire le corps. Il s'aperçut qu'il venait de blesser gravement la jeune fille. Il posa son oreille sur la bouche et s'aperçut que la fille ne respirait plus. Il vit ses yeux grands ouverts, la respiration n'était plus audible, elle était inconsciente. Sans s'énerver, il tira le corps sur les quelques centimètres qui le séparaient de la plage. Il le traina et le poussa dans la mer. Il rentra dans l'eau jusqu'à la taille pour éloigner le corps le plus possible des plages et le faire disparaître. Le corps n'était plus visible dans l'obscurité, dans un dernier effort, il le repoussa au plus loin qu'il put le faire.

Il regagna la terre, et récupéra le sac de May qu'il déposa sur son scooter.

Il vérifia qu'autour de son forfait, malgré un mal de crâne violent, il ne restait rien de son passage sur ces lieux, le préservatif ramassé fut mis dans le sac de May.

Il brouilla les traces dans le sable avec quelques feuilles de palmier asséchées, puis les jeta à quelques mètres de son forfait. Il fit aller et venir le phare de son scooter de gauche à droite pour vérifier l'absence de toute trace, il éclaira la mer, on n'y voyait plus rien. Le corps avait disparu dans la nuit et dans la mer. Il était trempé jusqu'à la taille, il démarra son scooter, en s'essuyant le front qui avait pris la gifle involontaire de May, le mâle était blessé dans son honneur. Il parlait tout seul, il vouait la prostituée aux enfers des filles de joie.

Il reprit son scooter après un demi-tour, pour s'assurer à nouveau que rien ne trainait sur les lieux du drame. Puis il prit le chemin de la location. Sa tête allait éclater, il avait de violentes céphalées. Ses habits étaient trempés, il était gelé.

Quelques kilomètres plus loin sur la côtière, il s'arrêta et déposa le sac de la prostituée dans un grand containeur à poubelles rempli jusqu'à la gueule. Il sépara sous un lampadaire, les pièces non identifiables comme les produits de beauté, et les effets personnels pour éviter d'être retrouvés.

Le portefeuille avec une petite somme d'argent de May fut jeté dans un autre container situé à quelques mètres. Il regarda autour de lui, il était près de trois heures du matin, quelques phares de voitures étaient visibles au lointain. Il repartit, après avoir enlevé son casque qui enfermait sa tête comme dans un étau de fer.

Il n'arrêtait pas de se caresser le front endolori par le coup qui faisait plus mal à son égo qu'à son corps. Il arrivait à la location, tout y était calme, seul l'éclairage de jardin était allumé. Il gara son deux-roues, en faisant très attention au bruit sur les gravillons qui entouraient les pas japonais jusqu'à la porte de son petit appartement. Il ouvrit en silence la porte, la referma comme pour s'assurer que personne ne le regardait. Il était gelé, il ôta ses habits trempés, et fonça sous la douche pour se réchauffer un peu.

Il s'arrêta devant le miroir et regardait avec insistance le coup que la prostituée lui avait fait au front, l'hématome était moins important que la vexation qu'elle lui avait apportée. Il mit ses effets mouillés à sécher en extérieur sur la petite terrasse, il devait repartir le lendemain soir et rentrer en France. Il se coucha très tard, le sommeil arriva difficilement, l'alcool s'évaporait lentement, les dolipranes absorbés, faisaient lentement leur travail.

Au petit matin, le réveil fut piquant, les excès d'alcool avaient contribué à faire passer à Georges, une très mauvaise nuit. Une fois, le café bu difficilement, il ouvrit en grand la baie vitrée qui donnait sur la terrasse. Les premiers avions des lignes régulières atterrissaient et décollaient de l'aéroport situé au loin.

Il rentra ses habits encore humides qui avaient séché un peu sur le mobilier de la terrasse. Il salua son hôte Antony qui faisait le tour de la piscine, il lui confirma qu'il le conduirait à l'aéroport de l'Ile pour regagner Bangkok et la France. Après quelques mots rapides sur le temps, Georges repartit à l'intérieur pour terminer ses bagages. L'épouse d'Antony passa le saluer pour lui dire au revoir, quand elle vit l'hématome qu'il avait au-dessus de l'arcade sourcilière droit, il lui expliqua qu'il s'était cogné sur le rebord de la hotte de sa cuisine équipée, il y a deux jours. Des bises et des souhaits de bon voyage pour le retour furent échangé, l'hôtesse quitta l'appartement pour s'occuper du ménage en compagnie du staff dans les appartements qui se libéraient comme le sien. Elle appela le couple de birmans qui faisait le ménage, en leur expliquant que la chambre devrait être faite en premier après le départ de Georges. D'autres vacanciers arrivaient dès le lendemain matin.

En fin d'après-midi, le pick-up descendit le chemin qui le mènera sur la route côtière, Georges sur l'aéroport de Koh Samui. Il regarda en silence, les petites échoppes en bordure de route.

Il était heureux de rentrer à Paris. Antony se dépêchait d'arriver au hall départ. Un couple d'australiens venait d'arriver et il devait les récupérer pour les ramener à la location. Après une solide poignée de main et des remerciements mutuels, ils se quittèrent. Georges se dirigea vers les comptoirs d'enregistrements des bagages, Antony se déplaça, les australiens arrivaient à une autre porte du hall d'arrivée.

Le vol de la Bangkok Airways, PG 168 de 18 H 55 décolla, laissa sur sa droite le Bouddha blanc, Georges lui regardait sur la partie gauche côté opposé, la plage où il avait frappé, May, la prostituée. La correspondance à Bangkok fut très rapide, et dès le lendemain à six heures trente, le gros Boeing 777 de la Thaï se posa comme une fleur sur la piste principale de l'aéroport de Paris Charles de Gaulle. Georges reprit le travail. Il signerait la vente définitive de son affaire dans quelques jours et profiterait de son oisiveté. Le lendemain matin, à peine remis du décalage horaire et de la différence de température, il passer à l'agence immobilière où il rencontrer l'acquéreur de son fonds de commerce. Il était convenu qu'ils se retrouvent et déjeunent ensemble pour régler les derniers détails après la vente qui interviendrait l'après-midi. Après quelques discussions sur les vacances, l'acheteur qui achetait le fonds de commerce était appuyé par un grand réseau d'agences franchisées demanda quelques précisions sur son fichier client par curiosité.

Les adresses et numéros de téléphone furent

donnés, ainsi que quelques documents à signer avant le passage chez le notaire voisin qui enregistrerait la vente des locaux et des murs de la boutique que Georges avait acquis au début de son installation.

Un petit tour de l'agence et le duo se rendit à la Civette pour déjeuner avant d'aller au cabinet notarial pour la signature définitive. Bob les accueillit avec un sourire qui masquait des rides de fatigue de plus en plus prononcées, ses cheveux étaient plus longs que d'habitude.

La table habituelle avait été réservée, la petite décoration avec la mention réservée était posée. Le repas se passa dans le meilleur des termes, Georges était nerveux, il regardait sa montre, il lui tardait tellement l'heure de signature de la vente. Le clerc de notaire, monsieur Etienne, avait déjà rassuré le vendeur, les fonds étaient disponibles, les virements de compte en banque au compte du notaire avaient bien été faits. Mais Georges était inquiet et si ….

Le repas fut plus arrosé que d'habitude, Georges ne voulait pas que son acheteur changeait d'avis, il servait et resservait les verres de vin pendant le repas. La délivrance arriva, bon prince, Georges régla la note malgré l'insistance de son voisin. Au numéro 95 de l'avenue Daumesnil, se trouvait le cabinet notarial. Ils y furent accueillis par le clerc qui allait assurer la signature et la clôture de cette procédure de vente.

Ils s'installèrent dans un grand bureau ou trônait une grande table en verre. Une imposante photographie en poster sur le mur aveugle mettait en valeur la place Felix Eboué et la superbe fontaine aux lions qui est en son centre. Les huit félins y crachaient d'imposants jets d'eaux. La vasque inférieure soutenue par huit consoles en pierre surmontait cet édifice. Un jet d'eau vertical semblait toucher le ciel, d'un bleu azur parfait. Dans la place, l'acquéreur fut rejoint par son épouse et associée, le notaire principal, détenteur de la chaire, se déplaça pour saluer ses clients

Après des mots rapides et des félicitations pour cette transaction, il se retira. Il ne pouvait pas rester pour la signature car il siégeait au conseil du notariat parisien dans le cadre d'une réunion prévue de longue date. Monsieur Etienne commença la longue litanie pour cette vente de murs de boutique, Georges était de plus en plus inquiet, même si la fin de cette vente arrivait. Une heure de lecture, il commença le long travail manuscrit des paraphes sur chaque feuillet de l'acte notarié. A peine eut-il terminé que l'acquéreur et son épouse entamèrent leur travail de paraphes des documents, sous les yeux livides de Georges qui piaffait d'impatience mais jouait un rôle, de grand calme qui ne lui allait pas.

---- Nous *y sommes à la fin*, annonça le clerc.
---- *Ouf,* soupira Georges.

Il reprit son stylo afin d'apposer sa signature, immédiatement suivi par le couple d'acheteurs du fond. Le clerc annonça que la vente était terminée et que les fonds seraient virés par la comptabilité de l'étude.

A l'exception d'une partie dite main levée

pour permettre à l'administration fiscale et autres de
s'assurer de la bonne fin du règlement de toutes les
charges sociales et autres. Une poignée de main
ferme fut échangée pour clore cet après-midi, le plus
long entre le vendeur et les acheteurs.

Après un café échangé dans un petit bar de
l'avenue Taine, le trio se quitta, les clés de la grille de
protection et du local données, cela était fini de la
longue période d'agent immobilier pour Georges, il
respira fort comme pour humer cet air de liberté
retrouvé. Il était libre. Il allait pouvoir ne rien faire et
se laisser porter par la flemme, se lever et aller visiter
toutes les choses qui existaient à Paris, ville qu'il
adorait plus que tout. Les premiers mois d'oisiveté
passaient, notre jeune oisif d é c i d a pendant l'été
qu'il était urgent de s'occuper de ses mois de
vacances d'hiver qu'il passerait en Thaïlande, il
voulait revenir dans la perle de la Mer de Chine, l'Ile
de Koh Samui.

Il décrivait ces lieux à tous ses copains,
comme le rêve éveillé sur terre et ne tarissait pas sur
cette contrée de louanges appuyées. Il cherchait sur
son ordinateur portable, un autre lieu de résidence sur
l'île, craignant qu'il ne soit reconnu par des témoins
du lâche assassinat qu'il avait commis. Mais plus il
cherchait des locations, moins il trouvait des tarifs
aussi abordables que la maison d'Antony. Il lui
semblait que son assassinat n'était qu'un fait divers
comme un autre pendant son séjour dernier. Cela ne
l'empêchait de dormir, à peine si cela lui laissait des
souvenirs fugaces. Il n'avait aucune considération
pour la pauvre fille, ni aucun souvenir de son acte et

de ses conséquences.

Après mûre réflexion, il décida de ne pas revenir dans la même maison chez Antony, il réserva un appartement dans une location dans le village de Nae Man. L'appartement était parfait, il envoya un e-mail pour réserver son petit pied à terre sur l'île thaïlandaise. Le lendemain, un courrier électronique arriva, c'était la confirmation de la réservation pour le début de l'année 2008 entre le 2 Janvier et 2 avril.

Le laïus habituel sur la maison, un mot personnel des hôtes, puis les modalités de règlement du montant de la réservation à acquitter. Georges était inconscient ou feignait-il d'ignorer la gravité de son geste ? Il voulait revenir dans cet ilot ensoleillé pour trois mois, il était dégagé de toutes ses obligations professionnelles. L'agence avait été rachetée, il venait de toucher la somme correspondante à la cession de son affaire.

Vite, il fallait réserver les billets d'avion, il reprit son site préféré de voyagiste, réserva l'aller et retour correspondant à son voyage, et choisit la compagnie locale, la Thaï. Il lui restait quelques mois pour attendre ses vacances de rêve, au soleil hivernal en France mais pas de l'Asie.

Chapitre III

Paris, le 1 Janvier 2007.

Georges venait de passer plusieurs mois de rentier dans son quartier, il avait pris un peu d'embonpoint, mais il était toujours aussi apprêté et coquet. Il était comme il y a une année déjà, assit dans son salon à préparer son départ pour ses grandes vacances en Thaïlande. Ne travaillant plus, il s'activait dans ses préparatifs de départ. Méticuleusement, il pliait toujours ses habits avec ses feuilles de papier soie pour les préserver du mauvais pli. Cette année, il avait choisi une location éloignée de sa dernière résidence de l'an passé ou son séjour s'était mal terminé. Il a v a i t oublié l'issue du précédent séjour et le souvenir de la prostituée qu'il avait frappée ne le hantait pas du tout. Elle avait eu la correction qu'elle méritait.

Sa valise était presque terminée, quelques effets traînaient encore, il cherchait comme souvent le cordon de recharge de son téléphone portable. Il finit de remplir ses bagages, le même vol sur la Thaï Airways l'attendant en début de la nuit pour l'arrivée le lendemain matin en Thaïlande. Il vérifia le contenu de ses effets de toilette, il lui manquait la brosse indispensable pour sa chevelure. Comme un an auparavant, effectuant les mêmes gestes, il ferma les volets, le compteur d'eau et de gaz, et celui électricité,

Un tour d'appartement pour tout vérifier, puis il sonna chez son voisin pour lui donner un trousseau de clés, après des mots de bonne année, et des souhaits de bonnes vacances. Georges regagna son appartement et s'assit dans son canapé. Il attendit en regardant la télévision qui comme par hasard montrait un reportage sur le pays où il revenait cette année. Il s'assoupit heureux de sa prochaine destinée. Il fut réveillé par l'alarme de son portable. Il l'éteignit, et comme pour toutes ses autres vacances, il le déposa dans un tiroir de son living. Le taxi était au bas de chez lui sur le boulevard, sur une zone de livraison, il devinait sa présence au travers des branches des platanes, le répétiteur rouge indiquait qu'il était occupé et en attente du client. Vite, il sortit ses bagages, chaussa ses baskets puis ferma la porte de son fief.

La nuit était tombée, le taxi roulait sur le périphérique encombré, les panneaux de signalisation lumineux indiquaient un temps de quarante-cinq minutes pour arriver à la zone aéroportuaire de Roissy. Le terminal numéro 1 se présentait sur la droite, son nouvel éclairage, le rendait presque beau sous le crachin qui tombait ce soir-là.

La porte habituelle de l'aérogare fut prestement franchie, les procédures d'enregistrement des bagages et le franchissement de tous les services de sécurité également. Une fois, l'embarquement fait, le lourd oiseau était déjà dans les airs, quand les hôtesses en tenue violine et robe de soie commencèrent leur service. Georges était aux anges, les vacances débutaient, les allers et les

retours de ces jolies femmes l'enchantaient, il ne
perdait aucune miette de ce spectacle, les hôtesses
étaient si jolies. Après le repas servi, le sommeil
arriva alors que l'avion survolait le Moyen-Orient
et le réveil se fit quelques minutes avant
l'atterrissage à Bangkok où il dégusta le petit-
déjeuner. Après le décollage vers l'Ile, le grand
bouddha présent indiquait toujours aux avions le
chemin de la piste d'atterrissage. Des pêcheurs à la
main et aux filets se remarquaient dans la baie,
reconnaissables dans l'obscurité par leurs petites
lumières dans la mer.

Un bruit de crissement des pneus sur
l'asphalte, et de la décélération de l'aéronef, Georges
regardait le petit aéroport alors que l'avion roulait
sur le tarmac.

Il admirait le manège des petits véhicules qui
amenaient les passagers des avions en
stationnement à l'aérogare. Il était inquiet au
moment de passer au guichet de l'immigration où il
fut de nouveau identifié par une empreinte oculaire
faite par une lecture laser de sa rétine. Il se rendit en
trainant sa valise jusqu'à la station des taxis où il
fut accueilli par le grand sourire d'un
chauffeur, en bermuda et tongs. Il entra dans le
taxi lequel emprunta ces routes qu'il connaissait
bien, il traversa Bophut et laissa le chemin qui
conduisait vers la résidence de l'année dernière.

Quelques kilomètres plus loin, sur sa droite, il
prit un chemin goudronné. Après une allée discrète
se présentait une maison bien entretenue au milieu
d'une végétation luxuriante. Elle se trouvait à

quelques mètres de la mer, une plage discrète, à côté, la façade en bois style colonial, la dissimulait dans le grand jardin où avaient été construits de jolis bungalows, montés sur des pilotis. Sur le devant, une petite terrasse meublée avec deux chaises et un guéridon, derrière un hamac brulé par le soleil, paraissait s'ennuyer.

La toiture de style balinais leur donnait un charme asiatique, des arbustes finement taillés et des plantes grasses embellissaient le tableau.

De grands yuccas et quelques bananiers complétaient également la végétation de ce havre de paix. Une piscine se trouvait derrière des arbres de grande taille, un solarium modeste l'entourait et le mobilier de bois prévu pour le farniente était surmonté de matelas d'apparence neufs et récents. Il fut accueilli par la propriétaire des lieux, une vieille dame visiblement thaïlandaise, qui était occupée à faire du nettoyage dans sa cuisine de plein air. Elle parlait quelques mots d'anglais et de français, et conduisit Georges dans son bungalow, qui était à l'opposé de l'entrée de la villa.

Sa belle-fille, absente, de la maison, reviendrait demain matin, pour expliquer au nouvel arrivant la marche de la location. Elle ouvrit la porte du bungalow en lui souhaitant la bienvenue. Elle lui offrit une belle corbeille de fruits de la région composée d'un énorme ananas, de petites bananes, de fruits de la passion, de raisin, et un litre de jus de fruits frais. Georges la remercia de cette petite attention, elle le quitta. Il grappilla quelques grains de raisin et prit possession de son petit domaine, sortit sur sa terrasse, pour tester le hamac. Les salons de jardin donnaient juste derrière la piscine, pas aussi belle que celle de la location de l'année précédente, mais sympathique avec ses faïences de couleur vert foncé. L'eau y semblait moins claire mais, elle était fraîche et agréable, quand il la testa avec ses pieds nus.

Il sortit les affaires de sa valise, rangea ses habits dans un grand dressing, prit la tenue du vacancier en bermuda de marque, un tee-shirt et se précipita vers la terrasse de son bungalow. Il prit la position allongée, puis le décalage horaire aidant, il s'endormit sous l'ombre bienfaitrice d'un arbre qui étendait ses branches au-devant du petit toit de la terrasse. Il se retrouva vite dans les bras de Morphée, malgré la chaleur tombante, ce qui le changeait de la température hivernale de Paris.

---- Monsieur Charpentier, monsieur Charpentier

---- Oui ! répondit –il.

C'était la voix de Sarah, la belle-fille de la vieille dame, qui venait saluer notre   touriste, elle le réveilla.

C'était une jolie eurasienne de 40 ans, d'origine australienne. Son mari était le propriétaire de cette grande maison. Il y avait construit de jolis bungalows pour donner une occupation à son épouse. Lui était rarement c h e z l u i dans la journée, il était promoteur immobilier et c o n s t r u i s a i t des maisons de luxe sur l'île. Les yeux de Georges étaient explosés de fatigue, ses mèches de cheveux généralement si bien coiffées, étaient dans tous les sens. Après s'être excusé de l'avoir réveillé, Sarah, expliqua les us et coutumes de la maison, Georges lui dit que c'était la première fois qu'il venait sur l'île, et qu'il voulait louer un deux roues pour la durée de son séjour.

Elle parlait un Français de bonne facture, ayant passé une année dans la capitale de la France, au cours de laquelle, elle avait été une année comme fille au pair dans une famille bourgeoise du seizième arrondissement. Elle était bavarde, très grande, élancée, brune avec de beaux yeux noisettes, elle avait un visage d'enfant peu marqué. Elle lui expliqua la possibilité de louer un deux roues à son livreur demain matin.

Après les renseignements concernant les tarifs, les assurances, tout le monde était d'accord, le contrat fut acté verbalement. Une seule précision, il fallait payer les trois mois par avance, c'est-à-dire le lendemain matin, après une petite grimace de Georges, Sarah lui consentit une ristourne de dix pour cent sur le montant total, le sourire revint sur le visage de notre touriste. Il faudrait patienter jusqu'à demain matin pour l'avoir.

Pour se réveiller, il partit prendre son premier bain dans la piscine, et commença à discuter avec deux couples de français, qui venaient passer leur période d'hiver sous le soleil de l'Asie. La majorité des bungalows était loués pour la plupart par des touristes européens. Les deux couples présents autour de la piscine étaient retraités, la discussion s'engagea rapidement. La soirée tomba, non véhiculé ce jour, il partit à l'aventure sur la petite route, le taxi lui avait montré un petit restaurant qu'il apprécia.

Il commanda un ananas au riz frit, qu'il dégusta, puis rentra se coucher. Au petit matin, après un petit-déjeuner à base de fruits locaux, on frappa à sa porte, il cria :

---- *Entrez !*

Personne ne broncha, il s'aperçut qu'il n'était pas à Paris, il se leva et découvrit un petit bonhomme, qui lui expliqua par des gestes que son scooter en location était devant la maison. Il mit un tee-shirt et sortit voir son véhicule, un scooter de marque japonaise presque neuf. Le deux-roues était beau et porteur d'un top case à l'arrière. Il l'inspecta le scooter, et le fit démarrer. Sarah, arriva, le salua et lui demanda si ce scooter ferait son affaire pendant les 3 mois.

Elle lui dit qu'il n'était pas nécessaire de faire un bail de location car elle connaissait bien le loueur. Si des problèmes mécaniques survenaient, elle s'occuperait de tout. Il se fit confirmer le montant total de la location qu'il avait négocié la vieille et repartit dans son bungalow pour y chercher la somme prévue. De retour, il donna la somme convenue à l'homme, qui la mit dans sa poche, et le remercia. Après un conciliabule entre Sarah et le livreur, celui-ci repartit sur un autre deux- roues monté par une autre personne.

Il vérifia tout de suite le réservoir qui était pour une fois rempli, jusqu'à ras bord, puis il ouvrit le top case, il y trouva un casque de moto semi intégral qu'il s'empressa d'aller passer au nettoyage. Il ne voulait pas mettre sa chevelure gominée dans ce bol qui paraissait sale. Une fois, la toilette de son chef effectuée, il commença sa promenade inaugurale, et faire ses premières courses au supermarché Makro comme l'année précédente. Le ciel était gris, l'orage menaçait quand il partit vers le supermarché. Comme les premiers jours, il roulait lentement en regardant tout le spectacle de la rue, et le trafic intense sur la route côtière.

Il dévisageait toujours avec une insistance toutes ces filles qu'il voyait avec des européens, cette solution de côtoyer toujours la même prostituée pendant la durée de son séjour le tentait. Lui qui était un célibataire endurci, enviait ceux qui louaient ces filles pour passer du bon temps sur place et avaient une compagne à crédit. Il eut juste le temps de garer son scooter sur le parking couvert de tôles pour le protéger des intempéries.

Cette journée était la bonne, à peine le scooter garé, un déluge tomba sur l'île. Georges rentra en courant dans le supermarché en évitant une douche qu'il ne sollicitait pas. La force de la pluie s'entendait sur les toits, Georges passait de rayon en rayon, il fit quelques courses pour le déjeuner. Il passa à la caisse, à l'extérieur, les cordes tombaient toujours. Un employé du supermarché habillé d'un long ciré et d'une paire de bottes était chargé de raccompagner les clients dans la partie découverte.

Il portait un grand parasol de terrasse de restaurant, avec une belle inscription de marques de boissons gazeuses américaines. Il le portait comme on porte un fusil sur l'épaule, il abritait les clients jusqu'à leurs véhicules sous les abris. Il y avait dix centimètres d'eau sur le parking, notre porteur de parasol, tentait de protéger les clients et leurs courses de la pluie. Georges appela le porteur pour ne pas se mouiller entre la sortie du supermarché et le parking couvert, avec son sac de courses sous les bras. Le porteur de parasol fit l'aller et le retour, Georges lui avait les pieds trempés, il attendit dix minutes pour repartir, l'orage passa.

Le soleil avait repris sa suprématie. Georges reprit la route pour revenir à la location, les bords des chemins étaient remplis d'eau et de grandes flaques obligeaient les véhicules à emprunter le milieu de la chaussée. Un gros pick-up le doubla et sans ménagement lui envoya une vague d'eau de pluie stagnante au bas d'une pente qui le trempa jusqu'aux os. Il s'arrêta sur le côté, tellement la quantité d'eau l'avait trempé ainsi que ses affaires, son sac. Heureusement les courses étaient dans le top case, elles étaient sèches.

Après quelques jurons que peu de thaïlandais comprirent, il reprit la route, le moteur du scooter n'avait pas calé, pour rentrer à la location et pouvoir se changer. Il prit une douche chaude car malgré la chaleur matinale, il était gelé. Il honnissait le chauffeur de cette voiture qui l'avait réduit en serpillère humide. Notre touriste se rendit sur la petite terrasse de son bungalow, pour se dorer. Il voulait surtout voir la jolie propriétaire, il avait une idée en tête. L'après-midi fut consacré au farniente sur le bord de la piscine, en discutant avec un couple de touristes suisses qui habitait dans un bungalow voisin.

Ses yeux déviaient vers l'entrée de la maison ou un salon d'accueil était aménagé.

C'était un long bar en bois, où la propriétaire passait de temps à autre pour l'accueil des clients arrivants. Le reste de la journée seul un couple de birmans, logé dans une dépendance faisait office de gardiens de maison et était chargé de l'entretien de toutes les locations.

Dans la grande entrée se trouvaient, plusieurs présentoirs de prospectus touristiques des différents points à visiter sur l'île ainsi qu'une petite bibliothèque où étaient déposés des livres et romans en langue anglaise. Un local prolongeait l'accueil où trônait un billard américain dont le tissu vert présentait des traces de joueurs peu précis et indélicats. Il n'y avait pas de mur, la douceur du temps permettait de s'en passer. Seules des parois souples et plastiques pouvaient être dépliées pour protéger lors de la saison des pluies.

Cette journée, Sarah n'était pas présente à la résidence, Georges attendrait le lendemain, il voulait de la discrétion, et surtout ne pas laisser de message. De toute façon, le couple de gardiens ne comprenait ni le français, ni l'anglais.

Le lendemain, après son café pris sur sa terrasse, il entendit la voix de Sarah dans le jardin, il passa à l'accueil pour la rencontrer. Il était rassuré, il pourrait aller la voir un peu plus tard. Il fonça vers la salle d'eau, il voulait se rendre présentable pour rencontrer Sarah, dont le physique lui plaisait beaucoup et demander une faveur. Le ravalement de façade terminé, il remit en place sa belle chevelure en brosse et se rendit au hall d'accueil.

Sarah, était derrière son bar, vêtue d'une tenue légère, assise sur un tabouret en bambou, elle donnait les derniers conseils à un couple de touristes qui se renseignait pour visiter l'île par bateau. Il la salua et attendit patiemment son tour en se promenant dans le jardin. Il regardait les superbes carpes japonaises qui s'agitaient dans de beaux bassins. Le gardien de la résidence leur donnait leur nourriture de la journée, Georges les regardait avec admiration.

---- *Georges, vous voulez quelque chose ?*

Il se précipita pour parler à son hôtesse, il se positionna derrière le bureau d'accueil, il ne savait pas comment poser la question qui le taraudait depuis son arrivée dans la location. Il voulait savoir s'il pouvait amener dans son bungalow des prostituées.

Sarah fit l'étonnée par cette question, elle possédait un français excellent, son air dérangé et gêné la rendait très belle, elle était en short court, un tee-shirt sans manche mettait son physique et ses yeux en valeur. Elle connaissait par cœur la mentalité thaïlandaise, l'étendue de la prostitution légale et tolérée dans le pays. Elle ne voulait pas que de nombreuses filles défilent dans la résidence pour ne pas effaroucher les couples légitimes de touristes. Sarah jouait bien son rôle de femme gênée, Georges ignorait le talent de comédienne de Sarah.

Georges était comme un coq devant cette jolie femme, il insistait en disant qu'il ne trahirait pas le calme, les allées et venues dans la résidence en compagnie de filles se feraient dans une discrétion bienvenue. Sarah feignait de ne pas donner l'autorisation. Mais petit à petit, sur l'insistance de son client, elle lui dit qu'elle ne verrait rien, elle était souvent absente de sa maison. Il était ravi de la réponse, il l'assura de la parfaite quiétude et du respect pour ses voisins, il limiterait au maximum les allées et venues de sa future conquête dans la résidence. Il ne restait plus qu'à trouver l'âme sœur, mais Georges allait faire un casting rapidement dans la soirée. Il avait déjà repéré quelques endroits où il recruterait comme un entraineur de sport, une fille qui pourrait lui servir pendant les trois mois de son séjour.

Ses revenus et son train de vie devaient lui permettre de trouver une fille qu'il voulait garder telle une esclave et dominer. Il voulait vivre comme ces européens d'âge mûr, accompagné d'une jolie thaïlandaise qui lui donnerait du plaisir ainsi qu'une sorte de respectabilité pendant son séjour en Thaïlande. Il était fier d'avoir obtenu cette autorisation, ou plutôt, des yeux bienveillants et semi-fermés. Il ne voulait plus connaitre la fin de son dernier séjour de l'année passée et son terrible geste ne lui laissait finalement que peu de souvenirs. Cet épisode, il l'avait complètement oublié. Il voulait passer ce début d' année, avec une femme qui lui apporterait du sexe et une présence fidèle dans sa vie de tous les jours.

Il se voyait comme un de ces couples qu'il rencontrait souvent sur l'ile, des européens qui filaient le parfait amour avec une femme bien plus jeune qu'eux. Il regardait ces duos improbables qui se promenaient sur les plages, ces peaux ridées et européennes mélangées avec des femmes jeunes que seul un contrat financier reliait.

Mais Georges voulait, lui qui était célibataire endurci, connaître une compagne soumise et que lui seul choisirait. Il pourrait la renvoyer si quelque chose ne lui plaisait pas chez cette nouvelle recrue. Même s'il avait oublié sa dernière compagne de l'année précédente ainsi que l'issue fatale de ses vacances, il ne voulait plus le revivre. Il n'avait plus l'envie de passer des soirées à chercher une fille, il voulait avoir une compagne avec lui, quitte à payer plus cher. Ce soir, il prendrait son scooter et irait chercher la prochaine compagne. Après son après-midi de bronzage autour de la piscine, il se dirigea sur son scooter vers le quartier où il avait déjà repéré des débits de boissons, où des filles trainaient sur les terrasses.

Georges prit la route côtière, puis la direction de Lamai, il voulait avant de chercher sa compagne, s'arrêter dans une pizzeria qu'il avait repérée sur la route de l'aéroport. Le restaurant italien possédait une grande terrasse décorée de tableaux et affiches publicitaires d'Italie. Il y avait déjà déjeuné l'année précédente. Le patron était un italien arrivé sur l'île depuis plus de trente ans, il était marié à une autochtone. Il commanda son plat de pâtes, le patron Gianni, le reconnut, il se déplaça pour le saluer. Il parlait un français rudimentaire mais compréhensible. A ce moment, un européen âgé d'une cinquantaine d'années, entra et vint s'assoir près de sa table, il était apparemment européen et francophone.

Quelques secondes après, une femme d'une quarantaine d'années visiblement du pays, s'assit en face de lui, c'était le couple modèle que Georges voulait créer pendant son séjour de vacances. Son plat était terminé, le patron lui offrit un limoncello pour le remercier de sa venue. Il s'apprêtait à régler sa note à la caisse du restaurant, il posa la question à Gianni. Il lui demanda où il pourrait trouver une fille comme celle de sa table voisine et si possible âgée entre trente et quarante ans.

Gianni le regarda, se mit à rigoler en criant :
---- *Ah ! Ces français ?*

Il lui conseilla de revenir vers Nae Nam, il y avait pas mal de bars à filles, et surtout des femmes qui étaient dans la quarantaine, c'était dans la tranche d'âge que recherchait Georges. Il chercherait le bar restaurant Le Between, Gianni, connaissait bien le patron, il assura à Georges qu'il trouverait ce qu'il cherchait sur place. Repu par un plat de pâtes, et ces bons renseignements, il démarra son scooter, et se dirigea vers Nae man.

La nuit était déjà tombée, il se dirigea prudemment vers l'endroit, où Gianni, l'avait dirigé pour chercher une fille. Il allait et venait des deux côtés de la route en cherchant une rencontre aléatoire, puis franchit le virage qui donne sur le village Fisherman. Il gara son scooter quelques minutes plus tard sur le petit chemin, qu'il pensait être le bon endroit pour trouver la fille qui l'accompagnerait et lui servirait de bonne à tout faire. Il fit des allées et

venues dans la rue qui suivait la mer, de beaux
restaurants exhibaient des belles terrasses et des
rabatteurs venaient racoler les clients.

Le temps était menaçant, peu de personnes
dans le Karma Sutra, et surtout deux filles
vraisemblablement des prostituées mais leur âge
proche de la vingtaine d'années, lui rappelait la jeune
fille de l'année dernière.
Il dévisageait les deux filles qui discutaient,
assises sur des tabourets, mais il les trouvait trop
jeunes, derrière le bar, une autre fille, pas de trace
de l'ami de Gianni.
Il s'assit commanda une bière, et attendit
quelques longues minutes en regardant les
promeneurs. Une averse tropicale arriva, les rues se
vidèrent instantanément, Georges se recula à l'abri
de la terrasse, le temps de l'orage. Peu de clients,
les deux filles grillant cigarette sur cigarette,
attendaient le touriste qui manifestement, ce soir ne
viendrait pas.
Georges vit que l'orage se calmait, il reprit son
casque, se dirigea vers le scooter puis regagna sa
location. Ce soir la bête dormirait seule, son idée
derrière la tête, il réfléchit comment gagner du
temps. Il décida que le lendemain, il irait demander
directement à son ami de cette journée de lui trouver
une fille dans ses goûts. Il gara précautionneusement
son scooter, devant la maison, et partit se coucher. Le
soir, notre parisien, décida après son bain de soleil
de l'après-midi, de se rendre de nouveau chez «
Roméo », le restaurant italien de la veille, il

demanderait plus simplement à son nouveau copain de lui présenter le patron du Between. La soirée était belle, les orages de la veille s'étaient volatilisés.

Le cheval à deux roues ronronnait devant la location, Georges mit son casque sur sa tête, après avoir finement mis sa chevelure gominée à l'abri sous celui-ci.

Il s'habilla en touriste, bermuda et polo de marque, prit son petit sac qu'il portait en bandoulière et comme à son habitude, de l'argent. Il démarra et partit sans hésiter chez « Roméo » où il irait trouver sa Juliette à crédit. Il fut accueilli tel César au retour d'une campagne, il fut quasiment enlacé dans les grands bras de Gianni, et il reçut une paire de bises sonores.

Georges se laissa enlacer par ce nouvel ami par force, lui qui n'était pas très tactile, supportait ces étreintes forcées uniquement pour arriver à ses fins. Le repas fut copieux, arrosé de Chianti, et se termina avec l'habituel digestif au bon goût de citron. Gianni vint s'assoir à la fin du repas, il savait que son copain voulait un service, il laissa ses serveurs s'occuper des clients, et partagea le digestif.

Le touriste lui demanda s'il pouvait intercéder auprès du patron du restaurant du Fisherman, Il voulait une compagne pour trois mois, et sans s'embêter à chercher dans des bistrots ou des endroits moins seyants. Gianni comprit, il allait appeler son copain, et essaierait de lui trouver discrètement une dulcinée.

Ils se donnèrent rendez-vous pour le lendemain soir au restaurant. Georges donnait des critères stricts, il voulait une fille entre trente et trente-cinq ans, qui resterait à sa disposition, il la payerait tous les mois. Elle pourrait coucher dans sa location, sa propriétaire n'était pas opposée à cette cohabitation temporaire et tarifée. Gianni le trouvait très chiant, avec ses critères mais, il serait un client fidèle et redevable pendant son séjour sur l'île. Il prendrait une petite commission au passage. La journée suivante fut longue en attendant la suite de l'enquête, que Gianni allait faire dans ses connaissances, et surtout trouver la femme idéale pour Georges.

Le lendemain, il était de retour en terre italienne, Gianni rayonnait derrière le bar, il cria en voyant son nouvel ami, il se dirigea vers lui puis lui fit une accolade.

Il appela son ami et le fit assoir à une table discrète sur la terrasse. De nombreux clients, la majorité européenne, dînaient tranquillement. Un serveur envoyé par le patron, présenta le menu à Georges, Gianni l'avertit qu'il viendrait en fin de repas pour expliquer le résultat de ses recherches. D'un signe de la tête, il désigna à Georges un couple qui dînait en silence, un européen de 60 ans accompagné d'une femme asiatique d'une quarantaine d'années. Le repas était calme, presque aucune parole n'était échangée.

---- *Comment tu la trouves cette femme ?* Lui chuchota il en passant près de lui.

---- *Mais, elle est déjà avec un européen.*

---- *Il repart ce soir, qu'en penses-tu ?*

----Il la regardait, il la trouvait commune, elle

surveillait son téléphone portable. Seul un sourire asiatique illuminait son visage par périodes où elle lisait ses messages sur l'écran du téléphone. Elle devait avoir dans la quarantaine, la taille élancée, elle portait un bermuda et un tee-shirt où la contrefaçon de la marque était évidente.

Gianni revient à la charge.

---- *Le tarif, tu vois avec elle, mon copain qui me dépanne veut dix mille baths tous les mois, il est très discret. Elle s'appelle Jane, je crois.*

---- *Il me faut une réponse ce soir, la fille ne travaille que sur des longues périodes, tu ne la trouveras jamais dans des bars à filles.*

Gianni força le trait sur la qualité de cette prostituée mieux que les autres qui fréquentaient les bordels de l'Ile.

Le couple quitta la table, l'homme paya l'addition, la fille suivit comme une domestique quand elle sortit de la terrasse. Elle monta sur le scooter de son accompagnant, et eut un long regard vers Georges. Elle vit que Georges la regardait, elle lui envoya un grand sourire qui inonda son visage. Georges la regarda, il la trouva conforme à ses phantasmes.

---- *Alors qu'as-tu choisi ?*

---- *C'est Ok*, répondit-il, je la prends, tel un maquignon devant une bête à corne à qui il a caressé la croupe et testé la hauteur sous le garrot.

---- *Bravo, mon frère, j'appelle mon copain, demain soir, elle reviendra dîner, je vous présenterai. N'oublie pas les sous pour mon copain, ici, on paye par avance, ce sera aussi dix mille baths pour lui. La location de la fille c'est pareil, mois par mois, tu paieras en début de mois à la fille, tu feras ce que tu veux après.*

Une solide poignée de main termina cette transaction peu commune, Georges était ravi de cet arrangement, il allait avoir une compagne dévouée, et soumise comme il l'espérait. La journée du lendemain, fut très longue, pour Georges, il bouillait d'envie de connaitre cette fille qu'il avait choisie. Assis toute la journée sur des sièges de la piscine, il pensa aux qualités et aux défauts de cette drôlesse de promise et de tout ce qu'il pourrait faire avec elle. La fin d'après-midi fut consacrée à son apparence physique, comme un amoureux, Georges passait beaucoup de temps dans la salle de bains.

Il n'arrêtait pas de passer et de repasser devant le miroir pour soigner sa mine, son visage.

Il piaffait d'impatience, regardait sa montre pour ne pas rater l'heure de ce premier rendez-vous.

Il n'arrêtait pas de faire et refaire le tour de son visage, pour traquer les points noirs, et poils qui auraient échappé à un rasage précis. Il s'aspergeait d'un after-shave mentholé sur son visage, et les aisselles avec un déodorant pour homme. Une fois, l'ultime vérification de la qualité de son épiderme facial, il revêtit un bermuda de marque qu'il affectionnait et posait sur ses épaules un polo de la même marque. Le galant à crédit était prêt pour la découverte de sa compagne, il était nerveux comme un amoureux en attente de la venue de sa belle. Il vérifia la somme d'argent qu'il devait donner à son intermédiaire, il prit la somme prévue par Gianni ainsi que 10 000 baths supplémentaires pour régler le premier mois.

Il avait toujours sur lui une ceinture de cuir dans laquelle il dissimulait avec précaution et il rangeait avec précaution et bien pliés comme ses habits dans ses valises sans le papier soie, chaque billet. Il vérifiait à deux reprises, la somme qu'il sortait de son coffre qui était dans la penderie de sa location.

Il tira les baies vitrées, sa ceinture bien serrée, il sortit de la pièce, ferma les fenêtres et baies vitrées et se dirigea vers la devanture de la maison, son deux-roues l'attendait. Il croisa sa logeuse qui remarqua sa tenue impeccable et son after-shave qui se sentait à plusieurs mètres. Après quelques banalités, elle le félicita sur la qualité et la correction de sa tenue en souriant. Elle lui souhaita une bonne soirée. Sans attendre, Georges fit démarrer son deux-roues pour faire chauffer le moteur, et surtout montrer qu'il était pressé de se rendre à sa sortie. Il enfourcha sa moto, puis démarra vers le lieu de la rencontre prévue chez son copain Gianni pour découvrir sa promise. Il y arriva vers les vingt heures trente, il s'assit à une table, et commença par prendre une bière pour patienter. Gianni arriva au restaurant, et se jeta sur lui comme s'il revoyait un ami parti, il y a des années. Deux bises et des louanges sur sa tenue impeccable, il lui demanda à voix basse s'il avait la somme d'argent pour confirmer à son copain la disponibilité de la fille. Un signe de la tête de Georges lui confirma la somme d'argent en sa possession. Gianni repartit pour passer un coup de téléphone, Georges patientait nerveusement derrière son verre de bière, il commanda une assiette de linguines, mais n'arrêtait pas de regarder de chaque côté de pour chercher la femme de ses rêves.

Après quelques minutes, Gianni appela discrètement Georges et lui fit signe de le rejoindre dans une salle déserte au fond de la terrasse. Gianni, l'entremetteur, tendit les bras et demanda la somme prévue pour la location de la fille, Georges sortit rapidement sa ceinture où il dissimulait la somme avec les billets soigneusement pliés. Suite à ce mouvement brusque et circulaire pour ôter sa ceinture, Gianni eut un geste de recul, il croyait que le client allait le frapper avec sa ceinture. Georges lui demanda de ne pas avoir peur, il lui montra l'intérieur de la ceinture et la fermeture éclair qui dissimulait les billets qu'il avait préparés. Gianni reprit son calme, compta rapidement les billets sur une table en bambou.

A l'instant, où les billets étaient comptés, un homme entra discrètement dans la salle arrière, il fit un geste de salut thaïlandais avec les deux mains jointes devant sa poitrine. Il prit la totalité de la somme et repartit rapidement sans autre forme de remerciement en direction de la rue. A cet endroit, l'attendait un second homme sur un scooter dont le moteur était en marche.

Le duo quitta les lieux rapidement, Gianni pria Georges d'aller s'assoir et prit son assiette de pâtes, pour la faire réchauffer. Georges était inquiet sur le devenir de son argent, la transaction ayant été très rapide et inhabituelle. Le plat de pâtes revint sur la table. Georges avait beaucoup de mal à manger, la somme donnée lui coupait un peu l'appétit. Gianni lui continuait à saluer les autres clients attablés, lui disant à chaque passage où il servait les autres convives :

----- *Tu ne dois pas t'inquiéter* ---

Mais les pâtes avaient beaucoup de mal à descendre, la tête de Georges tournait de tous les côtés du restaurant, il avait de plus en plus l'impression de s'être fait avoir comme un débutant. Cette somme lui trottait dans la tête, il ne savait pas quoi faire. Cela allait être compliqué d'aller voir la police touristique pour raconter la mésaventure. Gianni était dévisagé de haut en bas, il le voyait uniquement comme un mafieux, un bandit des grands chemins, voire un escroc.

Il demanda la note à la serveuse, et eut un coup de froid quand il s'aperçut que Gianni avait quitté les lieux. Il tremblait comme une feuille, le pigeon avait perdu un peu de son ramage et de son plumage. L'employé du restaurant lui demanda de se rassoir, le patron allait revenir bientôt. Il se rassit, et le serveur lui porta une Singha, bière chinoise, pour le faire patienter. Il n'arrêtait pas de regarder dans tous les sens, mais que pouvait-il faire d'autre que d'attendre. Il était presque minuit, quand un bruit de voiture se fit plus entendre et le freinage fit voler quelques gravillons devant la terrasse du restaurant. C'était la voiture de Gianni, un véhicule de marque allemande type 4/4, son ami italien en descendit en souriant et il se précipita vers Georges.

---- *Ta fille arrive !*

Il ne répondit pas mais, il avala sa salive, en souriant, il venait d'être un peu rassuré sur l'argent dépensé et de son retour sur investissement. L'italien se servit une bière et invita son copain français à se rassoir à sa table.

---- *Elle ne devrait pas tarder.*

La terrasse se vida de ses derniers clients, quand un scooter arriva sur la route, et vint s'arrêter à quelques dizaines de mètres de la pizzeria. Gianni visiblement, connaissait le conducteur, il se précipita vers l'extérieur. Il discuta quelques secondes avec le conducteur, le passager, une femme ôta son casque et rajusta une tenue composée d'un short en jean et un tee-shirt de couleur d'une marque contrefaite.

Elle avait la quarantaine, une petite corpulence comme la plupart des asiatiques, un sac de plage sous son épaule. Le scooter parti, Gianni fit signe à la femme que son client était à l'intérieur de son restaurant. Comme pour tous ces clients particuliers, Jane, suivit l'homme en silence et rentra dans le restaurant par l'arrière salle qui renfermait un cabinet de toilettes usé par la fréquentation intensive. Gianni rentra triomphalement sur la terrasse comme César dans Rome, il fit assoir la prostituée face à Georges en lui disant :

---- *Alors ! Elle te plait, elle s'appelle Jane, en posant sa main sur son épaule.*

---- *Oui* ! répondit Georges.

La belle promise était de retour, il n'osait pas

trop la regarder. Georges était gêné par la rapidité de cette rencontre, mais c'était son rêve de passer trois mois avec une fille, sans avoir à se déplacer dans des bars à hôtesses plusieurs fois pendant sa villégiature. La femme le regarda sans rien dire, elle ne parlait pas français mais possédait un anglais parfait d'après Gianni. Le petit visage de Jane était triste, mais son physique plaisait à Georges. Il aimait ces visages fins, et la profondeur des yeux de ces filles asiatiques.

Jane n'avait toujours pas ouvert sa bouche.

---- *I'm hungry*, dit-elle.

Georges comprit tout de suite et appela un serveur, après un échange en langue locale, elle commanda un masaman au poulet. Elle avait l'air affamé, le teint de son visage était blafard malgré les cils et sourcils qui étaient d'un noir d'ébène comme sa chevelure. Georges la dévisagea, quand le plat arriva dans un ramequin, Jane se jeta dessus, elle était affamée, elle dévora tout. Georges lui demanda dans un anglais hésitant et approximatif si elle voulait autre chose après.

Elle demanda seulement une salade de fruits composée uniquement de litchis, qu'elle engloutit avec rapidité, la faim s'estompant, un sourire discret revint sur son visage.

Georges remercia son copain italien de son entremise et lui régla sa note de restaurant en espèces bien sûr. La femme patientait en silence, elle ignorait totalement où logeait cet européen, elle était à son service, son entremetteur, le patron du restaurant lui avait seulement dit qu'il restait pour trois mois dans l'Ile. Elle avait accepté ce travail, le seul qu'elle connaissait et qu'elle faisait depuis plusieurs années.

Georges lâcha un « Let's Go », Jane se leva pour suivre ce nouvel homme, il mit un casque emprunté au loueur du deux roues, sa fiancée enfourcha le scooter, puis démarra.

Le nouveau couple était réuni, la moto partait vers la location par la côtière, une belle et pleine lune éclairait la mer et paraissait accrochée sur les collines de l'Ile de Koh Phangam. Arrivés à la location, Georges montra du doigt le bungalow à sa nouvelle amie, et lui montra d'un geste qu'il fallait ne pas faire du bruit et se taire. Jane parlait un anglais simple, notre parisien aussi. Il était content d'avoir ce qu'il espérait une fille à sa disposition. Elle lui dit en écrivant sur un petit bout de papier le tarif de ses prestations. Elle griffonna un chiffre de 10 000 Baths payable tout de suite.

Les présentations étaient faites sans romance, ni aubade mais directement.

---- *O.K*, répondit Georges !

Il partit dans la chambre où était dissimulé le petit coffre-fort comme dans tous les hôtels. Il ouvrit la porte en tapotant ses chiffres fétiches -7512- en regardant si sa protégée ne lorgnait pas vers sa cassette. Notre Harpagon, sortit une grosse somme en baths, et prit la somme prévue. Il vérifia de nouveau si Jane ne regardait pas, il recompta la somme sur le lit et lui donna tout de suite. Elle recompta son salaire mensuel, puis le mit dans son portefeuille vide de tout autre papier ou pièce d'identité. Il lui proposa de boire un thé, elle accepta, puis s'assit sur le canapé et attendit la boisson chaude.

Elle était vêtue très légèrement, la route, la nuit sur le scooter l'avait frigorifié.

Avec sa bouilloire à la main, Georges servit le thé à sa promise, la femme le but en silence, un petit sourire gêné naquit sur son visage dévoilant des fossettes qui la rendait plus paisible et conforme au type de femme qu'il désirait sur tous les plans.

Elle était silencieuse mis à part le bruit qu'elle faisait en aspirant le breuvage, lui le séducteur à crédit la regardait comme un italien qui savait qu'il aurait de l'amour et du vin. Jane demanda à se servir de la salle de bains, et des toilettes, Georges acquiesça, puis partit dans la chambre après avoir fermé la porte de la location, comme s'il avait peur que la fille ne parte avec le premier mois dans sa poche et ne disparaisse. Il prit les clés dans sa poche et les remisa dans le petit meuble style Balinais et en referma le tiroir. Il vérifia pendant la douche de la prostituée qu'il avait bien refermé le coffre.

Il se coucha dans son lit, et prit dans le meuble à clés un préservatif qu'il posa en attendant sous son oreiller. Georges attendait l'entrée de la belle dans l'arène. Il commençait à s'assoupir quand Jane entra dans la chambre et vint s'allonger auprès de lui. Elle éteignit son téléphone portable pour la nuit. Il lui offrit ses bras La femme était visiblement épuisée. Le reste ne fut qu'une rencontre rapide avec deux corps qui ne se termina pas à l'aube.

Notre Casanova était en petite forme, il voulait rentrer dans son investissement et passer une bonne nuit par la suite. L'étreinte terminée, le sommeil tomba sur le couple, la nuit passa. Dans le milieu de la matinée, Georges fut réveillé par les oiseaux et la lumière qui filtrait sous la porte donnant sur la petite terrasse. Sa conquête dormait profondément et il ne la réveilla pas et sortit sans bruit de la chambre. Il se fit couler un café, parti s'assoir sur la terrasse toujours à l'ombre, il était apaisé d'avoir ce qu'il voulait c'est à dire un esclave sexuel à demeure. Il regardait la piscine dans laquelle aucune personne de se baignait, ses pensées de mâle satisfait le ravissaient, il souriait en pensant à la réussite de ses vœux. Sarah passa dans le jardin, il la salua, avec un grand sourire, d'un air gêné, il lui expliqua à voix basse qu'il avait trouvé la fille qui resterait avec lui pendant son séjour.

Elle le remercia de sa correction, et lui demanda de nouveau d'être discret. Il l'assura qu'elle n'aurait pas de problème avec lui et sa compagne. Il ouvrit la porte d'entrée de la location pour faire un courant d'air bienfaiteur, et partit à la salle de bains pour un petit brin de toilette. Jane dormait toujours, il était dans les quinze heures quand elle sortit de la chambre, elle partit vers la petite kitchenette pour se faire un thé. Elle était vêtue d'un grand tee-shirt qui lui servait de robe de chambre qu'elle gardait toujours dans son sac. Elle s'installa dans le sofa à l'intérieur pour son petit-déjeuner, Georges lui apporta un plateau de fruits et des laitages présents dans le frigo.

Elle ne disait rien, et mangeait en silence quelques fruits en regardant les lieux où elle avait passé la nuit et y resterait sûrement plusieurs jours. Elle fit la vaisselle, et partit prendre une douche. La journée était bien entamée, après une séance de bronzage sur la petite terrasse, Georges décida que ce soir, ils iraient tous les deux dîner dans un restaurant à côté. Petit à petit, il discutait dans un anglais simple, elle lui raconta qu'elle avait un fils qui habitait chez sa mère dans une petite maison.

Il s'appelait Yan, sa mère l'élevait dans cette maison à côté de Nae Man. Petit à petit, Jane expliqua sa vie antérieure et ses circonstances compliquées.

Jane avait travaillé dans la construction comme maçon sur des chantiers comme beaucoup de femmes en Thaïlande. Tous les matins, pendant son précédent travail, elle partait en compagnie avec un groupe de femmes, sur un camion benne qui les transportait sur les chantiers sur l'île. Elle y avait travaillé très dur, pendant son union avec son mari qui était mort sur un chantier. Elle était dure au travail et le décès de son mari l'avait obligée de trouver un autre travail pour nourrir sa mère qui était aussi à charge.

La mère était très âgée et lui avait bien parlé de cette solution pour gagner plus d'argent, son fils devait intégrer un collège privé. Georges écoutait, assis sur le canapé du salon, il comprenait dans ses plus grands traits et laissait sa compagne continuer son histoire. Elle lui montra une photographie d'écolier où son fils souriait et paraissait en bonne santé dans une superbe tenue d'uniforme. Il fallait payer le bel uniforme et tous les frais d'inscription de l'école. Il lui fallait une tenue impeccable avec les chaussettes montantes, des petites chaussures, des bermudas de toile, et des polos d e c o u l e u r blanches. Son fils devait posséder plusieurs uniformes pour une tenue parfaite.

Il était en fin d'étude primaire et espérait que ses notes lui permettraient d'intégrer le lycée. Elle ne voulait pas qu'il souffre comme elle de sa condition, et plaçait en lui de grands espoirs. Elle avait toujours en mémoire la première soirée où elle avait débuté ce travail. Jane avait dû s'apprêter, mettre une tenue légère alors qu'elle était toujours v ê t u e d ' h a b i t s u s a g é s et coiffée d'un chapeau plat pour se protéger du soleil et des intempéries sur les chantiers. Sa vieille mère lui avait dit d'aller sur la place de Fisherman, et rencontrer le propriétaire du restaurant où souvent de nombreuses filles se trouvaient. Elle avait rencontré le copain de Gianni, qui protégeait des filles qui s'adonnant à la prostitution.

En quelques minutes, sa vie avait été décrite à son client, qui l'écoutait sans trop d'intérêt. Elle avait débuté son nouvel emploi par des passes avec des clients européens, elle plaisait toujours car son physique de femme mûre la faisait désirer par tous ces européens qui recherchaient ou espéraient une femme mature et pleine d'expérience. Le vieux phantasme de la prostituée expérimentée lui procurait des clients plus âgés, mais comme Georges, demandeur de ce genre de femmes. Petit à petit, elle rencontra des clients qui restaient pour des périodes de vacances de plus en plus longues. Ce nouveau travail lui permettait de nourrir mieux son fils, sa mère et mettre quelques baths de côté, ces longues journées où elle accompagnait un touriste, à la plage, au restaurant, ou dans les locations diverses lui procuraient des revenus réguliers.

Le long discours se termina par un O.K d'un Georges compréhensif, mais cette histoire ne l'intéressait pas.

Pour lui, elle était une pseudo- fonctionnaire avec des revenus mensuels, les sommes des mois perçues étaient payées en avance. Elle devait assurer les prestations pour lesquelles, il la payait. Certains clients permettaient des aménagements de temps où elle s'occupait de son fils comme toute maman. Son fils savait que sa maman travaillait le soir, pour lui, elle travaillait dans un hôtel de l'île.

Ce soir-là, elle ne verrait pas son fils, un petit message à sa maman sur son portable pour la prévenir de son absence ce soir. Elle ne l'avait pas revu depuis plus de trois semaines. Elle envoya un joli message pour Yan à sa maman, en lui expliquant qu'elle irait peut-être le chercher demain soir à la sortie de l'école. Elle partirait au restaurant avec son nouvel homme, qu'elle accompagnerait pour trois mois, elle le regardait se préparer dans sa salle de bains. Il était face à la glace où il se préparait consciencieusement comme s'il voulait séduire une fille qui pourtant était déjà acquise. Elle regardait son portable et envoyait quelques messages à des connaissances qui étaient restées dans la région de Bangkok. Elle levait la tête, en regardant cet homme pour qui, elle n'avait aucun sentiment comme les autres, seul le paquet de billets pour le mois lui faisait continuer son travail.

Elle appelait souvent certaines amies de l'entreprise où elle travaillait avant, sur les chantiers, à chaque fois qu'elle croisait ces véhicules utilitaires à bennes où des femmes et hommes partaient ou arrivaient sur leur lieu de labeur.

Ses amies vieillissaient beaucoup plus vite qu'elle, elle les rencontrait sur les marchés populaires, les discussions portaient sur sa nouvelle occupation à plein temps, mais elle regardait les visages fripés et les corps abimés par la rudesse du travail sous la chaleur. Elle ne regrettait pas les longues journées sous le cagnard, la petite pause déjeuner où un petit marchand ambulant livrait sur un triporteur des sacs de plastique des repas simples à base de riz et poulet en brochette vendus sur place.

Elle savait que ses journées étaient moins difficiles que celles des anciennes collègues, son travail lui rapportait de quoi mieux faire vivre sa mère et son fils. Georges était toujours devant son miroir de la salle de bains, rectifiant l'aspect de son visage, et regardant toutes ses rides en tentant d'en dissimuler à l'aide de crème cosmétique. Jane s'amusait de ses rictus et mimiques quand il collait sa joue près du miroir pour y détecter quelques points noirs. Mais son expérience dans son travail d'escort-girl pour les touristes européens lui faisait garder une grande distance avec ses clients. Elle trouvait ce nouveau client comme tous les autres, c'est-à-dire banal, mais les dix mille baths par mois, c'était un salaire plus que correct. Georges profita que sa compagne se déplaçait sur la terrasse pour ouvrir son coffre dans sa penderie et récupérer une poignée de billets pour la soirée. La soirée de la veille avait asséché ses finances. Par souci de tranquillité et de discrétion, il emportait toujours avec lui des grosses sommes d'argent en liquide, qu'il dépensait sur ses lieux de vacances.

Ce soir il sortit une somme de cinq mille baths qu'il mit dans sa sacoche banane qui ne le quittait pas, il y remisa quelques préservatifs et sa brosse à cheveux.

Il fixa bien la sacoche autour de sa taille pour s'assurer qu'elle ne tomberait pas pendant le trajet pour aller au restaurant. Jane attendait sur la terrasse en grillant une cigarette. Elle s'habilla comme la veille, elle n'avait pas pu rentrer dans la petite maison pour aller se changer. Les clés du scooter dans la main, sa compagne derrière lui, Georges sortit, ferma la porte, et fit démarrer le scooter. Georges monta le premier sur son deux-roues, Jane le suivit et le couple à crédit partit, la nuit était là, en direction de la ville de Nathon.

Georges connaissait un petit restaurant sur le bord de la mer où il avait sympathisé avec le patron et la patronne qui l'avaient accueilli avec le sourire, il y a une année déjà. Après quelques kilomètres de route, le couple se présentait chez Jo, un restaurant thaï à l'entrée de la ville située au bord de la mer. Au large, se dessinaient les ferries qui arrivaient et partaient vers la proche Malaisie.

La mer était calme et aucune vague ne

venait troubler sa quiétude. Jane qui ne possédait pas de casque abrita son visage derrière la tête de Georges en serrant la taille du conducteur pour bien se tenir sur le deux-roues. Georges était rassuré de cette présence féminine à ses côtés, il avait réussi ce rêve et ses phantasmes, posséder une femme sans perdre du temps, ni traîner dans des bars louches. Il ne voulait plus revivre la mésaventure de l'année dernière, la fin de son dernier séjour, et la quête de prostituées occasionnelles. Il était heureux et souriant, il stationna son deux-roues sur la route et rentra dans le jardin où des petits édifices en dur surmontés d'un toit en chapeau chinois abritait une dalle en béton. Es clients dînaient déjà sous les beaux arbres de ce jardin donnant sur une petite plage.

Il rentra, suivi de Jane, Jo le patron entendit les pas sur les allées en gravillons et sortit accueillir ces nouveaux clients. Jo qui était toujours de bonne humeur et son épouse qui travaillait avec lui dans le restaurant, les saluèrent, et les placèrent à une table libre au bord de l'eau. Jane ne parlait pas, Georges dans un dialecte franco- anglais se débrouillait pour communiquer avec son hôte.

Il présenta les cartes plastifiées des menus, Georges laissa la prostituée commander son repas, elle était la tête dans son téléphone portable et envoyait des messages. C'était le repas simple d'un couple, mais l'homme et la femme ne communiquaient uniquement que par des attitudes et mimiques diverses. Les autres couples de touristes plus ordinaires dévisageaient ces voisins en leur jetant des regards obliques. Georges dinait en silence, il les ignorait, seul comptait son plaisir d'être accompagné par une femme à sa botte. Il dégusta son met lentement et fièrement, Jane mangea goulument une grosse assiette de riz accompagné d'un bœuf en sauce. Elle faisait aller ses baguettes rapidement de l'assiette à sa bouche, elle était toujours affamée.

Quelques mots étaient échangés, des sourires rares entre le couple, seul le sourire de Georges revenait quand il croisait un regard envieux d'un homme, ou celui rageur d'une femme qui ne pouvait souffrir cette comparaison féminine. Le repas terminé, l'addition réglée, Georges et Jane partirent se promener sur la petite plage, en amoureux, Georges était repu et il tendit la main à Jane.

Elle lui donna machinalement la sienne comme elle l'avait donnée à tant d'hommes, cette main elle la tendit machinalement. Elle était fatiguée, son précédent client l'avait usée physiquement et moralement, c'était un russe alcoolique.

Elle n'osait pas demander à Georges sa soirée du lendemain où elle avait promis à son fils Yan d'aller le chercher à la sortie de l'école. Elle suivait tel un sherpa, en silence, après quelques pas sur le sable, Georges décida de rentrer sur la location, il commençait à bailler.

Le scooter reprit la route côtière en direction de Bophut. Il arriva une quinzaine de minutes après, le couple rentra dans sa suite, la nuit laissait entendre des cris d'animaux bizarres. Dans la pénombre, sous les halos de la lumière d'une bougie au doux parfum de vanille, Georges, ferma la porte de l'intérieur prit une douche que la chaleur imposait.

Il attendit la femme sous les draps. Il souriait et jouait avec le voile de la moustiquaire qui pendait du baldaquin. Il la replaça pour la nuit. Jane profiterait de ce confort inhabituel par rapport à la maison de sa mère, elle prit une douche avant de se coucher. Georges attendait son plaisir en écoutant la douche qui chuchotait ses gouttes d'eau. Il était radieux malgré la différence de langue, son unique ambition, c'était d'avoir cette fille à sa disposition. L'homme attendait sa récompense, il ne l'attendit pas très longtemps, Jane rentrait dans la chambre et se faufila sous les draps blancs. Georges était au septième ciel.

Quel pied ! Quelles vacances !

L'étreinte terminée, Jane demanda dans un anglais rudimentaire, si elle pouvait passer sa journée de demain avec son fils. Georges ne comprit pas tout de suite la question en anglais. Il la fit répéter une deuxième fois. Il comprit qu'elle voulait son après-midi et sa soirée pour voir son fils.

Il ne pouvait pas dire non, même s'il avait un doute sur le retour de Jane, il avait payé un mois. Elle lui dit que son fils était avec sa mère et elle ne le voyait que peu, certains clients refusaient de la laisser partir pendant ses périodes d'accompagnement des touristes. Georges était gêné par la question.

Il se méfiait de cette femme et cette question était si inhabituelle pour une prostituée.

Elle insista si bien et l'assura si bien que le lendemain soir après la soirée avec son fils et sa mère, elle reviendrait pour honorer ses engagements pour la fin de ses prestations.

Georges se laissa convaincre sous les draps par d'amicales pressions physiques, il accepta et proposa de la conduire vers sa maison et si elle voulait, il reviendrait la chercher le lendemain. Elle accepta. Après une fin de soirée chaude au lit, il ne pouvait dire non, il accepta. Elle sortit du lit en repoussant les draps violemment et alla chercher son téléphone portable pour envoyer un message à sa maman pour la prévenir qu'elle pourrait passer la journée avec eux. Une fois le texte envoyé, elle revint se coucher avec un sourire qui était encadré par deux jolies fossettes sur son visage.

La nuit allait être bonne pour Jane, ses pensées allaient vers Yan, elle ne l'avait pas vu depuis trois semaines, son précédent client avait refusé du temps libre pour son fils et toute accommodation avec son emploi du temps. Le lendemain, Georges après son déjeuner, reprit son cheval de fer, mit son casque et invita Jane à le rejoindre puis ils
partirent vers Nathon, la maison de Jane se trouvait près de la ville. La côtière déroulait ses virages, la mer se trouvait toujours à quelques encablures sur la droite.

Juste avant d'arriver dans la préfecture administrative de l'île, il prit un chemin de terre sur la gauche, après une centaine de mètres, Jane lui tapa sur l'épaule pour lui demander de la laisser près d'un groupe de maisons de tôles et de bois.

Il la laissa descendre du scooter, il lui donna

rendez-vous le lendemain, à la même heure, au
même endroit, il fit demi-tour pour repartir vers
Nae-Man. Au bout du chemin, une vieille femme
patientait assise sur un gros tronc d'arbre coupé.
C'était la mère de Jane qui l'attendait depuis le début
de l'après-midi. Elle la salua, puis l'accompagna vers
la maison.

Le fils était à l'école, elle irait le chercher
vers les quinze heures à la sortie des cours. Yan
avait été prévenu par sa grand-mère de la venue de
sa mère, il était joyeux et impatient de revoir sa
maman. Une fois, rentrée dans la maison de tôles,
elle donna à sa mère une grosse partie de la somme
d'argent qu'elle avait eue pour le premier mois en
compagnie du nouveau touriste.

Elle en garda une petite partie, pour ses
menus besoins. La grand-mère se leva et partit
déposer la somme dans une boite métallique qu'elle
dissimula sur une étagère en hauteur de la petite
cuisine. Après le repas partagé avec sa mère, Jane
partit se reposer sur un vieux rocking-chair qui
patientait depuis plusieurs années devant la maison,
à l'abri d'un frangipanier géant.

Elle se réveilla une heure après, il était près de
trois heures. Elle prit son sac en bandoulière et se
précipita en pressant le pas pour aller chercher sa
seule raison de vivre, son fils. Elle fit un geste de la
main à sa maman, et lui demanda de préparer le
repas pour le soir, et surtout celui que Yan
préférait. Il adorait les crevettes, la grand-mère
irait les chercher sur le port de Nathon, à côté de
l'embarcadère des ferries qui faisaient la navette avec

la Malaisie. Jane était heureuse comme à chaque fois qu'elle serrait son fils dans ses bras, elle rajusta sa tenue légère et rectifia sa chevelure noire pour se donner un air plus strict. Tout en marchant, elle se poudra le visage, et masqua quelques rides avec un fond de teint épais.

Elle arriva quelques minutes avant la sortie des classes et attendit devant le portail d'entrée. La cour de l'école était vide de tout enfant. La cloche tinta à trois reprises, et une marée d'enfants sortit en criant des classes, chahutant dans la cour.

Le vent se levait, le drapeau à rayures bleues, blanches, rouges flottait sur le mat tricolore situé au milieu de la grande cour, les premiers enfants sortirent en criant. L'école était finie pour la journée, les petites classes du primaire sortaient les premières, on les reconnaissait par leur couleur d'uniforme, le bleu pour les bermudas et jupes, et le polo à manches courtes.

Quelques minutes après, les grandes classes du primaire sortirent, la tenue changeait peu, la tenue des écoliers était toujours d'un polo blanc avec un short long de couleur marron ou jupe pour les filles. Une paire de chaussettes marron, une ceinture marronne complétait cette livrée, et donnait une impression de serpent multicolore qui traversait la cour vers la sortie. Jane cherchait son fils dans la masse grouillante des enfants, vêtus de marron et blanc, elle ne le voyait pas. Yan avait bien vu sa mère, il lui fit une surprise quand elle sentit une petite main qui tapait sur son épaule.

C'était son fils, elle le prit dans ses bras, elle

ne l'avait pas vu depuis plus de trois semaines, elle était heureuse de pouvoir le serrer enfin dans ses bras. Après une longue étreinte, elle prit son cartable sac à dos et le mit sur ses épaules comme pour garder son enfant tout en entier et sans aucune barrière. Elle lui posait mille questions sur ses notes obtenues, elle ne lui lâchait pas la main, Yan était souriant, et plein de vie.

Il rassura sa maman, il avait de bonnes notes et une attitude digne, ses maîtres étaient fiers de lui, aussi il était cité dans le tableau d'honneur de son école. De retour à la maison de bois et de tôles, le repas, en début de soirée fut joyeux, l'ambiance était au beau fixe, la grand-mère avait trouvé sur le marché des grosses gambas qu'elle avait fait griller sur un vieux barbecue. Un plat de riz complétait ce repas, Yan demanda à sortir de table, il partit jouer comme d'habitude avec ses petits voisins dans un parking juste devant le groupe de maisons. La maman était si fière de son fils, elle le regardait avec les yeux de Chimène, elle qui ne voyait pas souvent son enfant était heureuse. Les cris de joie de ce groupe d'enfants lui faisaient chaud au cœur. Sa mère fit la vaisselle, elle resta sur un fauteuil en regardant son enfant s'amuser avec ses petits voisins.

De temps à autre, il s'arrêtait de jouer et lui envoyait quelques signes de la main à sa mère, en lui adressant un large sourire. La soirée passa vite, Jane, raccompagna son fils dans la petite chambre, où il dormait dans la même pièce que sa grand-mère. Un gros câlin, des paroles douces, Yan s'endormit en souriant, sa maman dormirait à côté de lui mais uniquement cette nuit, le lendemain, elle serait à son travail. Elle lui expliqua qu'elle travaillait dans le restaurant d'un hôtel et ses heures de travail l'empêchaient de revenir tous les soirs à la maison de sa mère.

C'est au moyen d'un éclairage sommaire d'une baladeuse électrique branchée sur un compteur qui trônait au milieu d'un fatras de fils que la mère et la fille passèrent la soirée en discutant. Au petit matin, elles étaient toutes les deux debout, quand le petit garçon ouvrit les yeux difficilement, il vint déjeuner avec les deux femmes de sa vie avant de repartir à l'école. Il revêtit sa tenue pour l'école, prit son cartable et y chercha son carnet de notes et d'appréciations.

Il le présenta avec un large sourire à sa maman, qui le feuilleta, ses notes étaient excellentes, toutes les appréciations étaient bonnes. Yan était un excellent élève. Elle signa le bulletin de notes et le rendit à son fils qui le rangea fièrement dans son cartable.

Il lui dit :

---- *C'est bien maman ?*

---- *Oui, mon fils, je suis si fière de toi.*

La maman, prit son fils par la main, ils repartirent vers l'école, l'entrée des classes était fixée à huit heures, il ne fallait pas arriver en retard. Main dans la main, discutant de l'école et de l'avenir de son enfant ; le portail de l'école se dessinait au bout de la route.

Sur le chemin, plusieurs copains le saluaient, quelques camarades de classe lui envoyaient des saluts de la main. Il fallait se séparer, un câlin et des mots silencieux, Yan regagnait son monde enfantin, il se retourna plusieurs fois pour dire au revoir à sa mère. Jane dissimulait une émotion difficile à contenir.

Elle ne savait pas quand elle pourrait le revoir, cela dépendait uniquement du bon vouloir de son client. La cloche tinta dans la cour, les enfants se rassemblaient en silence en ordre des classes pour le salut au drapeau dans la cour avant de rentrer dans les salles de cours. Elle était seule devant le portail. Après les quelques marches gravies pour accéder à sa classe dans un bâtiment préfabriqué, Yan lui fit le dernier signe de la main.

Elle rentra à la maison de sa mère, avant que son client ne revienne la chercher. Elle s'arrêta dans la rue principale pour aller déposer un peu d'argent dans sa banque.

C'était une partie de la somme qu'elle déposait comme tous les mois ou dès qu'elle pouvait sur un compte pour Yan. Ces économies devraient lui permettre de payer ses futures études à l'université quand il devrait quitter l'île. Elle retrouva ensuite sa mère, elles allaient partager un repas léger, son client devait revenir en fin d'après-midi la chercher au bout du chemin pour la ramener à Nae Nam à la location.

Georges était déjà sur la route et se dirigeait vers Nathon, le rendez-vous était prévu. Tel un amoureux, il venait chercher sa fiancée devant la maison de ses parents.

Il se présenta, au bout du chemin, attendit après

avoir garé son scooter. Il partit s'assoir sur la terrasse d'une petite échoppe pour patienter. Après quelques minutes d'attente, il remarqua la silhouette de Jane qui arrivait au bout du chemin. Il respira mieux, sa fille de compagnie revenait au bercail, il était rassuré de la récupérer. Elle enfourcha la moto pour repartir vers la location. Elle lui envoya un « *Let's go* », elle ne voulait pas trop être vue avec des européens dans sa ville natale, même si la prostitution sur l'île ou dans le pays est un business toléré. Georges laissa sa bière au fond du verre et fit démarrer son deux-roues.

C'était Jane qui commandait, elle voulait éviter que les voisins ne s'aperçoivent de son travail qui n'aurait fait aucun doute. Elle lui donna une petite tape sur l'épaule pour dire à son cocher de démarrer.

Le parfait séjour touristique de Georges était bien parti, il avait retrouvé sa servante.

Il était comme un séducteur arrivé à ses fins. Il décida de conduire sa belle au centre-ville de Nathon pour lui acheter des habits. Il gara son scooter dans une petite rue près du Port. Il montra à Jane un magasin ou de nombreuses tenues multicolores étaient exposées. Il lui acheta deux tenues légères de plage, ainsi qu'un maillot de bains qu'il lui offrit. Une fois, les emplettes terminées, il ramena sa conquête avec lui dans sa location, son séjour idyllique et rêvé pouvait continuer. D'un commun accord, après un service personnalisé et féminin et un début de soirée chaud, Jane obtint d'avoir un jour de libre par semaine, qu'elle pourrait passer avec son fils. Georges se laissa convaincre.

Il était fier d'avoir laissé un peu de liberté et d'humanité à sa compagne temporaire. Il comprenait de mieux en mieux la vie de cette femme. Il lui faisait petit à petit une confiance raisonnée. Le soir après un repas, pris dans la location, Jane sortit des petites bouteilles d'huiles essentielles, elle proposa un massage local à son client. Elle voulait le remercier de lui laisser une journée par semaine pour la passer avec Yan.

Elle partit dans la chambre pour installer des bougies de couleur sur chaque meuble de chevet afin de suggérer l'atmosphère du salon. Elle choisit sur son portable un air de musique local favorisant la détente et la méditation. Elle éteignit la lumière du plafonnier. Petit à petit, la chambre se transforma, en un salon de massage, l'odeur douce des bougies se répandait, Georges attendait sur le canapé du salon, la suite de la soirée.

La masseuse faisait de nombreux allers et retours entre tous les points de la chambre, le client n'en ratait pas une miette.

Toutes les bougies étaient disposées harmonieusement, le lit qui était en bataille, fut remis en état et les draps tendus pour y faire une table de massage parfaite. Les moustiquaires furent repliées, Jane vint chercher son client qui était déjà en extase sur son sofa, comme un enfant devant un sapin de Noël.

Elle le prit par la main comme un enfant dans un manège, elle le fit s'allonger sur le lit et lui demanda de seulement garder son slip. Elle déposa sur son visage une petite serviette de toilette légèrement humide et tiède, et délicieusement parfumée à la fleur d'oranger. Elle venait de la réchauffer dans le micro-onde. Le client était immobile, le visage masqué par cette prison de coton odorante et d'une douceur remarquable. Elle commença par un bain de pieds dans un seau en plastique, un gommage minutieux puis un massage des pieds après le séchage. Georges était immobile, les bras allongés le long du corps. Quelques rictus sur son visage se faisaient jour quand elle insistait plus sur la plante des pieds.

La partie dorsale du corps fut massée et huilée, en première partie de cette prestation. Le client était ravi de toutes ces attentions manuelles et bienfaisantes. Le bonheur tout simplement. La masseuse demanda à son client de se tourner sur le lit, de se mettre sur le dos pour terminer sa prestation, elle s'aspergea de nouveau les mains et recommença le côté face à la suite. Elle lui déposa une nouvelle serviette de toilette chaude sur le visage. Elle était vêtue comme à ses habitudes d'un short et d'un tee-shirt d'été sans manche qui dévoilaient ses formes asiatiques.

Georges était au septième ciel, Jane se consacrait maintenant au torse et aux bras, elle faisait des exercices simples et doux d'étirement des membres. Le massage se termina par des étirements et claquements des extrémités des doigts. Seul témoin de la scène, un gecko les regardait, posé sur une poutre de la pièce. Les différents exercices et positions provoquaient des contacts torrides, les

mains non occupées de Georges commençaient à
devenir indépendantes et aventureuses. Quelques
étirements des bras, sur ses épaules, quelques
claques sur le dos, et des tapes avec les deux mains
jointes comme pour un salut local, l'instant de
bonheur était terminé pour le massage. Le client
voulait laisser ses mains adoucies par les huiles
faire leur travail, son corps était en folie, il présenta
rapidement un hommage plus qu'appuyé à sa
compagne. La soirée se termina par un câlin puis un
grand soupir de satisfaction et de plaisir.

Le touriste venait de passer sa plus belle soirée
asiatique, ce voyage c'était cela pour lui, il payait
pour ce type de bon temps. Il les voulait ces
semaines, uniquement avec une fille régulière et non
pas des occasionnelles comme l'année précédente.
Cette année, il avait une fille régulière qui de
surcroît, massait merveilleusement bien.

C'était le jackpot, à la différence de l'année
précédente, le séjour devait être parfait. Au matin,
Jane profita du petit-déjeuner pour demander à aller
voir son fils la semaine prochaine, elle dormirait chez
sa mère. Georges hésita, mais la divine soirée
passée la veille le faisait devenir plus conciliant.
Lui, l'ancien agent immobilier, habile négociateur,
demanda d'avoir ce massage renouvelé à son retour
comme la veille.

Jane opina, bon prince ou bon client, il
accepta, et proposa de porter sa compagne en scooter,
elle répondit par un :
---- *Ok, no problem !*
Le négociateur gardait la main sur son contrat

verbal avec Jane, il pouvait décider, elle disposait de cette journée si importante pour elle, et surtout de son enfant. Elle envoya un message sur son portable tout de suite à sa mère pour la prévenir de sa visite à Nathon, la semaine prochaine. Georges sortit pour aller prendre son bain du matin dans la piscine qui était déserte. Il croisa Sarah qui vit que notre vacancier était d'excellente humeur. Il sifflotait l'air de la chanson » Champs-Elysées », de Joe DASSIN, il souriait et affichait un sourire ravageur. Il salua Sarah, et lui lança un « All is ok » avant de plonger dans la piscine comme un jeune homme.

Les jours heureux passaient, les accords entre le client et la prostituée tenaient depuis le début du mois, comme un couple lambda, Georges accompagnait sa compagne tous les jeudis matin, il revenait la chercher après son week-end le vendredi soir. A son retour de voyage à Nathon, il avait le droit à son supplément de salaire, le massage personnalisé et gratuit.

C'était un gentleman agreement, il était devenu un souteneur employeur. Le premier mois se terminait, la cohabitation était pacifique, le contact entre l'européen et l'asiatique était limité au minimum. Le premier faisant un effort pour son anglais rudimentaire, la deuxième faisait le travail pour lequel elle était rétribuée.

Petit à petit, les jours passant, quelques jolis sourires se faisaient jour mis en valeur par ses fossettes. Elle faisait son travail comme d'autres femmes sur l'île, elle accompagnait son client partout, le tenait par la main pour se promener dans les rues et sur les plages. Elle était comme toutes ces femmes asiatiques, des maîtresses habituelles d'européens en villégiature en situation de solitude ou adeptes du sexe tarifé.

Le deuxième mois débutait, comme convenu chez son ami Gianni du restaurant italien, il devait lui donner l'avance pour le mois qui commençait. Le double de la location, il devait la donner au souteneur et passer le remettre à la pizzeria chez Gianni. Le repas du soir allait être teinté d'un fort accent italien. Après s'être prélassés sur le bord de la piscine, et se dorer au soleil, le couple se prépara pour le dîner.

Georges était assidu derrière le miroir éclairé de la salle de bains et surveillait l'éruption de points noirs sur son visage bronzé. Il passait et repassait sa crème de soins fétiche pour s'assurer que son visage à la peau bronzée, ne souffrait d'aucune manque ou imperfection. Il éteignit l'applique murale et sortit. Il profita que Jane avait les yeux rivés sur l'écran de son téléphone portable, et les doigts qui parcouraient son clavier numérique à grande vitesse. Il poussa la porte sans la claquer comme par inadvertance, il voulait que personne n'ait la vue sur son coffre. Méfiance !!!

Il lui fallait la somme prévue pour le souteneur, et la même somme pour payer le mois qui débutait. Jane était sur son sofa.

Elle aperçut son client qui était dans une position peu habituelle, accroupi derrière le lit, il prenait quelque chose dans sa penderie. Elle entendit une petite sonnerie électronique comme pour signaler un appel ou un message sur un portable.

Le téléphone portable de Georges était éteint, ce petit bruit, venait d'un appareil dans la chambre. Elle se doutait bien que son client avait du liquide sur lui car il ne retirait pas d'argent quand elle l'accompagnait. Elle vit une importante somme d'argent soigneusement rangés, elle reconnut une épaisse liasse de billets roses de 100 baths. Ses yeux identifièrent la couleur caractéristique d'une autre liasse de billets de couleur orange, vraisemblablement une somme de billets de 1000 baths. D'autres liasses de couleur violette, qu'elle ne connaissait pas, sûrement des euros.

Elle souriait de le voir dans cette position, et en déplaçant sa tête de quelques centimètres, elle remarqua le petit coffre à combinaison qui se trouvait au-dessous des tiroirs de rangement dans la penderie du client. Elle se positionna sur le sofa, Georges se tourna, jeta un regard méfiant, il vit que Jane était toujours sur le canapé, les yeux rivés sur son téléphone portable. Georges se releva, épousseta la paume de ses mains, ses genoux étaient endoloris par la position, il déposa sur le lit une somme prévue qui devait régler ses dettes. Il recompta la liasse de billets sortie du coffre, un à un, et en confectionna deux petits tas, l'un pour Jane, le deuxième pour Gianni et le souteneur.

La première liasse fut pliée en deux, et donnée à Jane qui arrêta d'envoyer des messages sur son portable, elle recompta également la somme pour la location de ses services pendant ce mois-là. Il déposa la soulte pour l'entremetteur dans sa sacoche banane qu'il accrocha autour de sa taille.

Il lança un nouveau : *Let's go !*

Jane se leva, remit son sac en bandoulière, le couple partit dîner dans un petit restaurant près de l'aéroport. Gianni les regarda descendre du cyclomoteur, il avait l'air étonné de voir son ami de trente jours.

C'était de grands éclats de voix teintée d'un fort accent italien, des mots d'une grande amitié feinte, mais pas un regard pour la présence féminine. Jane le regardait froidement. Il les accompagna en tenant son nouvel ami par son épaule, et fit assoir le couple près d'une petite table ronde. Il tira la chaise pour Georges, et le fit assoir du mieux possible quant à la c o m p a g n e , elle se débrouilla toute seule pour s'assoir.

Il apporta les deux menus avec ses conseils pour faire ses bonnes pâtes à l'ail, puis en baissant le volume de sa voix si caractéristique, il parla à l'oreille de Georges.

---- *On se voit après le repas pour l'argent ?*

---- *On se voit après le repas, j'ai l'argent,* répondit Georges.

Gianni avait l'air gêné car si le client n'était pas satisfait, il s'était engagé auprès de son copain souteneur que la fille puisse travailler pendant trois mois avec le client trouvé. Il avait peur d'un incident de paiement, le fournisseur de filles du quartier Fisherman n'était pas un rigolo. Le repas du couple fut pris dans un silence profond. Seul Gianni portait les plats avec de grands sourires et de grandes marques d'attention pour son copain. Il présentait et vantait ses plats italiens comme les meilleurs de la botte italienne, il offrit à Georges, le meilleur des rosés d'Italie, un Lacryrma Christi bien frais, et bien sûr de sa cave personnelle.

L'addition fut apportée, l'ami de trente mois, répétait qu'il offrait le vin en gage de profonde amitié qu'il éprouvait à son égard, officiellement. Officieusement, il tremblait de peur que son client ne lui donne pas la somme prévue à l'attention le souteneur pour le mois suivant. Jane ignorait ces flots de paroles, elle envoyait un long message à sa mère, elle avait sa journée dite de repos, et elle passerait passer la soirée avec son fils.

Georges s'éclipsa et se dirigea vers l'arrière salle, près des toilettes, Gianni fit un clin d'œil au serveur pour le prévenir qu'il s'absentait. Il rejoignit son ami à l'arrière.

Georges sortit de sa sacoche la somme prévue qu'il remit directement dans la main de Gianni. Il s'assit sur une chaise de terrasse, sur le petit guéridon, il recompta la somme qu'il devait remettre à son copain qui envoyait les filles. La somme due était complète, Gianni respirait, il l'a mis dans sa poche rapidement puis, il invita son ami à revenir dîner dans quelques jours un soir, l'addition serait pour lui. Il accepta, et fut raccompagné par son copain vers la salle du restaurant. Jane avait toujours la tête dans son téléphone portable.

Le client venait de renouveler son bail pour un mois de plus, il avait dépensé beaucoup d'argent mais il en avait les moyens.

Un mois de confort acheté, un mois de plaisir, le premier mois l'avait comblé, cette formule avec la prostituée lui plaisait tant. L'année précédente, où il avait côtoyé plusieurs prostituées, ainsi que la fin du séjour, lui avait fait perdre la patience d'aller chercher l'amour ponctuellement.

La fin de ses dernières vacances, la fin du séjour où il avait frappé et jeté violemment à la mer la dernière prostituée ne lui laissait que peu de souvenirs. C'était un être froid, il n'y pensait jamais et surtout il n'en parlait jamais. Sur le retour à la location, il souriait, il ramena à la maison la belle, même si ce succès masculin ne tenait qu'à une poignée de billets et non pas à son charme. La passagère à l'arrière serrait avec ses bras la taille de Georges et sa tête reposait sur son épaule. Si le tableau était bucolique, le rapprochement des deux corps n'était pas dû à un désir ardent, mais à la fraicheur qui tombait, Jane, court vêtue grelottait. Lui, le chasseur rentrait avec son gibier sur ses épaules, la femme avait les yeux dans le vide, elle venait d'avoir un mois de tranquillité relative, son fils et sa mère auraient de quoi manger, aller à l'école et vivre décemment. Elle pourrait aussi mettre un peu d'argent de côté pour les futures études supérieures de son fils.

Sur le côté de la route, le deux-roues dépassa un camion benne de chantier qui déposait un groupe de femmes, celles-ci rentraient du travail, le seul transport collectif était cette benne de camion.

Jane regardait ces femmes aux visages

fatigués, toutes de bonne humeur. Cette vie de femme ouvrière, elle l'avait tant connue pendant la durée de son mariage.

Elle se rassurait d'avoir choisi cette vie difficile, mais plus rémunératrice, l'argent supplémentaire lui permettait de mieux vivre et mieux manger. La survie des siens était obligatoirement liée à ce travail. La vie avec Georges n'était pas trop difficile, elle gardait une journée par semaine consacrée à son fils, tous ses clients n'étaient pas conciliants ou accommodants avec ses demandes. Le deuxième mois passa, Tous deux profitaient des restaurants, des plages, et de la douceur de la vie au soleil. Le couple était discret, dans la location, Jane allait rarement à la piscine, elle préférait rester dans l'appartement ou sur la petite terrasse qui était masquée de la vue des autres bungalows par de beaux arbustes fleuris.

Georges aimait mieux garder sa domestique dans la location, et en profiter quand il le voulait. Jane cuisinait quelques plats du pays, où offrait quelques plats qu'elle achetait aux les petites cuisines roulantes sur les triporteurs présents dans les rues où sur les routes.

Le mois de février se finissait, elle pensait souvent au coffre qui était dans la penderie, elle avait bien vu l'emplacement et devinait les liasses de billets qui y dormaient. Malgré son salaire mensuel prévu, elle avait beaucoup de mal à joindre les deux bouts, sa mère dont l'état de santé nécessitait des soins et la scolarité de Yan absorbaient la totalité de l'argent difficilement gagné. Elle avait besoin de plus pour pouvoir subvenir à ses besoins, elle voulait demander un peu d'argent à son client, elle connaissait à l'avance sa réponse. Un soir, ils dînaient dans un petit restaurant sur les plages de Nae-man, elle posa timidement la question après le repas.

---- *Can y have more money for my son?*

Georges comprit bien que sa compagne, voulait plus d'argent pour finir le mois, elle expliqua que c'était pour payer les frais de soins pour sa vieille mère. Il réfléchit, beaucoup d'européens savaient que les prostituées demandaient de l'argent aux clients, les prostituées demandaient d'habitude de l'argent aux clients. Il sortit de sa sacoche banane, un billet de 1000 baths, qu'il jeta dédaigneusement sur la table. Jane était vexée, ses yeux lançaient des flèches, mais elle ne pouvait pas se plaindre devant son client, son protecteur n'apprécierait pas du tout l'absence de la somme d'argent du troisième mois, et des mois suivants.

Elle prit le billet supplémentaire sans aucun remerciement, le déposa en vrac dans son sac de plage, et le repas se termina en silence. De retour, à la location, avant de se coucher, elle vit de nouveau son client se réfugier dans la chambre, et fermer partiellement la porte. Elle fumait une de ses rares cigarettes sur la terrasse et regardait son client qui se dissimulait de son regard. Un petit bip, résonna dans la nuit calme, seuls quelques croassements de batraciens se faisaient entendre. Le bruit électronique ravivait son envie de prélever un peu d'argent sur les liasses de billets que le client cachait dans son coffre-fort. Mais comment accéder au Graal, et récupérer un peu d'argent qui lui serait bien utile.

Le sommeil arriva, les pensées de la prostituée se perdirent ensuite dans le néant. Au réveil, les idées pour prendre un peu d'argent dans le coffre lui revenaient de plus en plus, elle avait besoin de cet argent.

Quelques jours après, elle était c h e z sa mère pour le jour de repos que le client lui avait octroyé, elle partit chercher son fils à la sortie de l'école et croisa une amie d'enfance, Jira. Elle faisait le même métier qu'elle, sur le chemin, elles se racontaient quelques banalités.

Elles prirent un verre de thé acheté à un petit marchand sur son triporteur lequel était stationné sur le parking près du port. Les deux amies d'enfance s'assirent sur un banc, les discussions partirent bon train, son amie était dans une même situation familiale difficile avec un enfant à charge. Elle confia la façon dont elle subtilisait un peu d'argent à ses clients sans éveiller les soupçons. Elle lui raconta que si la manière douce ne marchait pas, il fallait se servir sur la bête.

Jane demanda à Jira une façon de prendre un peu d'argent dans un coffre-fort et comment trouver la combinaison pour l'ouvrir. Son client actuel avait de l'argent dans un coffre. Elle l'avait vu pendant qu'il l'ouvrait.

---- *C'est un digicode ou une clé ?* questionna Jira.

---- *C'est un digicode, comme les coffres des locations*, répondit Jane.

---- *Si tu me donnes d e u x cent baths, j'ai une solution pour toi, tu me les donneras après, mon truc va marcher, tu verras.*

Une tape dans les mains, puis deux phrases prononcées à voix basse car les parents venus chercher leurs enfants à la sortie de l'école, commençaient à être de plus en plus nombreux. Elle écouta avec attention et comprit le stratagème, elle remercia Jira, les enfants des deux femmes prirent la sortie de l'école bruyamment. Les deux familles se quittèrent, chacune de son coté, Jane reprit le numéro de portable de sa copine, les petites familles rentraient chez elles.

Les jours du mois de février se déroulaient comme prévu, une pseudo confiance s'était installée entre les deux personnes du couple. Même si la dernière fois où Jane avait demandé un peu d'argent pour son fils avait énervé Georges. Il lui arrivait de laisser sa compagne toute seule dans la location. Lui partait faire des courses, la vie isolée lui donnait toujours un appétit de connaître cette île. Il privilégiait le coin de la ville o ù se trouvait la location. Il évitait au maximum de se promener dans Bophut, endroit où il avait frappé et jeté à l'eau la dernière prostituée qu'il avait connue suite à l'altercation et à son ivresse. Ce jour-là, elle prétexta des problèmes personnels et féminins pour ne pas l'accompagner dans ses courses. Elle préféra regarder la chaîne thaïlandaise qui passait en majorité des séries sans saveur, et des tournois de boxe thaï dont elle raffolait.

Il prit sa motocyclette et partit, la sacoche banane autour de la taille, pour aller vers le magasin appelé TESCO. Jane, une fois, le bruit du moteur devenu inaudible, se précipita vers la porte pour s'assurer du départ de son client.

Elle partit en courant vers la chambre en se mettant à genoux. Elle regardait ce coffre qu'elle aurait bien aimé ouvrir pour prendre une petite somme et ne pas éveiller les soupçons de celui-ci. Elle fixait le clavier du digicode. La petite lumière rouge clignotait pendant la fermeture de la porte, elle partit vers le canapé où son sac de plage traînait. Elle le fouilla et en sortit une bombe aérosol de laque pour les cheveux. Elle se mit en position assise et essuya le digicode consciencieusement.

Elle vérifia la propreté des touches et aspergea le clavier de laque, et essuya la porte du coffre pour ne pas asperger toute la caissette. Seul un film de laque était déposé sur le clavier et maintenant il fallait attendre. Elle se replongea dans les combats de boxe, et passa son après-midi dans le canapé, sous un bienfaisant courant d'air que la climatisation pulsait dans l'appartement. Georges rentra et comme d'habitude, mis son maillot de bain pour faire une petite trempette dans la piscine, Jane déclina l'offre et resta à regarder la télévision.

Pour cette soirée, le dîner était prévu, le

couple se rendrait dans un grand restaurant situé à Chaweng.

Un spectacle brésilien avec musique et danseuses aux corps de rêve les attendait.

Le principal attrait pour Georges était ces corps splendides de femmes en mouvement, et pour conforter son appétit carnassier et européen, il y avait de la viande grillée servie à volonté.

Après sa douche, notre mâle dominant, passa une petite heure pour s'assurer d'une tenue physique sans reproche et une allure parfaite. La porte de la chambre était fermée quand Jane sur le canapé entendit la petite sonnerie qui devait annoncer l'ouverture du coffre. Georges revenait de la pompe à essence et devait reprendre un peu d'argent, ses stocks dans sa sacoche banane fondaient comme neige au soleil. Il prit une liasse de billets et remit la somme restante de façon précautionneuse dans le coffre, la recouvrit de son passeport, ses reçus de voyages ainsi que les photocopies de son e-ticket pour le billet de retour en France.

Il sentit les touches un peu collantes mais il mit cela sur l'humidité ambiante, il s'essuya les mains sur son pantalon. Jane entendit la deuxième sonnerie qui indiquait la fermeture de la porte. Elle se rendit ensuite dans la salle de bains, pour un brin de toilette. Elle hésita à regarder le coffre, le client n'était pas loin sur la terrasse, il y discutait avec un couple arrivé récemment dans la location. Il vantait tel ou tel restaurant du quartier. Ce couple de belge venait d'arriver sur l'île depuis la vieille et passait un séjour de huit jours dans cette location.

La soirée passée dans le grand restaurant fut agréable, la table retenue par Georges située en bord de piste pour le spectacle, lui apporta une vue sur ces superbes corps de femmes. Il fut appelé pour accompagner les danseuses au milieu de la scène et faire une démonstration de salsa brésilienne, il s'en sortit brillamment sous un tonnerre d'applaudissements du public. Il était fier et content de lui, elle l'avait à peine regardée, elle était toujours plongée dans ses messages sur son téléphone portable.

De retour, à la location, elle profita que son client était parti dans la piscine pour un bain de nuit et se dirigea vers la chambre en prétextant aller aux toilettes. Elle ferma la porte, Georges nageait dans l'eau bleutée de la piscine de la résidence.

Elle se pencha pour voir le coffre, et devina les taches de doigts qui trahiraient les touches permettant de trouver la combinaison du coffre. Elle n'avait pas de pile électrique, elle ne pouvait pas voir si le petit système avait marché. Jira avait-elle eu tort ou raison ? Elle referma les portes coulissantes de la penderie, pour ne pas attirer l'attention, se rendit sur la terrasse devant le bungalow et y grilla une cigarette.

Le lendemain, coup de chance pour Jane, son client avait une mission impérieuse, il devait aller chez son coiffeur avec qui il avait sympathisé. Son copain était installé dans un beau quartier de l'île non loin de l'Hôpital International.

Le spécialiste capillaire était venu en vacances en Thaïlande et avait succombé au charme d'une belle asiatique. Il travaillait auparavant, lui aussi dans le douzième arrondissement de Paris, il habitait l'île depuis près de 10 ans. Dès que Georges fut parti, Jane encore en peignoir de bains, courut vers la chambre, ouvrit les portes coulissantes de la penderie. La lumière clignotante rouge brillait et marquait la fermeture et le blocage des portes. Elle regarda sous tous les angles et ne vit pas quelles touches avaient été actionnées. Elle suivit le conseil de Jira et alla à la cuisine pour aller chercher un peu de farine.

Elle en déposa une petite quantité sur un bout de papier, et se positionna à quelques centimètres de la porte du coffre. Elle remit un petit jet d'aérosol de laque à cheveux, et souffla tout de suite sur la farine pour la pulvériser sur la porte. Le truc marcha, seules quatre touches restaient en relief, la farine adhérant mieux sur ces touches. Jane releva les numéros des touches, sans aucun doute, cela devait être les chiffres de la combinaison du coffre. Elle reporta les quatre chiffres sur le couvercle de son paquet de cigarettes puis entreprit de nettoyer le clavier rempli de la fine pellicule de farine.

Elle avait ses quatre numéros dans son paquet, elle ne prendrait pas le risque d'essayer d'ouvrir le coffre aujourd'hui ne sachant pas l'heure du retour de Georges. Elle regardait ces chiffres qui lui donneraient l'accès à la caverne d'Ali Baba.

A peine eut elle fermé son paquet de cigarettes que la porte s'ouvrit, Georges rentra, la coupe de cheveux était impeccable, la nuque bien dégagée, les sourcils taillés. Il sentit l'odeur du nettoyant à base d'alcool, elle lui fit un signe pour lui montrer le récipient et le chiffon avec lesquels, elle avait fait un brin de ménage dans tout l'appartement.

---- Great !!dit-il.

Elle posa son paquet au fond de son sac et extirpa une cigarette pour aller la fumer à l'extérieur du bungalow. Elle connaissait déjà par cœur les quatre chiffres de la combinaison qui trottaient dans sa tête, elle les mettrait dans un bon ordre plus tard.

Elle attendrait une occasion plus tranquille pour accéder au coffre. Elle n'eut pas à patienter longtemps, car à peine rentré Georges repartit en scooter sans rien dire, il partait se promener dans le secteur, et il ne voulait pas que la femme l'accompagne.

Elle attendit la fin de sa cigarette pour s'assurer que son client était parti et rentra dans l'appartement. Le paquet de cigarettes fut trouvé très rapidement, et le couvercle ouvert avec les chiffres. Jane pianota rapidement la première combinaison qui n'était pas la bonne, puis la deuxième qui n'était pas celle souhaitée par l'automate.

A la troisième, la sonnerie habituelle retentit, un bandeau lumineux vert « open » apparut, puis le voyant vert se mit à clignoter et le signal sonore tinta. Elle était inquiète, elle partit regarder sur le jardin si Georges ne rentrait pas et la surprendrait pendant ce forfait. Personne à l'horizon, elle regarda ces liasses de billets, ses yeux brillaient de désir mais il ne fallait pas attirer l'attention du client, elle voulait prendre une petite somme pour qu'il ne se rende compte de rien. Le passeport était posé sur l'une des liasses de billets, elle vit que la plupart des billets était en euros. Elle prit dans une liasse défaite, un billet de deux

cents euros, il en restait sept. Jane le plia pour le
dissimuler dans son paquet de cigarettes, remit le
tas de billets dans sa place initiale. Elle posa le
passeport sur le tout et referma la porte.

Elle essuya avec un chiffon le dessus du coffre
et le clavier numérique pour enlever toute trace de
manipulation. Le lendemain, elle se rendrait à une
boutique de change, elle y transformerait les euros en
baths. Elle rencontra une connaissance à Nathon dans
la grande rue, près de la préfecture, Gina travaillait
dans une petite officine qui proposait des services de
change de diverses devises.

Elle procéda au change du billet sans
demander de justificatif écrit ni présentation d'un
titre d'identité. La somme dans sa poche, Jane partit
acheter un nouvel uniforme pour son fils, elle voulait
qu'il soit toujours parfait dans sa tenue
vestimentaire.

La jeune femme dépensa sans compter cet
argent inespéré, des cadeaux pour sa maman, et
passa à sa banque pour y déposer le solde sur le
compte bancaire prévu pour les futures études de Yan.
Elle rentra chez sa mère pour lui donner ses cadeaux,
des médicaments, et les courses alimentaires puis
repartit chercher son fils à la sortie de l'école. De
retour chez sa mère, elle offrit le présent à son fils,
la tenue était dans un papier de soie, le petit garçon
vit de ses yeux émerveillés, la superbe tenue qu'il
pensait mettre le lendemain matin. Il remercia sa
maman, avec un gros câlin.

La grand-mère regardait le joli tableau
familial, elle était heureuse, elle posa la question à sa

fille, quand Yan dormait d'où venait cet argent. Elle lui répondit que son client était bon et généreux avec elle, la grand-mère l'avait vue car son client actuel la laissait rentrer chez elle toutes les semaines, chose inhabituelle avec les autres.

Les derniers jours du deuxième mois arrivaient déjà, février se terminait, Jane, chaque semaine passait à son distributeur automatique.

Cachée dans la penderie, elle y prenait un billet, puis deux, ne subtilisant dans les liasses ouvertes pour ne pas attirer l'attention sur ses vols.

Ce soir de fin du deuxième mois, le dîner était prévu chez Gianni, il était invité chez l'italien, et avait la somme pour la location de sa compagne pour le troisième et dernier mois de vacances. L'accueil fut toujours dithyrambique et sonore.

---- *Mon ami, mon ami, Je t'ai gardé ma meilleure table !*

Gianni était souriant, la soirée serait bonne pour ses finances grâce à la petite commission pour son entremise.

---- *Tu veux ton argent tout de suite ?*

---- *Tu es mon ami et mon invité, on verra cela après ton repas.*

Il repartit derrière son bar et amena une superbe coupe de champagne à Georges et une boisson non alcoolisée pour Jane envers qui, il n'avait que du mépris. Il proposa le meilleur de sa carte. Le repas fut copieux et arrosé de bon vin d'Italie. Elle choisit un plat local, et dîna en adressant quelques rares mots en anglais à son client. Elle aussi attendait son salaire du troisième et dernier mois de prestation.

Le repas terminé, les deux hommes partirent vers l'arrière salle la somme convenue, l'italien recompta soigneusement la somme donnée de la main à la main qu'il remisa dans sa poche de son jean. Il en préleva une partie qu'il alla déposer dans sa caisse du restaurant.

Le solde ne resta pas longtemps dans sa poche, un individu attendait devant la terrasse de son restaurant. Il lui remit la somme, celui-ci la recompta et il partit en direction de l'aéroport. De retour à la location, la compagne reçut son troisième mois. Elle pouvait voir venir pour sa famille, ses petits larcins lui permettaient de mettre du beurre dans les épinards. C'était un mois de plus où elle et sa famille ne manqueraient de rien. La vie facile du couple continuait sans anicroche, la petite voleuse procédait par petites touches chaque semaine. Elle faisait toujours preuve de prudence en prenant des billets, uniquement dans les liasses déjà incomplètes. La plage, les restaurants, la vie au bord de la piscine, tout allait bien. Notre parisien comptait ses jours de vacances restantes, et les journées étaient toutes consacrées au farniente au bord de la plage.

Lors d'un repas du soir, dans un petit restaurant local, Jane se leva pour se rendre aux toilettes. Elle cherchait dans son sac une cigarette pour la fumer en extérieur pour ne pas gêner son client qui, lui, ne supportait pas ces nuisances. Elle prit un paquet de cigarettes neuf, l'ouvrit, retira l'entourage transparent, saisit son téléphone portable puis sortit du local. Elle laissa son sac sur le dossier de la chaise et sortit. Jane ne vit pas qu'en cherchant dans son sac, elle fit tomber au sol un bout de papier à la couleur aluminium, qui recouvrait les cigarettes. Dans sa quête de tabac, son sac étant plein, un papier blanc de quelques centimètres tomba derrière le dossier de la chaise.

Georges le remarqua, il pensa lui dire lors de son retour, mais curiosité oblige, il se pencha sous la table, le récupéra et le déplia. C'était un reçu d'un établissement de change de Nathon qu'il connaissait. Soigneusement plié en quatre, une somme de cent euros avait été changée il y a huit jours. Georges se demanda tout de suite comment sa compagne pouvait changer des euros. La méfiance montait mais, il ne voulait pas le montrer. Il voulait questionner sa compagne, mais ces questions l'auraient fait se méfier, il voulait la garder pour ses services, il avait payé le mois d'avance. Il réfléchit, comment aurait-elle pu avoir la combinaison de son coffre.

Il était dubitatif, mais le doute s'installait dans son esprit, comment prendre sa compagne sur le fait, il savait que sa réaction, si les faits étaient avérés, serait terrible. Il se souvenait de la fille de l'année précédente qu'il avait frappée violemment et jetée à la mer. Quand Jane revint, le regard de Georges était glaçant, il savait que cette femme le volait, son cerveau était en marche, il voulait la prendre sur le fait. Il était humilié qu'une prostituée puisse le voler.

Il détestait ces femmes pour qui, il n'avait que des sentiments de domination et de services sexuels que bien sûr, il payait de son argent.

Le couple rentra à la location, le scooter roulait doucement, le cerveau du parisien lui marchait à fond, comment avait-elle pu faire ? De retour au bungalow, il regarda discrètement son coffre fermé, il l'ouvrit, vérifia son contenu, son passeport était toujours sur les liasses de billets.

Il avait amené une somme importante d'argent en liquide pour se faire plaisir, il payait toutes ses dépenses en espèces. Il était au milieu du troisième mois, il dépensait sans compter, et ne suivait pas sa cagnotte au jour le jour. Rien n'avait changé dans le coffre.

La nuit fut agitée dans la tête de Georges, Jane, elle ne s'était rendue compte de rien et dormait d'un sommeil profond. En pleine nuit, Georges se leva et regarda la porte de son coffre dont le voyant lumineux clignotant au rouge indiquait la fermeture. Silencieusement, il referma la porte de la penderie. Jane n'avait rien entendu visiblement, Georges se recoucha. Le lendemain matin, Jane repartit vers la maison de sa mère, Georges était stressé et méfiant, avait-il été victime de vols ?

Il se posait la question en regardant sa compagne déjeuner en silence. Devait-il changer la combinaison pour être sûr de son fait, ou tendre un piège et confondre sa voleuse présumée ?

Il amena sa compagne chez sa mère, une fois revenu dans son bungalow, il fit un inventaire de ses espèces dans son coffre et vérifia le nombre de billets restant. Il vérifiait que des euros qu'il changeait à l'occasion. Les liasses complètes furent mises de côté, les liasses déjà entamées, rassemblées.

Une fois la dernière liasse de billets de cinquante euros rangée, il fit un petit chiffre sur les billets numérotés dans l'inscription du chiffre qui marquait la valeur du billet. Dans le chiffre des cinquante euros, il numérota les 8 billets de 1 à 8 en tout petit format. Il reposa son passeport sur la liasse piégée, et referma le coffre, Jane restait jusqu'à demain chez sa mère, il vérifierait tous les soirs, l'absence de billets.

Le piège était tendu, le poisson allait il mordre à l'hameçon ? Crispé et énervé, le parisien alla faire quelques longueurs de piscine pour se calmer et passer un après-midi sur une chaise longue. Deux jours après, il vérifia, aucun billet n'avait été volé, s'était-il fait des idées. Comment aurait-elle pu avoir cette somme importante en euros, avait-elle un autre client pendant sa journée dite de repos ? Le doute ne se dissipait pas.

Au milieu du mois de Mars, les vacances commençaient à sentir la fin, un soir où sa compagne était chez sa mère, le parisien constata que les billets numérotés de 5 à 7 avaient disparu. Le matin même, il avait été cherché, des fruits sur le marché, il avait été absent pendant deux heures et le poisson avait mordu à l'hameçon. Il se mit à hurler, sa colère était terrible et le petit mobilier de la chambre comme la petite table de chevet vola dans la pièce après un grand coup de pied.

Il prit le mode d'emploi du coffre dans ses mains, chaussa ses lunettes de vue, puis changea la combinaison pour la fin du séjour. Il se demandait comment, Jane avait pu trouver la combinaison, par quel moyen, quelle ruse elle avait employée. Lui si prudent et méthodique venait de se faire voler par une prostituée de bas étage. Que faire ? Il était furieux, la compagne rentra dans la chambre, il se calma, et lui demanda de voir son sac.

Elle ne voulut pas lui présenter, il lui arracha des mains, et le vida sur la table basse du salon. Les pièces tombaient, les clés, comme son portefeuille.

Il fouilla tout le sac et son contenu, point de billet en euros. Jane fit l'étonnée, en écartant ses petits bras en signe d'incompréhension. Il referma l'entrée de la porte de leur chambre et lui interdit d'y pénétrer, pour quelque motif que ce soit, sans lui. La prostituée rangea son sac en lui faisant un signe lui demandant si tout allait bien, ce qui l'agaçait encore plus. Il lui demanda de prendre ses affaires de bain, et de le rejoindre immédiatement à la piscine en lui expliquant que ce jeudi, elle n'irait pas le passer avec sa famille pour la punir de son forfait.

Elle protesta, mais elle ne voulait pas que son souteneur sache ce qui s'était passé, elle n'arrêtait pas de dire que ce n'était pas elle qui l'avait volé.

Elle fit mine de ne pas comprendre les raisons de sa colère. Personne n'avait intérêt à ébruiter ce vol, Georges avait assuré que son séjour accompagné dans la location ne poserait aucun problème à Sarah, la propriétaire. Il était vexé. Pour lui se faire voler par une prostituée, c'était une humiliation à laquelle il ne pouvait se résoudre. Il perdrait la face et se ridiculiserait auprès des autres touristes français. Pour Jane, la discrétion devait être de mise, son souteneur n'était pas un ange, ses méthodes étaient musclées avec les filles à problème. Le vol est une chose punie durement dans la loi thaïlandaise, sa qualité de prostituée l'aurait conduite directement dans les prisons du pays.

Elle n'avait pas le choix d'un autre métier, ses revenus de la prostitution nourrissaient trois personnes, le travail sur les chantiers n'aurait jamais suffi à leur subsistance. Elle niait comme elle pouvait les accusations que la barrière de la langue ne suffisait pas à entraver. Les yeux féroces de Georges étaient remplis de haine envers cette femme qui lui gâchait la fin de ce séjour, qu'il avait tant apprécié.

Cette mésaventure l'ulcérait.

La dernière semaine du séjour était déjà là, Georges était irritable, mais il gardait son esclave auprès de lui pour ses besoins masculins. La magie du couple mixte à crédit était finie, il ne restait que l'esclave sexuelle. Deux jours avant son départ, il était prévu depuis plusieurs semaines d'aller passer une dernière journée en bateau pour une croisière autour de l'île avec une pause-déjeuner au bord d'une plage paradisiaque. Notre touriste avait déjà réglé la totalité de la croisière, le remboursement allait être ardu, il décida d'y aller. Au retour de la croisière, il laisserait Jane au retour au Port de Nathon, d'où elle rentrerait chez sa mère.

Le matin de l'excursion, tout était prêt, le sac de Jane était rempli de ses rares effets personnels, le peu qu'elle possédait était dans son sac de plage, le reste était chez sa maman. La porte de la location fut fermée, c'était la dernière fois que Jane venait dans ce bungalow. Le scooter partit avec ses deux passagers vers le lieu d'embarquement à Bophut près de l'aéroport. Le bateau attendait au bout du long embarcadère sur pilotis. Les touristes étaient nombreux, le ponton en bois oscillait légèrement sous le poids de la file d'attente.

Le bateau lâchait quelques émanations de gas-oil et de la fumée noire, Georges marchait devant et Jane suivait, ils ne se tenaient plus la main. Arrivés au ponton, une photographe s'y trouvait pour faire des photos souvenirs. Les couples de touristes les achèteraient au retour du voyage. La   jeune fille souriante prenait des clichés, elle s'approchait de Georges et Jane, il l'éconduit. Il ne voulait pas de photos, la jeune photographe se déplaça, elle prit le couple en photo sans leur accord, l'homme faisait la tête. Il haïssait cette femme qui l'avait volé, il ne voulait plus la voir, mais il avait besoin de cette compagnie silencieuse, elle était payée pour finir son travail. Le bateau quitta son lieu d'accostage et partit en direction de l'Ile de Koh tan, sur son tribord en longeant la côte de l'île. Georges se positionna vers la poupe du bateau pour ne rien perdre du magnifique spectacle de l'océan. Jane était discrètement restée, sur les bancs à l'arrière du bateau, elle était silencieuse, ses cheveux volant au vent. La première escale était prévue sur l'île presque déserte de Koh Tan après deux heures de traversée.

Elle regardait son téléphone portable qui était malheureusement hors du réseau.

Ce petit îlot était habité par quelques familles qui vivait du commerce des noix de coco et du

tourisme. C'était un mouillage pour les bateaux
remplis qui découvraient la côte sud de l'île. Les
nouveaux venus plongeaient du bateau dans des fonds
marins peu profonds et poissonneux, les coraux et les
plages commençaient à souffrir de l'afflux des
touristes. Georges lui ne se baignait pas, il préférait
regarder le spectacle autour de lui et jeter des
regards haineux à Jane qui restait sur l'arrière du
bateau, à l'abri du soleil brûlant. Les plongeurs munis
de tubas, avaient l'autorisation d'admirer les fonds
marins pendant dix minutes dans des fonds aux eaux
claires, puis le bateau repartirait vers l'ile prévue pour
le déjeuner.

Après un voyage de vingt minutes, le bateau
s'immobilisa à une centaine de mètres d'une île, une
magnifique plage la bordait. Une noria de petites
embarcations commençait à virevolter autour du
bateau qui jetait l'ancre pour le mouillage.

C'étaient ces embarcations caractéristiques
avec le pilote à l'arrière, qui étaient propulsées par
un gros moteur comme celui d'un tracteur. L'hélice
était au bout d'un long axe que le pilote montait et
plongeait dans la mer.

Le bruit du moteur était pétaradant, la fumée
noire importante, les passagers du bateau
descendaient de façon acrobatique dans les
petites pirogues qui les conduiraient sur la plage. Les
allers et retours sur la plage s'organisaient. Un
restaurant en retrait dans les arbres s'y trouvait. Deux
personnes confectionnaient un repas à base de
poissons et de riz, Georges descendit dans une
pirogue, il ignorait sa compagne. Jane, elle descendit

dans un autre esquif. Après un bain de pieds, Georges descendit et partit s'installer sur une chaise qui était sur la plage dénuée de tout matériel de plage, mis à part quelques chaises de plastique. Il s'assit et regarda le paysage bluffant de lumière et de verdure, Jane enfin débarquait de la pirogue dans les bras d'un local qui la portait pour qu'elle ne se mouille pas les pieds.

Georges la regardait avec une terrible haine qui ne cessait de monter en lui.

Le bateau resterait sur l'île pendant trois heures, il ne pouvait plus la supporter, elle vint s'assoir auprès de lui sur une chaise. D'un signe méchant du bras, il la repoussa et lui demanda de rester le plus loin possible pour qu'on ne les voie pas ensemble. Elle se mit à l'écart de lui, et l'ignora, le bail allait se terminer entre les deux personnes. Une petite cloche appelait les convives à table, la terrasse était prête, le personnel de l'équipage se transformait en serveurs. De beaux poissons grillés et odorants, du riz, et le doux fumet d'une sauce aigre douce attiraient les personnes allongées sur le sable vers la sainte table. Georges mangeait en silence sur un coin de table, il ne parlait à personne, Jane déjeunait sur une table située à l'écart, elle ne disait rien.

Elle n'avait qu'une envie, que le bateau reparte vers Nathon, elle serait libérée de la présence de cette personne et verrait son fils. Elle avait prévenu sa mère qu'elle renterait ce soir mais elle ne savait pas comment leur séparation allait se passer après la découverte de ses vols. Le repas arrosé par plusieurs bières se termina, il restait encore deux heures à passer sur le sable, Georges décida d'aller suivre la plage et visiter l'île presque déserte. A l'exception de trois maisons sur pilotis des familles des pilotes des pirogues à moteurs, l'îlot était inhabité. Il partit vers le centre de l'ile pour découvrir l'intérieur des terres, il croisa sur le bord du chemin, un petit macaque apprivoisé qui servait à cueillir et faire tomber des cocotiers des noix de coco pour la récolte.

Il le regardait avec amusement. Le macaque était accroché avec une longue ficelle et trainait sur le bord du chemin. Son maître faisait la sieste sur un hamac devant sa maison, le singe montait le long d'un cocotier mais la longueur de son lien l'empêchait d'en atteindre le sommet. Un peu plus loin, Jane le suivait, elle devait accompagner son client jusqu'à la fin de son contrat. Elle restait à une cinquantaine de mètres derrière lui, plus personne ne faisait attention à ces deux personnes que tout séparait. Plus loin, la mer n'était plus visible, une odeur de brûlé se faisait plus présente. Un gros tas de noix de coco vidées se consumait auprès d'une maison de bois cernée de plusieurs monticules de noix.

Le petit sentier passait juste à côté de l'abri pour les ouvriers, Georges s'arrêta derrière le petit muret, et attendit l'arrivée de Jane qui déambulait derrière lui et le suivait à distance. Aucun bruit de présence humaine aux abords, Georges avait le cœur qui s'emballait, il transpirait fort, son souffle devenait de plus en plus difficile, il était au bord de l'explosion nerveuse.

---- Pourquoi avait-elle fait ça ? Elle m'a trahi

Il lui avait fait confiance, il lui avait donné des jours de congés, il était humilié, son séjour allait se terminer dans une pleine humiliation.

Il se plaquait sur le mur, des larmes de honte coulaient, ses yeux humides regardaient le ciel bleu. Jane avançait, elle pensait déjà à son prochain client, que son souteneur allait peut- être trouvé. Elle pensait à son fils qui avait besoin de cet argent, à sa maman qui avait besoin de plus en plus de soins médicaux. Les périodes où elle n'avait pas de client, ce n'était pas d'argent pour la famille.

Elle passa près de l'angle du mur, un nuage de fumée la força à accélérer le pas pour éviter les nuisances. Depuis quelques secondes, elle ne voyait plus la silhouette de son client. Il était en crise comme l'année dernière, où il avait frappé May et l'avait laissée inanimée avant de l'avoir jetée à l'eau. Il était dos au mur de la petite maison, il était dans d'un état de folie passagère. Jane marchait tranquillement sur le petit sentier, elle regardait le ciel. Il ramassa une machette rouillée, c'était l'outil que des ouvriers c h a r g é s de séparer le copra du reste de l'enveloppe des noix. L'ustensile était planté dans le sol au milieu d'enveloppes vides qui pourrissaient où se consumaient.

Elle passa près du muret, reçut un coup très violent sur le crâne, Georges lui asséna un coup d'une violence inouïe avec l'objet à pointe métallique qu'il venait d'arracher du sol. Jane s'écroula sans un cri, sans vie, le sang s'écoulait sur le tas de noix de coco. La base de sa nuque n'était plus qu'un amas de chair sanguinolente. L'outil ensanglanté toujours dans les mains, il prit le corps de Jane, le traîna sur quelques mètres et le jeta dans une excavation remplie de noix de coco évidées.

Jane avait une plaie importante sur l'arrière de la nuque, elle ne respirait plus, son sac ensanglanté était posé sur le sol. Il se retourna pour voir si personne n'avait vu la scène, aucune trace d'humain sur ce coin de l'Ile. Il commença à déposer sur le corps des vieilles feuilles de cocotiers asséchées, puis il fit rouler sur le sol des noix de coco pour dissimuler le cadavre. Le corps se trouvait petit à petit dissimulé par les noix de coco, il disparaissait peu à peu sous l'amas de végétaux. Son travail de fossoyeur terminé, il ramassa le sac ensanglanté et le porta vers le feu où des enveloppes vides de noix de coco brûlaient.

Les rares flammes commençaient à détruire le sac de Jane qui devenait un amas de matière noirâtre. Georges regardait disparaître les derniers effets de sa compagne. Immobile devant le fossé où le corps sans vie de la femme se trouvait, il faisait rouler des noix de coco pour parfaire la dissimulation du cadavre. Il fit le tour du fossé et rajoutait des déchets de noix de coco et des branches de cocotiers sur cet amas de coquilles. Il surveillait la combustion des restes du sac de Jane et le tournait avec la machette pour terminer la destruction totale des traces des objets dans le sac et en particulier de son téléphone portable.

Méthodiquement, il jeta encore des noix de coco vides sur les parties du corps qui étaient les moins dissimulées et susceptibles d'être découvertes rapidement. Il regardait sa montre afin de ne pas manquer le bateau pour le retour vers l'île de Koh Samui, il avait les mains noires des coquilles de noix brûlées.   Il récupéra la machette, l'essuya sur des herbes hautes, et la jeta dans un fossé à plusieurs dizaines de mètres.

Il était rempli d'une eau saumâtre et pleine de sable, l'arme disparue dans le trou d'eau. Il qu'elle soit recouverte d'une épaisseur de sable suffisante et non visible, puis il regagna le lieu de son crime. Georges était comme libéré, il revint vers la plage, dans un coin de sable, il se dévêtit. Il était en maillot de bain, il se fit une toilette sommaire à l'eau salée. Des traces de suie restaient sur ses mains.

Il se frotta fort avec du sable pour enlever ces traces visibles sur ses mains, puis les rinça dans une flaque d'eau. Il fallait faire vite, à quelques dizaines de mètres des lieux du meurtre. Il retourna vers le lieu de l'assassinat et s'assura qu'aucune trace ne subsistait sur place, il passa un coup de balai symbolique sur les traces de pas sur le sable avec une branche fanée de cocotier qui traînait. Il avait le sentiment que sa vengeance était juste, Jane n'aurait pas dû le voler.

Il était redevenu calme et soulagé. Un tour pour se sentir rassuré et trouver tout objet qui appartenait à Jane, sur l'amas qui brûlait, le sac était quasiment carbonisé. Aucun objet personnel ne traînait, a u c u n e trace du passage de la prostituée sur l'Ile.

Il lui jeta une dernière insulte, comme cadeau

d'adieu et regagna la plage pour aller boire une petite bière et attendre le départ du bateau.

Sur le chemin du retour, il rencontra des touristes avec qui il avait échangé quelques mots sur la croisière. Il était redevenu calme et disert, il vantait la beauté de ces îles et des plages. Les petites pirogues à moteur commençaient leurs rotations pour ramener les touristes sur le bateau qui mouillait à quelques dizaines de mètres de la plage. Il n'y avait pas de ponton, Georges fut pris avec les promeneurs dans une pirogue, et le transfert sur le bateau fut épique du fait de la houle.

Il reprit sa place sur la proue du bateau pour ne rien rater du voyage retour, et en compagnie, de ses nouveaux compagnons, il passa la dernière partie du voyage à commenter ses vacances solitaires. Aucun comptage des passagers, l'absence de Jane n'avait été remarquée par personne. Le bateau sur le trajet du retour passa auprès des énormes rochers dans l'océan où habitaient des personnes surgies au milieu de nulle part, dont certaines recueillaient les nids d'hirondelles de mer.

Les longues plages sur la droite se prolongeaient jusqu'à Nathon, des longs convois de péniches de mer avançaient lentement dans l'océan en parallèle de la côte.

Quelques ferrys qui faisaient l'aller-retour entre la Malaisie voisine, annonçaient l'arrivée vers le port ainsi que la fin de ce voyage. Jane n'existait plus. Après la descente du bateau, des petits bus ramenèrent les touristes vers leurs hôtels en divers endroits de l'Ile. Il s'arrêta à côté du photographe qui affichait ses tirages pour les souvenirs. Il acheta la photographie où il était en compagnie de Jane. Il déchira cette photo et la jeta dans une poubelle.

Il vérifia une dernière fois l'absence de toute trace et photo de son ancienne compagne. Il monta dans le minibus, c'était le dernier jour de sa cohabitation et l'avant dernier jour de ses vacances. Il rentra en début de soirée à sa location, où il croisa Sarah, qui lui demanda des nouvelles de son voyage en bateau et des modalités pour son départ du surlendemain. Il la remercia de la qualité de sa location, Sarah le remercia de sa discrétion pendant son séjour avec sa compagne, il fit semblant de ne pas l'entendre. Il ne voulait plus entendre parler de Jane. Il l'avait châtiée, il voulait l'oublier. Il fit le tour de son bungalow pour enlever toute trace de vie de la prostituée, il ne trouva rien d'elle, et sortit sa valise et ses papiers de soie pour commencer à ranger ses habits en vue du retour vers la France.

Il regardait son coffre fermé, il se demanda bien comment sa voleuse avait pu l'ouvrir et lui subtiliser de l'argent. Il commença son travail de rangement et de pliage de ses affaires, la veille du départ sera consacrée au farniente autour de la piscine. Il redevenait solitaire, la parenthèse Jane était finie. Les trois mois se terminaient demain, le retour était prévu par le même vol que l'année dernière, c'était le vol de nuit de la Thaï Airways qui décollait à 23 H 3O de Bangkok.

Le lendemain et dernier jour, une fois les valises méticuleusement, rangées et fermées, les papiers de soie réutilisés comme les autres années,

les dernières heures de Georges furent passées sur
les transats autour de la piscine. Sarah passa le
saluer, le remercier, et lui dire qu'il serait le
bienvenu dans la location pour l'année prochaine.

Il n'eut aucun mot sur sa compagne, discrétion
pour le loueur et le client.

Personne ne posait de question, aucune allusion
à cette présence, Jane avait disparu de tout ce paysage.

Sur les coups de dix-neuf heures, un taxi se
présenta à la location, c'est Sarah qui l'avait
commandé pour son client, le vol intérieur de l'île
vers Bangkok décollait à vingt heures trente.
Georges était déjà sur le départ, la valise fermée, son
sac banane autour de sa taille, son visage était d'un
teint bronzé parfait.

Il avait réussi ses trois mois de vacances, son
acte criminel de l'avant-veille ne lui causait aucun
remord, ni cauchemar. Il monta dans le taxi, il lança
un petit signe de la main à son hôtesse et au personnel
de nettoyage, il quitta la maison comme il était
venu. Le vol retour se fit sans surprise, le voyage de
nuit avec la jolie compagnie des hôtesses aux robes
et tenues mauves lui fit prolonger de quelques
heures son voyage dans ce pays qu'il aimait tant.

Quelques vieux fantasmes lui passèrent dans
sa tête, il rêvait de la présence de si jolie filles auprès
de lui, mais les vacances de monsieur "Salaud" étaient
finies.

Chapitre IV

Paris le 15 Octobre 2008

Après trois mois au soleil, le parisien retrouva le quartier Daumesnil, comme pour le jour de son départ, c'était le jour de marché. Le taxi eût toutes les peines du monde pour accéder au boulevard encombré de voitures des marchands ambulants. A peine eut-il posé le pied sur le trottoir, du boulevard que Bob, le patron de la Civette, sa cantine favorite, lui tapa sur l'épaule et le salua. C'était de grandes discussions sur les vacances asiatiques, et les menus avantages des massages un peu « olé olé » avec finition. Georges   en rosissait de plaisir mais b i e n sûr tout cela n'était pas pour lui.

Le jet lag faisait ses premiers effets, il prit un petit café au bar, et partit se coucher pour récupérer du décalage horaire. De toute façon, il ne travaillait plus, son affaire avait été vendue l'année précédente. Il rentra dans son immeuble, récupéra son trousseau de clés dans la main droite, puis prit le gros paquet de courrier dans sa boîte à lettres. Trois mois de lettres et de publicités l'avait rempli à ras bord. Il la referma sans la vider complétement, il reviendrait après sa sieste pour prendre la totalité. Ainsi reprit la vie de Georges dans son quartier, il avait déjà oublié la fin de séjour et l'assassinat de Jane. De toute façon, elle n'avait eu que ce qu'elle méritait, elle avait trahi sa confiance et ce n'était qu'une prostituée. Jane, comme May, il avait déjà oublié les prénoms, ce n'était que du gibier à attraper, des femmes à se taper.

Déjà plus de deux mois que Jane n'avait pas donné signe de vie, sa maman n'avait pas eu de nouvelles. Elle avait surmonté sa timidité et se dirigea vers le poste de police touristique le plus proche de la préfecture de Nathon. Elle arrivait dans la grande cour et montait difficilement les trois marches permettant d'accéder au bureau.

Ce petit bâtiment était composé d'une grande entrée sans aucune porte. Au-devant sur le péristyle, des paires de chaussures ôtées, et un banc de bois. Il n'y avait personne à l'accueil, elle s'assit, s'inclinait respectueusement devant les photos de la reine et du roi de Thaïlande. C'était la première fois de sa vie qu'elle rentrait dans un local de police. Elle regardait les porte-manteaux où étaient accrochés des casques de policiers motocyclistes, ainsi que les photographies des fonctionnaires de police exposées sur l'organigramme du poste de police. Des avis de recherches étaient affichés, elle les regarda par acquis de conscience mais ce n'était que des criminels.

Un policier qui baillait aux corneilles entra, s'assis derrière le bureau et l'invita à faire de même.

Le policier peu motivé par cette affaire était   plus soucieux de sa fin de service que de la renseigner.

Elle raconta que sa fille n'avait donné aucun

signe de vie depuis plus de deux mois, elle était
inquiète de sa disparition. Le policier demanda la
profession de sa fille. Elle raconta que Jane était une
prostituée, souffla de fatigue.

Elle expliqua qu'elle était sûrement partie
avec son client et qu'elle ne devait pas se faire du
mauvais sang. Il l'invita à patienter quelques jours, sa
fille reviendrait.

Le policier qui la recevait, vit arriver un
autre fonctionnaire qui venait le relever de son poste.
Après un conciliabule avec son collègue, il partit
se changer et prendre une tenue civile pour rentrer
chez lui. Le deuxième policier, était pressé de
s'asseoir, il lui renouvela la demande d'attendre, il
appellerait ses collègues de la préfecture pour aviser
de cette disparition. Mais visiblement, cette vieille
femme et son histoire ne les intéressaient pas du tout.
Fatiguée, elle repartit péniblement du petit poste de
police, elle n'aurait pas pu aller à un autre
commissariat, elle marchait très difficilement et
c'était le seul à proximité de sa maison. Elle rentra
dans sa petite maison, elle était persuadée que
quelque chose de grave était arrivée à sa fille.

Deux mois sans nouvelles, Jane ne l'avait
jamais laissée sans l'appeler pendant une période
aussi longue. L'argent qu'elle ne recevait plus pour
compléter son quotidien lui faisait défaut, elle
n'avait quasiment plus de ressources et nourrissait
son petit-fils difficilement grâce à l'aide de voisins.
Les yeux remplis de larmes, elle descendit le petit
chemin pour rentrer chez elle. Comment faire pour
que sa fille donne des nouvelles, et qu'elle puisse

rassurer son petit-fils. Les semaines sans nouvelles de sa fille se succédaient, Yan était très malheureux de la disparition de sa maman, il ne comprenait pas qu'elle ne vienne plus le voir.

Malgré son obstination, et un deuxième passage au poste de police quinze jours plus tard, la pauvre femme avait toujours été accueillie sans aucun ménagement et sans grande attention. L'administration de l'île, ne prenait pas cette disparition très au sérieux, surtout à la cause de la profession de la disparue. Un jour comme tous les autres, en fin de semaine, la grand-mère croisa la copine d'enfance de Jane, c'était Jira, elle avait la même profession quelle. Elle vit que la vieille femme était fatiguée et à bout de nerfs.

Celle-ci vida son sac et raconta qu'elle n'avait plus de nouvelles de Jane depuis plusieurs mois. Sa copine d'enfance frémit, les disparitions de prostituées n'étaient pas une chose courante sur l'ile, elle rassura sans conviction la maman.

Et pour la rassurer, elle promit d'essayer de se renseigner dans l'île pour savoir si quelqu'un avait vu sa fille. Elle s'apprêtait à quitter la vieille dame, elle s'était engagée à revenir la voir dans quelques jours. Lorsqu'elle lui demanda si elle avait une photographie de sa fille pour faciliter ses recherches. La grand-mère n'en possédait pas si ce n'est dans sa maison. Jira finalement la suivit jusqu'à sa petite demeure. La maman chercha dans un portefeuille usé, et trouva une photo d'identité défraîchie.

Elle la donna à Jira, en lui disant :

---- C'est tout ce qu'il me reste d'elle, je suis sûre qu'il lui est arrivé quelque chose, la dernière fois que je l'ai vue, elle accompagnait un européen que je n'ai jamais vu.

Jira promit à la mère éplorée qu'elle essaierait de chercher dans les lieux où elle travaillait la nuit des traces de Jane, elle la salua et la quitta définitivement.

Elle savait que Jane avait disparu depuis plus de quatre mois, les recherches allaient être compliquées, ne s'était-elle pas emballée en promettant de chercher la trace de son amie d'enfance. Lors des premières nuits de travail dans un bar à prostituées de Nae Man, elle montra discrètement, les photos à ses collègues en faisant passer Jane pour sa sœur. Toutes les interrogations, ne donnaient rien, personne ne connaissait la fille.

Le propriétaire du bar, vit les filles attendant le client en conciliabule, il partit les voir, les filles discutaient à une table de bar, pas de client en ce début de soirée.

La photo d'identité passait de main en main, les têtes indiquaient toujours un mouvement de gauche à droite. Il arriva et arracha la photo de Jane des mains de Jira qui venait de la récupérer en fin de tour de table, il la regarda et demanda à Jira :

---- C'est qui ?

---- C'est ma sœur, elle a disparu, il y a déjà quatre mois et demi.

---- Je ne veux rien savoir, tu vas faire des histoires et ce n'est pas bon pour les clients du bar, dit le patron.

Les filles qui discutaient entre elles, se
répartirent sur les autres tables, un groupe de clients
européens se présenta dans le bar, braillant, certains
de ces individus ivres cherchaient une fille pour finir
la nuit. Ces clients venaient presque tous d'un grand
hôtel situé à proximité, ils étaient de gros
consommateurs de bières et de filles. Le patron les
salua dans la langue de Goethe, les fit asseoir à
différentes tables où le groupe de filles se trouvait, la
soirée commença.

Jira était seule, mais pas pour très longtemps,
un jeune homme se présenta dans le bar, il
commanda une bière en la dévisageant. Elle
comprit, elle serait sa fille pour la soirée,
le travail devait reprendre ses droits. Elle vint
s'assoir auprès de lui, il lui offrit une coupe de
champagne local, et la soirée commença. Elle était
vêtue d'une petite robe, avait de longues jambes, son
client la dévorait des yeux. Son job était de faire
boire le maximum pendant la soirée, elle touchait
un pourcentage sur les consommations.

Le prix qu'elle demanderait pour la passe qui
finirait sa journée de travail serait grevé d'une
redevance fixe pour le propriétaire du bar. Elle
raccompagna amoureusement son client titubant vers
son hôtel, elle savait que cette nuit elle dormirait
dans un bon lit pour touristes. Le grand hôtel était
dans l'obscurité, seul le hall d'entrée en plein air était
allumé, finement décoré par des miroirs, des arbustes,
et des superbes statues de bouddha.

Le veilleur de nuit leva les yeux, vit entrer ce
couple d'occasion, il baissa tout de suite la tête vers

son écran d'ordinateur en signe de discrétion.

Le client était ivre, il fit entrer Jira dans la chambre, et fonça vers les toilettes, l'excès d'alcool l'avait rendu malade et sa puissance sexuelle ne sera pas à la hauteur dans cette soirée. Elle assura sa prestation en essayant de ne pas croiser le contact avec son haleine fétide, il empestait la bière. Après son cri de plaisir, il se retourna en se laissant tomber comme une masse sur le matelas. Il s'endormit immédiatement et commença à ronfler.

Elle se dirigea vers la chaise de la chambre d'hôtel, sortit le portefeuille de son client, et prit les deux derniers billets de 100 baths qui y restaient. Le client avait déjà payé la prestation avant de quitter le bar. C'était le petit plus, quelques billets dont le client ivre ne pourrait pas se souvenir après la cuite. Le petit matin arriva, le client avait la tête des mauvais jours, l'alcool en était la raison.

Après une douche, Jira et son client partirent pour le petit-déjeuner, l'estomac rempli, elle quitta l'hôtel pour rentrer dans la petite chambre qu'elle occupait non loin de son lieu de travail.

Les nuits de travail, et les journées de repos se succédaient pour Jira qui avait presque oublié la quête de Jane. C'est au cours du mois de septembre qu'elle rencontra opportunément la mère de Jane, la pauvre femme était broyée par le chagrin. Elle la raccompagna chez elle, la vieille dame lui fournit une autre photo plus récente, elle était accompagnée de Yan, c'était la dernière fois qu'ils avaient été ensemble.

Sur la photo, Jane était radieuse comme son

fils qui portait une superbe tenue pour aller à l'école, Jira se demandait si son petit conseil pour ouvrir le coffre ne lui avait pas attiré la colère de son client.

Elle ne le croyait pas mais un doute subsistait dans sa tête.

---- *Aide-moi, retrouve ma fille !*

Les yeux remplis de larmes, Jira quitta la maman détruite par cette disparition. Elle promit de nouveau de tout faire pour essayer de t r o u v e r sa fille mais comment faire pour l'aider et comment procéder dans ce milieu très fermé. Les premières recherches n'avaient rien donné si ce n'est beaucoup de méfiance et d'hostilités des souteneurs.

Comment aller voir la police, qui n'est pas très sensibilisée au problème de la prostitution dans ce pays, le premier contact avec le poste de la police touristique et la maman de Jane avait montré la totale ignorance et le mépris de cette administration pour le commerce des filles. Jira était motivée pour tenter quelque chose, mais que faire. Ses questions allaient lui causer des problèmes dans ses relations de travail.

Elle voulait aider la mère de Jane, mais comment ? Elle se décida à passer voir, le principal souteneur de l'ile, elle savait qu'il régnait sur Bophut, des filles de son milieu lui en avaient parlé. Un soir où le bar était fermé suite à des fêtes familiales et de fin d'année, elle partit avec son scooter pour le quartier Fisherman.

Elle voulait trouver le chef du quartier et lui soutirer des informations sur son amie. Elle pensait que Jane travaillait pour lui, lui seul aurait pu lui donner des nouvelles. Elle prit la route côtière et se dirigea vers le quartier pour aller au restaurant où le souteneur le plus important de l'Ile demeurait.

La prostituée laissa son deux-roues dans le parking avant le grand porche qui indiquait le début de ce quartier. Elle partit à pied vers la petite route où de nombreux touristes se pressaient pour choisir les restaurants avec de grandes terrasses donnant directement sur les plages.

Elle s'arrêta face au restaurant où le parrain du quartier se trouvait de temps en temps. Elle demanda à une fille qui attendait le client et jouait au billard dans le fond du bar. Le boss n'était pas là mais il devrait passer dans la soirée.
Jira s'assit, prit un jus de fruit et patienta au fond de la salle. Plusieurs filles arrivaient sur leur lieu de travail, et la regardaient d'un air jaloux ou amusé. Etait-ce une nouvelle arrivée ou une amie du patron ? Elles s'en méfiaient beaucoup.

Deux hommes entrèrent dans la salle et le plus petit passa discrètement derrière le bar, les cheveux blancs, âgé d'une cinquantaine d'années et portait toujours une cigarette blonde dans sa bouche. Il était vêtu d'un pantalon de toile beige et d'une chemise à manches courtes portée au-dessus de sa ceinture. Il regardait cette femme qu'il ne connaissait pas, mais un clin d'œil de la fille qui jouait au billard lui fit comprendre qu'elle était venue pour lui parler. Il se servit un verre au bar et regardait la fille qui venait le voir.

Le deuxième homme, visiblement un homme de main, avait un blouson ample malgré la chaleur dissimulant à peine une arme à sa ceinture et jouait sur son téléphone portable, de temps à autre, il levait la tête pour s'assurer de la sécurité de son patron. L'homme se dirigea vers Jira, il regarda autour de lui avant de s'asseoir et fit un signe dédaigneux de la main à son garde du corps pour lui dire de rester dans son coin. Il s'assit face à la prostituée.

---- *Qui es-tu, que veux-tu ?*

---- *Je cherche ma sœur, elle a disparu, il y a plusieurs mois, elle était prostituée, je pense que vous la connaissiez.*

Elle sortit la photo de Jane et la posa sur la table.

L'homme n'eut aucune réaction, le deuxième homme se leva et passa voir le document, lui aussi ne bougea pas un cil et partit se rasseoir. L'homme assis face à Jira, regardait la photo de Jane, lui dit qu'il ne la connaissait pas et qu'il ne pourrait pas l'aider dans ses recherches. Elle ne se faisait aucune illusion sur la finalité de cette entrevue, le patron du quartier invita fermement la visiteuse à regagner sa maison.

Il n'était pas le souteneur de cette fille et ne voulait pas d'histoires avec son rival de l'autre côté de l'Ile.

Une fois, Jira repartie déçue, les deux hommes discutèrent de longues minutes, Jane n'était pas réapparue depuis sa disparition, il y a plus de six mois. Mais la photo de cette femme avait rappelé au souteneur cette autre femme qui lui ne rapportait pas mal d'argent mais qui avait disparu un jour dans la nature.

Mais où était-elle passée ? Personne ne l'avait revue sur l'île depuis tant de jours, avait-elle croisé un client ou une personne dangereux ? Mais le corps aurait été trouvé sur l'île qui n'est pas si immense. L'île était divisée entre plusieurs souteneurs qui ne se côtoyaient que très rarement, toutes les prostituées qui travaillaient dans les bars à filles, dépendaient de trois à quatre chefs qui géraient ce troupeau de filles et en tiraient des revenus substantiels.

Jira était sur son scooter et pensait qu'elle ne retrouverait pas la trace de son amie d'enfance, que dire à la vieille mère. Elle la croiserait un jour ou l'autre mais que lui dire sur ses vaines recherches. Le lendemain de son entrevue avec le chef du quartier, Jira était revenue sur son lieu de travail, et attendait le client qui arriverait en fin de soirée. Un petit groupe ; la plupart des locaux se présentait dans le bar à hôtesses. Ce groupe d'hommes, des jeunes thaïlandais, était parti pour faire la fête et passer un bon moment avec des jolies filles.

Les bières Singha pleuvaient sur les tables, les groupes d'hommes se diluaient au milieu des filles, elle trouva sur son chemin, un homme d'une quarantaine d'années, apparemment le plus âgé du groupe d'hommes.

Il s'appelait Jim, il était élégant, ses yeux étaient noirs, comme ses cheveux, il portait sur lui une gentillesse que la prostituée n'avait pas souvent vue dans les yeux de ses clients. Malgré quelques bières partagées, l'alcool, le laissait empreint d'une grande amabilité. Jira l'observait avec un regard différent, Jim offrit la tournée générale à ses amis et aux prostituées qui les accompagnaient dans la salle du bar. La musique était forte, les Bee Gees étaient déchainés ce soir-là, la chanson « Staying alive » résonnait, les couples se formaient sous la lumière du stroboscope et des effets de jeux de lumières.

Jim et Jira se trouvaient à l'écart, assis autour d'une petite table, il parlait de tout, du travail des prostituées, et de la douceur de la soirée. Après ces considérations météorologiques, il fut décidé du prix de la fin de soirée.

Les tarifs étaient fixés, le couple se sépara des autres et se dirigea vers la voiture que Jim avait stationnée un peu plus loin sur un parking. Ce soir-là, Jira devrait faire son deuxième travail sur les sièges de cette voiture et sur le parking. Le confort masculin se termina par une cigarette partagée une fois les deux corps revêtus. En rangeant sa coiffure et rajustant sa tenue, elle vit sur le vide poche de la voiture du côté conducteur, un porte document sur lequel était visible le blason de la Police Royale Thaïlandaise.

La prostituée demanda en s'échangeant la cigarette, si Jim était un policier, il opina, il venait faire la fête avec ses copains de la police en profitant d'une soirée de repos.

Il lui demanda pourquoi cette question, elle craignait sa réaction comme celle de certains policiers qui n'avaient que peu de considération pour ces filles. Elle lui expliqua que l'une de ses amies avait disparu sans laisser de traces et que sa mère et son fils ne pouvaient rien faire pour la retrouver.

Elle montra à Jim la photo qu'elle gardait dans

son sac, il la regarda, la reposa sur le tableau de
bord de la voiture. Jim, par discrétion ne voulait
pas trop montrer à la prostituée qu'il la prenait au
sérieux. Il releva son numéro de téléphone portable et
le nota sur le verso de la photographie.

    ---- *Essaie de m'aider, fait le pour le petit
garçon dont la maman a disparu.*

    Le policier ne promit rien, rajusta sa tenue, puis
démarra sa voiture pour partir.

    Elle groupa les affaires dans son sac et
regagna sa chambre dans la petite maison où elle
habitait non loin de là. Huit jours plus tard, le
téléphone de la prostituée sonna, c'était le policier
qui voulait lui parler. Il lui demanda de se procurer
une copie de la pièce d'identité de la disparue pour
pouvoir débuter des recherches.

    Jira répondit qu'elle irait voir la mère de
Jane dans la semaine et essaierait de trouver des
papiers d'identité de sa copine disparue. Il la prévint
qu'il la reverrait en début de soirée. Quelques jours
plus tard, il lui donna un rendez-vous en matinée
dans le parking du supermarché TESCO, pour plus
de discrétion envers leurs employeurs respectifs.

    Le jour et l'heure prévus, près de l'accès
entre le parking et de l'entrée de la longue allée
donnant sur le grand centre commercial, Jim était sur
place et faisait mine de regarder des vitrines
d'électroménager. Il se servait du reflet des vitres
pour regarder l'arrivée de la femme, sans faire le
pied de grue dans cet endroit très passant pour les
piétons fréquentant ce centre commercial. Il
attendait, Jira le reconnut, puis l'invita à boire un

café à une brasserie chinoise qui se trouvait à proximité.

Elle lui tendit un papier, le seul que sa mère avait, celui du mariage de Jane sur lequel étaient mentionnés tous les détails de sa naissance, de sa filiation. Jim les regarda, remercia la prostituée de lui procurer ces papiers d'identité, il lui annonça qu'il allait faire des recherches. Une fois, la prostituée partie, il reprit sa voiture et se rendit à la base de la police royale où il travaillait. Il était le responsable d'une équipe d'enquêtes.

Il était lieutenant et chef de groupe. Justement le domicile indiqué de ses parents, était sur la route de Nathon. Il stoppa sa voiture non loin du chemin de terre qui donnait sur une rangée de maisons en briques et toits de tôles ondulées.

Il demanda à un enfant, la maison de madame Min qu'il voulait rencontrer.

Celui-ci lui indiqua la maison, d'où aucun bruit ne se faisait entendre.

Une vielle dame sortit, chétive, et visiblement en santé précaire, au vu de sa démarche hésitante, il se présenta, et lui expliqua qu'il était de la police royale. La mère se sentit mal, manqua de trébucher et de perdre son équilibre.

Elle se retint au bord de la table, le policier la rattrapa et l'aida à s'asseoir.

---- *Vous l'avez retrouvée ?*

---- *Non, pas encore.*

Elle lui proposa un verre d'eau, elle n'avait rien d'autre à offrir, et commença à raconter l'histoire de sa fille, sa vie et sa disparition depuis plus de 6 mois.

Jim écouta, posa des questions sur le caractère de sa fille. Elle ne connaissait pas les clients de sa fille. La grand-mère n'avait jamais vu les clients, sa fille évitait de lui en parler, seules les sommes d'argent qu'elle lui donnait lui faisaient du bien pour faire vivre Yan, le petit-fils. Un cri d'enfant résonna sur le chemin, Yan rentra de l'école, il salua l'homme qui parlait à sa grand-mère sans le connaitre.

---- *Tu es Yan*, dit le policier ?

---- *Oui monsieur*, répondit craintivement le petit garçon.

La grand-mère lui expliqua que Bouddha avait envoyé ce policier pour retrouver et sauver sa maman qu'il n'avait plus vu depuis longtemps. Le garçon sombra dans des sanglots si forts que Jim en était complétement retourné. Il avait des enfants de l'âge voisin de Yan, il était gêné par ses pleurs. L'enfant était anémié, son beau visage était très pale, surement le fait d'être mal nourri.

Il rassura le petit garçon, il ferait le maximum pour retrouver et ramener sa maman chez elle, mais que pouvait –il dire d'autre pour arrêter ses pleurs qui lui brisaient le cœur. Yan partit dans sa chambre, il devait faire ses devoirs d'école, la rivière de larmes s'était un peu tarie. Jim remercia la grand-mère, il fera des recherches pour retrouver la fille, mais il lui fallait tous les papiers personnels de Jane.

Elle ne possédait que son numéro du téléphone portable dont elle se servait pour joindre sa fille.

C'était peu de chose, mais l'identité complète de la fille, devrait suffire pour débuter les investigations et les recherches. Il regagna sa voiture la vieille femme le regardait partir vers le chemin, le seul espoir de retrouver sa fille, c'était lui.

Jim ne se retourna pas, il était persuadé que la fille avait dû faire une mauvaise rencontre ou quitter l'île.

Mais, au vu des liens familiaux, elle aurait prévenu sa mère. Il avait pris inconsciemment cette enquête pas encore officielle en main, il rentra à son bureau. Il ne voulait pas trop ébruiter ces recherches. Pour éviter de faire trop de bruit sur l'île, il décida de prendre la direction personnelle de l'enquête sans en parler à ses subordonnées ni ses supérieurs. Il était le chef de son groupe de police judiciaire, il faisait tout ce qu'il voulait. Il commença à faire des recherches sur toutes les autres disparitions de prostituées sur l'île depuis plusieurs années. Les découvertes de corps de défunts et non réclamés par les familles furent étudiées mais aucun corps de femme ne fut recensé depuis plusieurs années. Les recherches sur le portable n'avaient rien donné, Jim attendait le retour de la réquisition donnée à l'opérateur où Jane possédait un abonnement.

Il fallut plusieurs jours pour recevoir le compte rendu téléphonique ainsi que le listing de numéros composés et reçus pendant une année avant l'interruption de la ligne.

La ligne avait été suspendue par l'opérateur quelques mois après la disparition suite au non règlement de l'abonnement. La dernière connexion au réseau était datée du 30 mars puis plus aucun appel sortant ne figurait sur les listings.

Quelques visites dans des bars à hôtesses, le policier y contacta quelques indics et protecteurs, la photo de Jane refaisait surface, les versions étaient toujours les mêmes. On la connaissait mais on ne la voyait pas souvent, elle travaillait avec des clients habitués et ne fréquentait pas les bars à hôtesses. Son visage était celui de beaucoup de filles, il était commun.

Les prostituées et tenanciers de bordel posaient la sempiternelle question.

---- *Qu'a-t-elle fait ?*

Jim ne répondait pas pour rester discret, à ce jour, l'enquête montrait que ses différents clients étaient des réguliers, Jane était connue comme une prostituée très discrète comme tant d'autres sur l'île. Aucune condamnation n'affectait les fichiers de police, l'oiseau s'était envolé. Le policier fit un signalement auprès des fichiers des personnes disparues du pays, il avait assez d'éléments pour déclarer cette disparition qui maintenant dépassait les sept mois.

Pour motiver cette fiche de recherches, il joignit la photo enlevée d'un petit cadre posé sur un vieux meuble qui se trouvait dans la maison de la grand-mère, et la motiva de la phrase sempiternelle :

---- Disparition inquiétante - recherche dans l'intérêt des familles.

Il venait de prévenir ses supérieurs de cette enquête, ceux-ci s'en moquaient un peu, la vie et l'existence d'une prostituée ne les intéressaient pas du tout.

Le lieutenant réunit une partie de son équipe pour expliquer qu'il tenait pour des motifs personnels à retrouver la trace de cette femme.

Il expliqua sa visite et sa rencontre avec le fils et la maman de cette prostituée qui avait disparu depuis plusieurs mois. Il laissa ses hommes faire leur travail habituel, puis envoya deux équipes de son service d'enquêtes chargées d'aller faire le tour des bars à filles et trouver le protecteur. Elle habitait sur l'île avec sa maman depuis son enfance, le souteneur devait être sur l'île, il fallait trouver l'individu qui la protégeait. Les jours s'égrenaient, l'étude des listings téléphoniques avait débuté, peu de renseignements sur les écoutes, la totalité des recherches sur ces supports ne donnait rien.

Les appels passés étaient majoritairement entre la prostituée, sa mère, et quelques filles qui faisaient le même travail.

Le dernier appel de Jane fut passé le 30 mars, la dernière borne qui localisa son le téléphone était une antenne relais située près de l'aéroport international.

L'ultime appel allait vers le téléphone de sa maman, elle ne laissa pas de message. Puis la ligne s'interrompit vers 10H30, le téléphone ne reprit plus de connexion sur le réseau, pourquoi et comment avait-elle éteint son téléphone au milieu de la matinée.

Toutes les interrogations auprès des lignes de transports aériennes, maritimes, ne donnèrent rien,

Jane devait être sur l'île, il fallait retrouver sa trace. Plus d'un mois après la rencontre avec la maman de Jane et Yan, le fils, toutes les recherches étaient infructueuses et aucune piste n'avait été trouvée. Les amies prostituées n'avaient aucune nouvelle de Jane depuis plusieurs mois. Jim se décida à appeler Jira, il lui donna rendez-vous à son bureau, officiellement l'enquête était ouverte, il pouvait prendre ses déclarations par écrit et faire le point.

Elle se présenta dans son bureau, décoré de portraits du roi de Thaïlande et de son fils. Beaucoup de distinctions, de plaques honorifiques, Jim était un ancien militaire de l'armée royale. Il la fit assoir face à son bureau, il souriait, il gardait son charme que la prostituée avait remarqué dans la soirée avec ses collègues de travail.

Elle reconnut un jeune policier qui était à la petite soirée où elle avait rencontré Jim, la première fois, elle était très amusée de le voir dans une attitude si professionnelle ce jour-là. Jim prit les déclarations de la prostituée sur un procès-verbal qui serait versé au dossier, il lui reposa les questions. Sur ses déclarations, elle n'osa pas parler du petit service que lui avait demandé Jane. C'était le petit truc pour trouver la combinaison sur un clavier de coffre-fort d'un hôtel.

Cette révélation aurait pu faire changer d'avis le policier qui l'aurait prise pour une voleuse, délit qui est réprimé durement en Thaïlande, la propriété privée étant une chose sacrée. Sa profession ne lui aurait servi à rien si ce n'est à être condamnée plus durement par les juges. Le policier demanda si elle n'avait aucun autre détail à déclarer, elle lui dit que non, elle faisait toutes ces démarches pour aider la mère de Jane et son fils Yan. Elle signa le papier, Jim la remercia, il la recontactera plus tard si besoin était. Il la raccompagna dans le long couloir qui donnait sur la sortie, sous les yeux goguenards et amusés de quelques collaborateurs. Jira reprit ses activités nocturnes et n'eut plus de nouvelles de l'enquête pendant plusieurs semaines.

Lors des rares visites qu'elle fit à la grand-mère de Yan, elle ne pouvait que la rassurer et lui rappeler que le gentil policier allait retrouver sa fille. Jim continua son enquête, il laissa deux collaborateurs enquêtés sur cette disparition et les chargea de continuer d'aller à la pêche aux renseignements dans le milieu de la prostitution. Les enquêtes de terrain commençaient à traîner et user les enquêteurs, rien, aucune trace de Jane, elle avait disparu.

Jim ne se faisait aucune illusion, la prostituée était très discrète, sa vie était sans histoire. Elle travaillait seule, et préférait la compagnie des touristes sur des périodes moyennes et longues. Elle ne laissait que peu de souvenirs, sa vie paraissait sans histoires, seul son souteneur avait été identifié, il était connu et respecté dans le milieu, il s'appelait VIDURA Rama, il dirigeait le secteur Bophut de l'île.

Officiellement il tenait un bar restaurant qui portait le nom de Between. C'était un gros parrain du milieu, il fallait y aller avec tact. Jim le connaissait, c'était un gros client de la Police Royale, il était très

riche et dirigeait officiellement ce bar.
Officieusement, plusieurs dizaines de prostituées
profitaient de sa protection.

Jim décida de passer dans la boite de nuit,
pour rencontrer le parrain, et protecteur de Jane.

Il laissa sa voiture se promena à pied
quelques minutes sur la petite route, où de
nombreux restaurants attendaient les clients de la
soirée. Il rentra dans le restaurant, et partit s'asseoir
au bar et demanda à voir le boss.

Le barman lui demandait qui il était, il sortit
sa plaque de la police royale discrètement.
L'employé partit derrière en cuisine, il revint après
quelques secondes et seul.

Il lui annonça que le boss était à l'arrière
du restaurant dans une boutique.

Le policier sortit sur l'arrière du bâtiment
dans un petit couloir, il déboucha sur la cour
arrière. Le boss était là, assis sur le rebord d'un
bassin à poissons, il avait remonté ses jambes de
pantalons et ôté ses chaussures, il faisait entretenir ses
pieds par les poissons qui lui servaient de pédicure et
dévoraient les peaux mortes sur ses pieds.

Il appréciait tellement ce petit entretien de ses
plantes de pieds, qu'il avait un visage souriant et
détendu.

---- *Que me veut la police royale ?*

---- *Poser des questions sur une fille*, répondit
Jim.

---- *Une fille !!!*

Il invita le policier à se faire soigner ses
pieds pas ses amis poissons, le policier déclina cette

offre et resta assis à côté. Il remarqua derrière un pan de bois, un homme de main qui veillait à la tranquillité de son patron en toute discrétion. Il lui posa plusieurs questions sur la prostituée qu'il recherchait, il lui montra la photo de Jane.

Il reconnut que cette fille travaillait dans le quartier mais elle ne lui reversait aucune commission sur ses passes. Il la protégeait par amitié. Elle avait complètement disparu depuis plusieurs mois. Il savait qu'elle travaillait avec des clients européens qui restaient plusieurs jours avec elles. Jane ne passait que deux à trois fois par an dans le quartier, souvent d'autres patrons de bar l'appelaient pour lui proposer des clients pour des périodes longues.

Elle avait disparu vers la fin du mois de mars, elle était avec un client étranger, elle devait finir son accompagnement de touristes vers la fin de ce mois-là. Depuis le mois de mars, elle n'avait pas réapparu dans le coin, et personne ne l'avait revue. Les myriades de petits poissons étaient-ils gavés où les pieds étaient-ils en parfait état, le boss, récupéra une serviette de bain apportée par son gorille.

Il essuya ses pieds et rechaussa ses tongs en rabaissant ses jambes de pantalons. Il rectifia sa tenue, puis regagna la salle pour y prendre un thé. Le policier préféra le quitter et le remercia de son entretien.

Il lui laissa sa carte, il pouvait l'appeler si des détails ou des informations lui venaient aux oreilles. Ils se quittèrent, rien de nouveau, pour le policier qui repartait vers son bureau, toujours rien. Jim était de plus en plus persuadé comme la maman de Jane, qu'il lui était arrivé une chose de grave, elle devait rentrer chez sa maman le soir de sa disparition. Mais elle n'avait pas quitté l'île, son nom ne figurait sur aucun listing, ni sur de lignes régulières maritimes vers la Malaisie voisine. L'identité de la disparue était absente de tous les vols en partance depuis l'île depuis plus d'une année, de plus ses moyens financiers étaient limités.

L'éventualité de sortie de l'île en compagnie d'un client était possible mais son nom aurait figuré sur des listes de passagers.

Les mesures de contrôles sur l'immigration avaient été renforcées sur le pays, peu de chance qu'elle ne quitte l'île sans laisser de trace. Elle ne pouvait qu'être sur l'Ile, mais où, le mystère de la disparition était complet, le corps sur une surface pas si grande que cela, aurait été forcément retrouvé un jour ou l'autre.

Jim se passionnait pour cette recherche. Il laissa un peu de côté cette enquête au vu du travail d'investigations sur des affaires annexes. Il déchargea ses effectifs de ce dossier qu'il posa sur une armoire de son bureau. Il rendit une visite en début de soirée à Jira, elle attendait le client dans le bar où elle travaillait, il partagea une bière avec la fille.

Il expliqua qu'aucune piste pour la retrouver ne voyait le jour, il raconta toutes les investigations faites, sur toutes les pistes recherchées et les résultats négatifs pour tout. Il pria Jira de passer prévenir la maman pour lui expliquer que les recherches continuaient.

Il pensait que la prostituée avait fait une mauvaise rencontre, mais il ne comprenait pas la disparition de la personne. Il avait fouillé toutes les archives et des histoires anciennes entre les prostituées et les clients. Malgré le grand nombre de prostituées, très peu d'affaires de coups et blessures entre les filles et les clients figuraient dans les statistiques. L'intérêt entre les parties en cause était de ne pas trop ébruiter, le silence est d'or.

Les souteneurs étaient vigilants, les quelques affaires étaient étouffées pour éviter que la police ne se mêle au commerce. Charité bien ordonnée commence par soi-même. Les nombreux contacts dans le milieu par les équipes d'enquêtes de la police avaient fait choux blanc, le milieu de la prostitution ne savait rien et ne disait rien.

Jane n'était plus, hormis sa mère, et son fils peu de gens pensaient encore à elle.

Koh Tan, le 30 octobre 2008

Le soleil était encore caché sur l'ile de Koh Tan, les premiers bateaux remplis de touristes n'étaient pas encore au mouillage devant les plages. Les pilotes de petites barques qui débarquaient les touristes dormaient encore, leurs vieux moteurs poussifs n'avaient pas encore commencé à polluer l'atmosphère. Sur une petite terrasse sur des baraques caractéristiques, posées sur des pilotis, un homme buvait un thé, tout en fumant une cigarette.

Il regardait le spectacle matinal de l'île préservée de l'invasion des touristes, le silence y régnait en maître, égrené de temps en temps par des aboiements de chiens. L'homme siffla deux fois pour appeler son animal à qui il tenait le plus. Un petit macaque sortit du vide sanitaire, il était attaché par une longue et fine corde à la base d'un pilier de la baraque. Le singe monta sur la petite terrasse et vint attraper une banane que son maître lui tendit. Il repartit dans le terrain autour de la maison pour croquer ce fruit offert. La journée de travail allait débuter pour l'homme et le macaque.

Le repas des deux amis prit fin, l'homme termina son verre de thé fumant et le petit animal son fruit. Il commença à monter sur le cocotier qui était le plus proche de la maison jusqu'au maximum de la longueur de sa corde. L'homme décrocha l'autre extrémité de la corde liée au pied de la maison, fit quelques tractions sur le lien et siffla deux fois pour rappeler son ouvrier.

Le primate descendit rapidement du tronc de l'arbre, il monta sur l'épaule de son maître puis le couple partit vers le centre de l'île pour aller collecter d'autres noix de coco. Le petit singe allait commencer sa journée de travail où il excellait. Après quelques minutes de marche, la grande forêt de cocotier était encore silencieuse.

Le propriétaire attacha le primate au pied du premier cocotier qu'il choisit. Il laissa à vue de nez une distance suffisante à la corde pour qu'il atteigne le sommet de ces arbres. Le singe commença son ascension vers la cime de l'arbre et se saisit de la première noix de coco, il fit pivoter le fruit sur sa queue et le laissa tomber au sol. Petit à petit, le macaque dominant son maitre poursuivit son ouvrage et ses rotations sur les noix de coco qui chutaient sur le sol sableux. Il continua son travail, les gros fruits pleuvaient sur le sol dans des bruits sourds, le chef de chantier était assis et regardait son ouvrier travailler en silence en grillant des cigarettes. Le premier cocotier prospecté, le singe descendit de son arbre et son maître lui désigna un arbre voisin où le travail devait continuer.

Le bon ouvrier sans rechigner, remonta prestement sur son deuxième arbre et reprit son labeur. La chute des fruits continua, le chef de chantier resta sur place, et surveilla son ouvrier si fidèle et dévoué. La collecte se poursuivait, les arbres possédaient à leurs pieds un tas imposant de noix de coco que les ouvriers collationneraient dans les jours suivants.

Près d'une vieille bâtisse à la toiture de tôles, des tas imposants de coquilles de noix de coco, éventrées, et débarrassées du coprah, se cachaient sous des herbes hautes depuis plusieurs mois. L'ouvrier et son animal décidaient sans discussion de faire une pause dans la journée, ils se posèrent sur le rebord de cette baraque abandonnée et un petit repas fut partagé. Le singe se jeta sur des fruits que son patron avait dans sa besace.

Par prudence, la corde qui tenait en laisse l'animal fut accrochée à sa jambe pour éviter la fuite dans la nature de cet employé si vaillant. Le primate

croqua les fruits et partit se promener aux alentours
de la baraque.

Le chef de chantier posa son chapeau de
paille sur ses yeux et décida de prolonger cette
matinée par une sieste bienvenue à l'ombre d'un
gros bananier. Le sommeil arriva pour l'homme, le
singe lui était toujours éveillé, courait à droite et à
gauche, jouant sur un tas de coquilles en avaient déjà
été évidées de leur contenu. Le singe fouillait et
regardait tout autour de lui, il était attiré par un reflet
métallique qui était sous un tas de vieilles coquilles
envahies par des herbes hautes.

Il se déplaça vers ce petit objet qui l'attirait
comme l'est une pie par un objet métallique
brillant. Il n'avait pas assez de longueur de corde
pour arriver sur l'objet Il tirait sur sa corde, hélas
trop courte, et il se trouvait à quelques centimètres
de l'objet, comme un chien en bout de laisse. Les
petits coups sur le lien en tension maximale,
réveillaient l'homme qui s'agita en maugréant.

Il défit la corde liée à son pied, et remonta
vers son animal, qui libéré fonça vers la pièce
brillante et la prit dans ses mains. L'homme arriva
et s'empara de l'objet. C'était un vieux
téléphone portable qui était presque tout carbonisé à
l'exception du clavier métallique qui gardait une
apparence brillante. Le singe continua à chercher
dans le monticule, une odeur de plus en plus
nauséabonde et épouvantable, commença à se
répandre autour du tas. Le singe ignorant le fumet
cadavérique, fit rouler une noix de coco qui
accentua cette odeur morbide. Le maître, les doigts

pinçant son nez, poussa une autre noix de coco, et fit un saut en arrière. Un cadavre en état de décomposition avancée s'y trouvait.

Seul un crâne humain et quelques ossements se devinaient, l'homme prit son singe sous le bras et partit en courant vers sa maison pour appeler les autorités. Point de relais téléphone sur place, il rentra en courant dans sa maison, il était haletant et essoufflé quand il raconta son aventure à son voisin. Il passa avertir le propriétaire du restaurant qui recevait les touristes pour une escale de quelques heures. Il possédait le seul téléphone de l'île par fil, il était relié à la terre à l'île par un câble sous-marin, il appela la préfecture administrative de Nathon, qui immédiatement prévint la police royale thaïlandaise.

Le cadavre reposait sous ce cercueil végétal, l'homme apeuré restait dans sa maison, son singe avait repris sa laisse et courait entre deux cocotiers. Le téléphone sonna au commissariat de Nathon, une équipe de la police judiciaire de permanence partit vers le port ou l'équipe de policiers prendrait la direction de l'Ile de Koh Tan. La traversée prendrait une heure et les policiers récupéreraient une vedette rapide de la marine qui avait été demandée pour se rendre sur les lieux de la découverte du cadavre.

L'équipe de la police thaïlandaise montait sur la vedette de la marine, e l l e   é t a i t c o m p o s é e   d e quatre policiers chargés des affaires criminelles, il manquait l'équipe de recherche et d'identification criminelle qui était en retard pour l'embarquement. Un bruit de sirène électronique se faisait entendre au loin, visiblement, l'équipe chargée des prélèvements, et analyses ADN arrivait bruyamment sur le parking du port. Quelques dodelinements de la tête des policiers montraient leur désapprobation envers l'arrivée théâtrale de leurs collègues de la police scientifique.

Ils étaient en compagnie d'un médecin légiste qui les accompagnait habituellement, et serait chargé du rapport d'autopsie.

Le moteur de la vedette monta en régime, elle quitta le port, avec les deux équipes de policiers qui eurent une heure pour regarder le paysage superbe de l'île. Ils passèrent auprès des énormes rochers où les chasseurs de nids d'hirondelles habitaient. La plupart des policiers découvraient ces énormes monticules de roches avec des petites habitations du côté de l'ilot protégé du vent et des vagues de l'océan. L'île de Koh Tan se devinait au lointain, les policiers rongeaient leur frein, dans l'attente de l'accostage final et du début des travaux de constatations et d'enquête.

Les policiers descendirent du bateau sur la plage habituelle et furent accueillis par des touristes qui étaient très étonnés de voir arriver ce petit bateau militaire. Eux-mêmes attendaient leurs bateaux d'excursions qui feraient l'itinéraire contraire vers les rochers au nid d'hirondelles.

L'arrivée des militaires et policiers déclenchèrent de nombreuses prises de photographies. L'équipe descendit du bateau en faisant attention de ne pas abimer tout le nécessaire de prélèvement, appareils de photographies, ainsi que le reste du matériel. Le découvreur du cadavre et le propriétaire de l'unique restaurant patientaient et arrivèrent en se présentant au policier. L'ouvrier était avec son petit singe qu'il portait sur son épaule et toujours tenu en laisse avec une petite corde.

Il raconta son début de journée. Après une courte discussion, avec l'homme, toujours porteur de son singe qui n'arrêtait pas de bouger sur ses épaules. Le groupe de dix policiers, le docteur légiste, et l'ouvrier partirent vers le lieu de la découverte. Le macaque en laisse, suivait son maître et fermait la marche du groupe.

Pas le temps de s'extasier sur ces belles plages, plus le groupe se rapprochait du lieu de la découverte, plus une odeur de cadavre envahissait les narines. Ce fumet morbide était
pour ces narines expérimentées, une indication basique, il y allait avoir de la chair en décomposition avancée. À hauteur de la bâtisse, près d'un petit muret qui avait du mal à se faire remarquer dans la végétation, sous un tas de coquilles de noix, le groupe s'arrêta, l'homme qui avait trouvé le corps, stoppa à quelques mètres et désigna l'endroit suspect.

Le chef du détachement, le capitaine Boon se posa un masque protecteur imbibé de parfum mentholé pour se protéger de la puanteur, et demanda aux autres policiers d'attendre pour commencer leur investigation qu'il jette le premier regard sur la scène.

Il remarqua les restes de membres supérieurs,

il fit un tour sur lui-même à 360 degrés pour bien matérialiser la zone qu'il faudrait devoir inspecter. Il fit appel à son équipe, à qui il désigna les premiers restes visiblement humains. Il chargea les premiers policiers de faire une zone de sécurité de 100 mètres sur 100 mètres qu'il fit matérialiser par des rubans réflectorisés pour empêcher l'accès aux touristes ou promeneurs, même si l'endroit était peu fréquenté. Il ne voulait que rien ne vienne polluer la zone à explorer. Les investigations débutaient par les prises de vues, et la fouille complète du terrain sableux qui était parsemé de végétations luxuriante.

De grands tas de coquilles de noix pourrissaient, près de la maison, les premiers techniciens habillés de leurs combinaisons blanches se mirent à dégager le monticule de noix. Le docteur assis sous un cocotier, regardait d'un air amusé les aventures du petit singe au bout de la laisse de son maître. Il revêtit lui aussi une combinaison de protection, son masque et des lunettes, il patientait jusqu'à la découverte totale du corps par les policiers.

Les techniciens découvrirent minutieusement le corps enseveli sous les noix de cocos en faisant très attention qu'aucune trace ou élément ne reste fixé sur ces enveloppes. Ils les déposaient à quelques mètres pour ne pas salir la scène du crime.

Petit à petit, les restes humains se révélaient de plus en plus, comme une odeur fétide de plus en plus forte à mesure des travaux. L'homme et le singe se reculaient de plus en plus au fur et à mesure que l'odeur cadavérique devenait de plus en plus insoutenable. Le capitaine restait à proximité, il surveillait la mise en place du quadrillage caractéristique pour matérialiser la scène et prenait des notes diverses pour ses premières constatations.

Le corps fut enfin découvert, il était mort depuis plusieurs mois, le docteur data sur ses premières analyses visuelles, la mort de cette personne à plus de quatre mois à son premier coup d'œil. Il remarqua après examen sur le squelette, que c'était une femme. Il ne
pouvait pas dire son âge, sa dentition était bonne et pas caractéristique d'une personne âgée. Juste des boucles d'oreilles sans grande valeur à première vue, furent enlevées. Il consigna sur son dictaphone ses premières constatations sur le corps, l'état de décomposition, et sa position sur le côté.
Toute la zone prospectée était délimitée par des rubans de couleur, et quadrillée pour le relevé des traces et indices. Le lieutenant était près du légiste, il eut en direct ces informations sur le sexe du mort, sur la date présumée du décès. La cause du décès au vu de l'état du corps n'était pas possible, pour l'instant, le corps était découvert mais aucune trace de coup, ou impact de balle ne se voyait sur le squelette.

Des restes de vêtements en lambeaux étaient à côté, mais déjà complètement pourris. Les techniciens posèrent les restes brûlés du téléphone portable dans un sac plastique pour son examen futur, un petit cône de plastique jaune matérialisa l'endroit. Les policiers chargés de passer au peigne fin les alentours de la scène de crime, n'avaient pour l'instant trouvé aucune trace, ni indice dans le grand périmètre. Cette zone était peu habitée, servant uniquement à la récolte et au traitement des noix de coco.

Le médecin, accompagné des techniciens de la police tentèrent de soulever le corps pour regarder sous celui-ci s'il n'y avait aucun indice, ils bougèrent le squelette, et le crâne se sépara du reste du corps, la tête restant dans la main du docteur. Il appela le chef des policiers par un signe de la main, il lui montra au niveau gauche sur le pariétal, la trace d'un coup qui avait défoncé la boîte crânienne sur une entaille de plusieurs centimètres. Le coup avait été très violent, sûrement par un objet tranchant, une hache, machette ou tout autre outil.

Il examina le crâne dans ses mains, détailla au policier l'angle où le coup fut porté sûrement du haut vers le bas. Les dommages subis auraient bien causé la mort de cette femme au vu de l'impact sur la boîte crânienne, de la perte de sang et de matière. L'autopsie le confirmerait par la suite, il commença ses prélèvements dans les parties du corps les moins abîmées, le corps étant resté longtemps dans le milieu naturel, la recherche devant se faire rapidement pour pouvoir identifier cette personne.

La dentition était bonne, l'âge de la défunte devrait se situer entre trente-cinq et quarante-cinq ans. Le docteur préleva plusieurs tissus humains les moins abîmés à toutes fins. Les policiers continuaient à fouiller toute la zone autour du corps toujours délimitée par des rubans fluorescents. Un couple de touristes qui se promenait sur le chemin fut reconduit sans ménagement par un policier vers un endroit plus éloigné. Deux autres policiers munis de détecteurs de métaux exploraient le périmètre des recherches.

Le chef du détachement de la police royale était inquiet, aucune trace, aucun papier d'identité, et une date de décès si ancienne tout cela compliquerait l'enquête.

Mais il faudrait finir toutes les constatations avant la tombée de la nuit, il ne possédait pas de moyen d'éclairage suffisant, mis à part quelques torches électriques. Un signe de tête du chef, les techniciens d'identification criminelle se saisirent du sac pour le cadavre et le posèrent près du squelette. Les restes furent chargés dans l'enveloppe plastique quelques lambeaux de tissus furent déposés dans des bacs plastiques étanches pour examens ultérieurs.

Le médecin avait collecté différents tissus humains dans des étuis spéciaux, il les rangea soigneusement dans une valise isotherme puis la referma. Les combinaisons plastiques furent enlevées rapidement, les policiers crevaient de chaleur en cette fin d'après-midi. Le squelette fut mis dans le sac à cadavre, les prélèvements sur les coquilles où reposait le corps furent inspectés pour déceler un indice, mais après le tri, rien ne fut trouvé sauf les restes d'un sac de toile ressemblant à une bretelle de sac de plage.

Cette bandoulière était en partie brûlée, elle fut rajoutée dans un sac de scellés.

Le médecin attendait sous un arbre protecteur du soleil avec ses prélèvements humains dans sa valise, les policiers de l'identification criminelle, métrant toute la zone. Ces mesures étaient retranscrites sur un plan manuscrit qui serait refait par la suite. Les photographies furent prises dans tous les angles pour la constitution de l'album photo de l'affaire.

La zone prospectée n'avait donné aucun indice valable ni sur l'identité, ni sur les circonstances et la présence de cette femme sur l'île. Les rares personnes demeurant sur cet îlot n'avaient rien vu, était-ce une touriste ? Peu probable, une autochtone ?

La population sur l'île se composait de quelques familles, et de beaucoup d'ouvriers qui travaillaient pour la récolte de coprah. La zone prospectée était nettoyée de tout objet qui aurait pu être un indice, la cocoteraie était immense et les policiers se contenteraient de cette zone à fouiller, la zone était infestée de moustiques à cause de multiples trous d'eau remplis d'herbes. Aucun objet suspect comme une arme éventuelle ne fut trouvé dans le périmètre.

Il fallait terminer et ramener la dépouille sur le brancard. Le bateau militaire patentait au mouillage, la chaloupe était sur le sable, les restes du corps dans son linceul de plastique déposés sur un brancard souple, reposaient sur le côté de l'embarcation. L'odeur malgré la fermeture étanche était insoutenable pour les marins.

La totalité des policiers quitta l'île, l'homme à l'origine de la trouvaille, et son petit singe regardaient la mer et tout ce charivari inhabituel. Un coup de corne de brume rappela aux policiers que la petite vedette de la Marine thaïlandaise les attendait. Les restes du corps de la femme reposaient sur l'arrière de la vedette, les policiers discutaient sur l'avant du bateau de cette découverte pour éviter les odeurs du cadavre. Le pilote du b a t e a u m i s les moteurs au maximum pour regagner le port de Nathon, la journée était terminée, la nuit tombait.

La proximité du port se devinait avec les ferrys de la Seatran qui arrivaient en provenance de Surat Thani, et de la Malaisie. Le bateau et son équipage se présenta sur un quai discret séparé du reste du débarquement du public. Une ambulance dédiée au transport des cadavres était stationnée sur le quai. Après que le bateau fut immobilisé à quai, le brancard fut déposé dans un emplacement frigorifique à l'arrière de la voiture sanitaire. Le médecin chargé des prélèvements salua les policiers, il emportait dans les emballages spéciaux, les prélèvements humains pour le laboratoire principal qui ferait les analyses et partit. Tous les policiers se saluèrent, les membres de l'équipe de recherches et d'identification criminelle, reprirent leur voiture, toutes sirènes hurlantes, ils rentraient vers leur base.

Les derniers policiers remercièrent les marins de leur concours et aide et partirent vers leurs bureaux. Ils déposèrent les quelques babioles trouvées sur place et les placèrent tout de suite dans des scellés réglementaires. Sur les quais et le parking du port, les petits marchands s'installaient, montaient leurs petits étals illuminés, lesquels se transformaient en lieu de restauration pour les habitants de la ville et des touristes. Le corps de Jane était déjà en route pour la morgue de l'hôpital de l'île avant qu'il ne soit transféré en métropole pour l'autopsie.

La nuit était là, le dernier ferry était reparti vers la Malaisie, la journée de travail pour les enquêteurs se terminait enfin. Boone fit le tour de sa voiture, fit monter les trois policiers de son équipe, et démarra vers le commissariat, pour la fin de la journée.

Le lendemain matin, le capitaine Boone arriva dans son bureau du deuxième étage, toujours décoré d'une superbe affiche cinématographique du film Platoon, il alluma son ordinateur et commença sa procédure de saisine et découverte du corps de cette femme. Les subordonnés arrivaient, le travail à effectuer était important. Pas le temps de boire le café, il fallait avancer dans le travail rédactionnel.

Le travail de rédaction débutait, le rapport pour la découverte du corps devait être détaillé et servirait de saisine de l'enquête.

Sur le bureau du chef de Boone en fin de matinée, le téléphone sonna, le patron du service, prévenu la veille au soir, voulait le rapport rapidement pour le transmettre au quartier général de la police à Bangkok.

La procédure était limitée aux recherches des causes de la mort de cette femme. Pour l'instant malgré les premières déclarations du docteur sur les lieux, les investigations se limiteraient à connaître l'identité de cette femme et les causes du décès. Le capitaine et ses équipiers étaient attelés à la rédaction du procès-verbal, il fallait le rédiger vite, le grand chef l'attendait pour le faxer à son chef de Bangkok à qui, il ne fallait pas déplaire.

Les policiers étaient en train de constituer l'album photos pour l'enquête. Le plus jeune policier et le plus habile en informatique y travaillait pour le finir rapidement et le transmettre par e-mail à la direction de la police royale. Le service était en ébullition, tous les ordinateurs étaient occupés, il fallait terminer les premiers actes. L'affaire n'était pas de première importance mais la pression du chef de service l'était.

Il imposait une pression terrible sur ses troupes. L'imprimante vomissait le premier exemplaire du procès-verbal de saisine qui débuterait la procédure et qui devait être parfait. Une relecture fut faite par le capitaine qui le signa. Il monta à l'étage supérieur, le chef patientait en lisant le journal local. Boone posa le document de plusieurs pages sur le bureau après avoir salué son supérieur. Le chef de la police le regarda pendant plusieurs minutes en silence, le posa sur son imprimante fax, et il pianota le numéro d'envoi sur le clavier et l'envoya à son supérieur.

Il attendit l'accusé de réception de son envoi, il le récupéra et l'agrafa au document qu'il posa sur son bureau. Il apposa son tampon et sa signature puis rendit l'original au capitaine.

---- *Il ne m'emmerdera plus ce con*----

Il remercia le capitaine pour le travail rapide et complet et prit congé de lui. Le visage du capitaine s'apaisa et reprit une apparence plus calme, il descendit les escaliers vers l'étage inférieur, comme un enfant qui rentrait chez lui avec un bon carnet de notes.

Il est vrai que la pression hiérarchique et la discipline n'étaient pas des vains mots. Il retrouva ses hommes qui continuaient à effectuer le travail de signalement de cette découverte et le regroupement de tous les éléments relevés sur les lieux de la découverte du cadavre. Le travail de rédaction de tous les actes effectués sur place était en cours, cette affaire ne relevait pas de son service. Le jour de la découverte du cadavre était tombé sur le jour du week-end où il était de permanence avec son équipe.

Il regagna son bureau et vérifia que l'un de ses collaborateurs ait bien transmis le télégramme à tous les services de police de Thaïlande pour leur demander de leur fournir tous les renseignements dont ils disposaient sur la disparition d'une femme d'entre 30 à 45 ans. Sur cette demande à tous les autres services du pays, aucune photo n'y était jointe, le corps était trop abîmé. Le service n'avait pas reçu les feuillets précisant l'état de la dentition que le docteur légiste devait faire parvenir dans les jours p r o c h a i n s . Le travail de reconstitution faciale mettrait plusieurs jours à leur parvenir. La première demande d'informations sur la disparition d'une femme auprès des autres districts de police du pays devait partir dans la journée.

La fiche anodine rédigée arriva sur le bureau du capitaine qui la regardait en silence, cette journée l'avait fatigué. La matinée sous le stress du chef de la police l'avait épuisé, le plus urgent était la transmission du procès-verbal vers la capitale ainsi que pour le bureau du Procureur.

Dans l'après-midi, il ferait avec son équipe le reste de la paperasse, il faudrait poursuivre l'enquête qui serait tributaire des comptes rendus d'autopsie. Les relevés d'ADN prendraient plusieurs jours à arriver à la police.

Le capitaine devait terminer les actes, en compagnie des policiers qui étaient dans son groupe de recherche. Le téléphone sonna dans son bureau longuement, il décrocha nerveusement le combiné. C'était le chef de police qui lui confiait cette enquête vu qu'il l'avait commencée, il la terminerait, le patron de la police raccrocha.

Le capitaine Boone devait envoyer toutes les demandes de concours de plusieurs spécialistes en plus du médecin légiste, un spécialiste de la reconstitution des visages pour tenter de redonner un corps à ce squelette en décomposition, cela pourrait aider à l'identification de la défunte.

Un dentiste allait également être contacté pour préciser l'âge et effectuer un relevé maxillaire pour tenter de trouver des soins antérieurs, c'était une source précise pour identifier les cadavres.

Le lendemain, lundi matin, le week-end était terminé pour le lieutenant Jim qui l'avait passé avec sa famille dans leur appartement situé près la plage de Lamaî. Un dimanche tranquille en famille, l'après-midi à la plage avec épouse et ses deux enfants. Le policier regagna son bureau comme toutes ses subordonnées. Il rentrait dans son bureau après être passé saluer ses hommes qui étaient déjà arrivés.

Lui et toute son équipe avaient eu ce week-end de repos. Il partit vers le bureau de liaison du commissariat, tout le travail était partagé et l'activité répartie entre tous les services du commissariat. Il y récupéra le courrier de son service administratif et autres, tous les rapports de police étaient dispatchés à son service et bien sûr à tous les autres. Il regarda machinalement le tas de documents mais son regard n'accrocha aucun document, quelques signalements de vols sur les plages.

Il eut quelques mots pour le policier chargé de ce bureau et repartit vers le sien avec sa liasse sous le bras. Comme chaque début de semaine, il y avait une réunion dans le bureau du chef de la police, où tous les chefs de service, tous les officiers faisaient le point de la semaine écoulée. Un compte rendu détaillé était fait sur l'ensemble des affaires en cours d'enquête par les responsables des services.

Ce matin, le taulier avait téléphoné pour prévenir de l'annulation de cette réunion. Le lieutenant regagnait l'étage de son service, il ne goûtait pas trop ces réunions pour lui inutiles mais c'était l'usage hiérarchique et protocolaire.

Dans les bureaux de son service de police judiciaire, la totalité de ses effectifs étaient au travail au téléphone ou déjà en train de rédiger des actes sur leur ordinateur. Un serrage de mains à tous ses effectifs et des mots simples pour commencer la semaine. Il arriva dans son bureau avec ses documents sous le bras, il regardait la pile de documents à continuer de traiter et attribuer aux différents membres de son équipe.

C'était son travail de coordination, il aimait son travail surtout les enquêtes et toutes les interpellations de délinquant de tout poil. Il était peu motivé en cette matinée, il n'avait pas le cœur à l'ouvrage, il regarda la chemise qui renfermait le dossier de la disparition de Jane ce qu'il faisait de temps à autre. Il avait été ouvert depuis trois mois, toutes les recherches avaient été vaines, personne ne savait ce qu'il était advenu à cette prostituée.

Il sortit de son bureau, descendit d'un étage, derrière les deux portes à double battants, se trouvait un distributeur automatique de boissons, un petit café lui ferait le plus grand bien. Il devait voir son collègue le capitaine Boone qui lui, avait passé son samedi et son dimanche en astreinte au bureau.

Il voulait connaitre l'actualité policière de ces deux jours. Il s'arrêta devant le distributeur, le hasard fit bien les choses, Boone attendait son café matinal, ils échangèrent des amabilités et de nouvelles sur leurs familles respectives.

Le capitaine raconta sa journée de samedi, la découverte du cadavre de cette femme, les circonstances et les soupçons d'assassinat. Les premières constatations décrites minutieusement, le compte-rendu était fait entre deux professionnels, aucun détail ne fut oublié. Le capitaine prévint son collègue que son service avait été nommé pour enquêter sur cette découverte, pas d'identification pour cette femme à ce jour, il attendrait le résultat de toutes les analyses médico- légales.

Les deux policiers devisaient sur les détails,

sur la date du décès présumée, le capitaine précisa
que d'après le légiste et vu l'état de décomposition
du corps de la morte, la personne avait dû être
assassinée depuis plus de quatre mois à minima.
Toujours précis dans son récit, Boone invita son
collègue à finir la discussion et leur café dans son
bureau, Les deux hommes étaient des anciens
officiers de l'armée thaïlandaise.

Ils étaient respectueux de la hiérarchie et
disciplinés sur les méthodes apprises dans les écoles
de police.

Assis face au capitaine Boone, la discussion
entre les deux spécialistes continuait.

---- *C'est une femme âgée entre 3 5 et 45, la
dentition était bonne, donc pas une paysanne qui
demeurait sur l'Ile de Koh Tan, il y avait peu de
couple sur l'île et surtout aucune disparition n'avait
été signalée, dit le Capitaine.*

Le visage de Jim s'éclaira et trahit mal une
satisfaction personnelle et professionnelle.

---- *Je pense connaître l'identité de la morte,
asséna le lieutenant.* Le capitaine était plus que
surpris et ne s'attendait pas à une avancée si rapide de
son enquête.

---- *Comment tu connais son blase ?*

---- *J'ai signalé, il y a trois mois, la disparition
inquiétante d'une prostituée, j'ai fait un rapport de
disparition que j'ai transmis en diffusion nationale, on
a fouiné mais rien.*

La disparition coïnciderait à quelques jours
près, la date supposée de la disparition de la
prostituée, c'était le jour où son portable avait quitté le

réseau de l'opérateur du téléphone.

---- *Ta femme s'appelait Jane Min, je vais appeler mon bureau, je vais t'amener le dossier complet que j'avais ouvert avec mes hommes.*

Un coup de fil rapide, un de ses hommes dévala les escaliers et amena la précieuse chemise cartonnée. C'était le dossier de disparition de Jane, le coursier policier posa la chemise sur le bureau puis salua le capitaine. Il remonta vers son bureau.

Le nom, prénom, de la disparue étaient inscrits en lettres majuscules, le capitaine se jeta sur les précieux documents. Il lisait la première fiche où était scannée la photographie que la maman de Jane avait fournie. Le capitaine regardait le visage de la disparue, lui qui n'en avait aperçu que le squelette qui restait.

---- Tu as fait les prélèvements ADN de la famille, pour que l'on puisse les comparer quand le laboratoire de Bangkok nous aura fait parvenir les résultats des analyses de la scientifique.

---- Non, répondit le lieutenant JIM, on ne les a pas faits, on n'avait pas assez d'indices quand on nous a signalé la disparition, le signalement c'est une de ses copines prostituées qui me l'avait fourni.

J'avais rencontré sa mère qui m'avait confirmé le caractère inquiétant de cette disparition. Je vais aller te les faire dans la journée les prélèvements ADN, avec un gars de mon groupe qui est habilité.

---- Super, merci, lieutenant tu me confirmes quand tu les auras faits, je préviendrai le taulier et de ton aide, et de la progression de la procédure.

Le lieutenant retourna vers son bureau

chercher un de ses hommes qui était désigné et qualifié pour effectuer ses prélèvements de salive sur la mère de Jane et son fils. Le sergent TAO, inoccupé dans son bureau, fut réquisitionné, il récupéra sa valise où étaient enfermés les kits de prélèvements dit FTA. Le matériel rassemblé, les deux policiers se dirigèrent vers la maison de la mère de Jane. La voiture après quelques minutes de route, se stationna sur le sentier qui menait à la maison de la grand-mère.

L'orage qui venait de se terminer avait transformé le chemin de terre en véritable cloaque avec des grosses flaques formées par le ruissellement venant des collines voisines. Arrivés sur le chemin de terre boueux, les deux policiers sautaient pour éviter de se mouiller les pieds, le sergent avait les bras entravés par le port de la valise métallique qui renfermait les kits de prélèvement ADN.

Le lieutenant frappa deux coups discrets sur la porte d'entrée, un « *Entrez* » timide lui répondit. La mère de Jane, était assise à la table, elle avait le regard fixe, mais l'entrée des deux policiers ne la fit pas se lever de sa chaise. Elle agitait un vieil éventail qui lui procurait quelques courants d'air frais.

Après les salutations d'usage, il lui expliqua qu'il n'avait ni bonne nouvelle, ni mauvaise dans l'enquête sur la disparition de sa fille. Il lui déclara qu'il devait faire des prélèvements de salive sur elle et son petit-fils pour parer à toute éventualité.

---- *Mon petit-fils va rentrer de l'école d'ici*

peu, mais vous êtes sûr que vous ne me cachez pas quelque chose et que vous n'avez pas retrouvé Jane ?

---- Non, madame, répondit le lieutenant Jim, c'est une procédure habituelle en cas de disparition inquiétante, c'est obligatoire depuis quelques mois.

Le sergent TAO baissait la tête, et préparait consciencieusement ses écouvillons stériles qui allaient lui servir pour les prélèvements d'ADN sur la grand -mère. Il préparait les deux poches stériles où il inscrivit le nom de la femme. Il prépara un deuxième kit pour l'enfant qui devrait arriver sous peu.

La vieille femme ouvrit sa bouche et en quelques secondes, les prélèvements furent effectués et les écouvillons rangés dans la valise. Le petit fils était en retard, et les deux policiers patientaient assis autour de la table. L'enfant arriva, il reconnut le policier qu'il avait vu quelques mois auparavant. Le lieutenant confirma que sa mère n'était pas réapparue. Il lui expliqua que l'on allait lui prélever de la salive pour compléter la fiche de sa maman. Le petit garçon était déçu que sa maman ne soit toujours pas là, il avait les yeux remplis de larmes.

Le sergent lui demanda d'ouvrir la bouche comme chez le dentiste, et lui fit rapidement ses prélèvements avec deux autres écouvillons qu'il remisa dans les poches stériles ad hoc. Pour éviter des soupçons de la grand-mère, les mentions obligatoires sur les sacs seraient faites au service de police. C'était terminé, la valise métallique fut fermée, le petit garçon épuisé et en pleurs, était auprès de sa grand-mère qui lui fit un câlin pour le consoler.

Un salut discret pour la femme, et une caresse sur la tête du garçon et les deux policiers sortirent de la maison. Il fallait rentrer au bureau pour faire parvenir les prélèvements à Bangkok au laboratoire de la police. Il passa un coup de téléphone au capitaine Boone pour le prévenir que le nécessaire était fait. Il était persuadé que le corps de Jane é t a i t bien celui de la femme retrouvée, mais il fallait attendre les résultats et les comparaisons d'A.D.N.

La fin du mois de novembre 2009 se profilait, les premiers résultats du laboratoire de la police de Bangkok, venaient d'arriver au bureau du capitaine Boone ainsi que le rapport du médecin légiste.

Les traces relevées n'avaient pas établi l'identité de la défunte.

Le corps n'avait pas révélé le secret de l'identité, mais le caractère criminel de la mort de cette femme ne faisait plus de doute. Le coup mortel avait été asséné par un objet tranchant mais peu aiguisé. L'amplitude du coup était détaillée comme l'angle et l'inclinaison de l'objet qui avait causé la mort de la femme.

Le capitaine Boone lisait tous les comptes rendus du laboratoire, ainsi que les différents écrits de l'expert en trajectoire et balistique. Il ne manquait que les demandes de rapprochement entre les deux A.D.N, celle du fils et de la mère présumée par son collègue Jim. Il était impatient de recevoir ces résultats qui conforteraient le premier pressentiment de son collègue, il appela tout de suite son copain de l'étage, à qui il demanda de le rejoindre pour qu'il lui explique la situation et lui demander un service.

Le lieutenant JIM entra après avoir frappé discrètement à la porte du bureau qui était déjà ouverte. Le capitaine montra les précieux documents, il lui expliqua les principales données, et l'absence à ce jour de la confirmation de l'identité.

Boone posa la question :

---- *Ton informatrice, ta pute, elle ne pourrait rien nous apporter comme tuyau ?*

---- *Je peux l'appeler.*

---- *Je t'appelle dès que j'ai confirmation de l'identité de la morte,* dit Boone.

Le lieutenant remonta à son bureau, il rappela Jira, à qui il laissa un message pour qu'elle le contacte rapidement. Le téléphone sonna, c'était elle qui le rappelait, il lui demanda de venir la voir au bureau, mais elle était sur Bangkok où elle visitait sa famille qui demeurait dans la banlieue de la ville. Elle rentrerait dans une journée, sur l'île, il lui demanda de passer en fin de matinée au bureau sans lui parler du motif de sa convocation.

Le surlendemain, la prostituée attendait dans le couloir, quand le lieutenant, accompagné du capitaine qui venaient de boire un petit café au distributeur vint la chercher. Le lieutenant fit entrer la prostituée et la fit assoir, il lui présenta son supérieur, quand son téléphone de bureau sonna. C'était un policier de l'équipe de Boone qui voulait lui parler. Le lieutenant Jim passa le combiné à son supérieur.

Le capitaine écouta sans rien dire son interlocuteur puis raccrocha. Le lieutenant et Jira parlaient de la pluie et du temps. Le capitaine chuchota à son collègue :

---- *C'est bien le corps de Jane Min, la prostituée, qui vient d'être identifié par le laboratoire de la police. Bon travail Lieutenant.*

Jim avait eu un bon pressentiment.

Le lieutenant alluma son ordinateur pour y commencer un acte de procédure avec une nouvelle audition de Jira, cette fois ce n'était plus une enquête sur une disparition mais une procédure criminelle qui commençait pour les policiers. Ce fut le capitaine Boone qui prit le clavier de l'ordinateur et se mit à frapper rapidement sans poser une question sur l'affaire pour laquelle elle allait être entendue.

Après trois minutes de frappe rapide, Boone s'adressa à la prostituée pour lui annoncer avec un visage calme et très froid qu'elle allait être placée en garde à vue. Jira regardait ce policier froid, elle ne comprenait pas la différence de ton entre les deux policiers. Jim lui fit comprendre avec une mimique et un geste de ses bras qu'il n'y pouvait rien et que c'était son chef. Boone, prit une voix grave, un air sérieux, et annonça que l'on venait de découvrir le corps de sa copine Jane. Elle avait été assassinée, elle était une des dernières personnes à l'avoir vue vivante. La fille était abasourdie, elle n'ignorait pas que cette disparition était inquiétante, elle savait qu'il était anormal que sa copine disparaisse subitement.

Boone prit l'identité complète de Jira, il finit la première partie de son acte, s'arrêta de taper sur son clavier d'ordinateur et se croisa ses bras. Le gentil lieutenant Jim prit la parole, et le capitaine derrière son ordinateur regardait la femme qui était terrifiée, qu'allait-il donc lui arriver aujourd'hui.

---- Jira, il faut que tu nous aides à retrouver l'assassin de ta copine, elle a reçu un coup très violent à la tête qui a causé sa mort. On a retrouvé le corps qui était sur une île, à Koh Tan, elle a dû être assassinée dans la deuxième quinzaine de mars, au maximum début avril.

Le lieutenant après un temps de silence, insista gentiment, avec un petit sourire.

---- Tu dois nous dire ce que tu sais sur Jane et sur les gens qu'elle fréquentait, tout ce qu'elle a pu te dire au début de cette année, tous les détails comptent, il faut que tu nous dises les discussions que tu as eues avec elle, c'est très important pour nous de connaître tous les détails.

La fille était gênée, elle n'avait pu rien dire, elle avait bien en mémoire, la dernière discussion à la sortie de l'école ou elle avait sollicité un petit service sur l'ouverture d'un coffre avec un clavier numérique. Elle avait peur de la réaction des policiers devant une complicité de vol. Avant qu'elle ne réponde Boone se décrispa, se leva, et mit un grand coup de poing, de haut en bas sur le bureau de JIM, en criant très fort.

---- Il faut que tu craches le morceau, sinon on te met en prison tout de suite ?

Jira était morte de peur, elle avait peur de parler de ce week-end, où Jane lui avait demandé une manière discrète d'ouvrir et trouver les chiffres sur un clavier de coffre.

Les menaces de garde à vue lui faisaient très peur, elle perdrait peut-être plusieurs jours de travail, elle irait en prison, sa profession ne plaiderait pas en sa faveur, ses boss n'apprécieraient pas trop tout ce remue-ménage. Le lieutenant faisait bien son rôle de gentil, en lui faisant des clins d'œil, Boone imposait une pression terrible, son regard était très impressionnant, le couple d'acteurs était en pleine forme. Jira était déstabilisée entre la gentillesse de Jim et la rudesse du capitaine Boone.

La prostituée hésitait à parler de l'épisode du coffre-fort d'hôtel. Mais elle ne voulait pas connaitre les affres de la prison, ou des cages de garde à vue du commissariat. Elle pensait à son fils, elle l'abandonnerait si elle allait en prison.

---- *Si je vous raconte quelque chose, je pourrais partir, je dois travailler ce soir, j'ai besoin d'argent ?*

---- *On verra répondit Boone, le lieutenant Jim lui fit un clin d'œil approbateur accompagné d'un hochement de la tête discret.*

---- *Cela devait être au cours du mois de février de cette année, je ne me souviens pas le jour exact, Jane m'a rencontré avant la sortie de nos enfants de l'école, elle m'avait demandé un moyen pour deviner comment trouver la combinaison d'un clavier numérique. Ce clavier de coffre-fort appartenait à son client de l'époque, que je ne connaissais pas.*

---- *Je lui avais expliqué que l'on pouvait mettre en relief les touches avec de la laque à cheveux, et relever la combinaison avec une poudre pour les mettre en évidence.*

---- *Elle m'avait écouté, elle m'avait remercié*

mais je ne sais pas qui était son client, ni où il habitait. La seule chose qu'elle m'avait dite c'était qu'il était européen. C'était la seule occasion où j'avais rencontré mon ancienne camarade de classe, c'était ce jour ou par hasard, nous étions devant l'école à attendre nos fils respectifs.

   ---- Je ne l'ai jamais revue depuis ce jour-là.

   ---- Pas mal, pour un début, répondit Boone.

   Les deux policiers étaient ravis de cette petite piste qui venait enfin de s'ouvrir.

   ---- C'est de l'entôlage comme on dit, en Europe, un vol à l'entôlage comme on le dit dans des vieux films européens. dit Boone au lieutenant Jim.

   La prostituée ne comprenait pas cette expression étrangère, le lieutenant traduisit cette expression du code pénal qui désigne ce type de vol d'une prostituée sur son client. Jira comprit que sa copine avait été punie suite à un supposé vol sur un client, ses conseils sur le coffre-fort lui avaient valu peut-être une mort violente. Le lieutenant et le capitaine partirent se chercher un café au distributeur de boissons, ils demandèrent à la femme de les attendre sur son siège.

   Elle était désemparée d'être sûrement une des causes de la mort de son amie, elle avait son visage entre ses deux mains et pleurait.

   Un des policiers revint avec un café qu'il offrit à Jira les yeux rougis de larmes, la tête blottie entre ses bras. Elle le prit doucement dans ses mains, et le but en silence.

   ---- Et tu es sûre que tu n'as plus rien à me dire ? C'est très important, il faut que tu aides

encore, dit Boone l'air méchant et agressif.

    ---- *Tu connais le protecteur de Jane, enfin le mac ? demanda le capitaine les yeux face à ceux de la femme ?*

    ---- *Jane et moi nous nous étions connues à l'école, je ne l'avais revue que le jour où je l'ai retrouvée devant l'école où nos enfants sont inscrits. Elle travaillait dans Nae Nam, souvent avec des habitués européens. Je ne l'ai jamais vue avec des clients, nous ne travaillons pas dans le même coin.*

    Le capitaine en scribe averti nota toutes les déclarations de la fille, en silence. Jira était fatiguée par l'épreuve qu'elle subissait face aux deux policiers, elle s'insurgea en criant qu'elle n'avait plus rien à dire.

    ---- *Ce truc pour deviner les codes des claviers numériques, c'est un homme que j'ai rencontré lors d'une soirée de travail qui me l'avait expliqué.*

    ---- *Je n'ai jamais volé personne, j'ai donné ce conseil à Jane car elle m'a dit qu'elle avait besoin d'argent pour entretenir son fils et lui payer des études.*

    Jim passa sa main sur l'épaule gauche de Jira en signe de cessez-le-feu pour les questions, ce petit geste amical occasionna au capitaine, qui fit mine de taper sur son ordinateur, un sentiment de gêne. Dans la police thaïlandaise, peu de place, pour ces gestes amicaux envers le monde de la prostitution. Jira sentit cette caresse furtive sur son dos, mais elle ne réagit pas, elle était dans son fauteuil, perdue devant ces deux policiers qui allaient décider de son avenir proche.

---- *C'est fini, dit le lieutenant, tu vas signer le papier, et repartir chez toi, tu ne parles pas de notre entretien auprès de tes collègues prostituées, ni des hommes que tu croiseras. Nous gardons cet entretien secret, on ne sait pas encore si son assassin est d'ici, mais nous pensons qu'il est étranger. Fais attention à toi !*

---- *Je préviendrai la maman de Jane et son petit-fils dans quelques jours.*

---- *Tu ne parles à personne de ce que nous t'avons dit, on va aller poser beaucoup de questions dans le milieu.*

L'imprimante vomissait ses trois pages de procès-verbal, le capitaine lui montra la dernière page où son nom figurait à la fin et à droite. Elle apposa sa signature de sa main tremblante, elle pouvait repartir. Elle se leva sous le regard du lieutenant qui la remercia et du capitaine qui réfléchissait sur la suite de la procédure.

Elle partit du bureau, rapidement, accompagnée par le lieutenant jusqu'à la porte du commissariat, elle devait reprendre le travail le soir. En prenant congé, les deux personnes échangèrent un petit sourire, le lieutenant lui envoya un « merci » à voix basse.

Jira venait de quitter le service, les deux officiers se trouvaient toujours dans le bureau, et chacun donnait son avis qui était le même. La défunte désormais identifiée avait bien été assassinée, il fallait l'annoncer à la famille, puis rédiger l'acte de procédure.

Le lieutenant proposa à son supérieur de prévenir la famille qu'il connaissait déjà un peu.

Le capitaine délégua à son collègue cette délicate mission qu'il n'appréciait pas, le temps gagné lui permettrait de réunir son équipe pour les diriger sur cette nouvelle orientation de l'enquête. Boone remercia son collègue de son aide, encore une fois, et remonta avec le procès-verbal dans les mains, il allait réunir son équipe pour lui donner quelques directives nouvelles sur cette enquête criminelle. Le lieutenant partit déjeuner dans un petit restaurant près du marché dans Nathon, puis, rapidement remonta dans son bureau. Il partit chercher le sergent Tao qui était l'un de ses équipiers favoris. Il appréciait sa polyvalence dans toutes les enquêtes quelles qu'elles soient. Il était un habile dactylo, il rédigeait rapidement et sans aucune faute sur le plan grammatical et procédural.

Le sergent TAO était à son bureau et rédigeait sur une autre affaire, il obéit à son supérieur, il sauvegarda et ferma son document sur son ordinateur. Il récupéra les clés de la voiture qui était disponible au bureau opérationnel. Le sergent récupéra un ordinateur portable avec une imprimante intégrée, il était très pratique pour des actes d'enquête à l'extérieur du bureau.

La sacoche et le précieux ordinateur à l'intérieur de celle-ci, dans les mains, le sergent précéda son supérieur dans le véhicule et l'attendit quelques minutes le temps qu'il passe un appel téléphonique.

La voiture quitta le service, pris la direction du

domicile de la mère de la défunte, le lieutenant avait sur ses genoux l'ordinateur portable. Il devait prévenir la maman et le fils de la disparition de leur fille. Il était habitué à ces discussions difficiles mais cela faisait partie de son travail. La relative connaissance de cette famille, le gênait un peu, le fils de Jane et le sien avait exactement le même âge. La voiture stoppa sur le chemin devant la maison. Les deux policiers descendirent du véhicule, le sergent prit la sacoche avec l'ordinateur portable. Quelques coups sur la porte, un cri « *entrez* » se fit entendre de l'intérieur de la maison au toit de tôles. La vieille dame était assise sur une chaise, impassible, calme, et elle n'eut pas de mot quand elle vit entrer les deux policiers.

---- *Voilà les porteurs de mauvaises nouvelles.*

---- *Bonjour, madame*, dit le lieutenant.

---- *Je sais d'après vos visages que vous êtes venus pour m'annoncer que vous avez retrouvé ma fille. Je suis persuadée qu'elle est morte depuis votre dernier passage, il y a plusieurs semaines. Vous m'avez menti mais vous ne savez pas mentir.* Les larmes commençaient à couler sur ses joues ridées, elle était prise de tremblements.

Le lieutenant lui proposa d'appeler un docteur, elle n'en voulut pas, elle ne voulait rien si ce n'est un verre d'eau qu'il lui servit.

Sa respiration devenait plus calme, elle ne disait plus rien.

---- *Nous avions trouvé un corps de femme mais on ne l'avait pas encore identifié, son corps a été trouvé sur l'Ile de Koh Tan, on pense que le*

décès date du début avril de ce début d'année,
précisa le lieutenant.

---- *Nous venons de recevoir la confirmation
du laboratoire scientifique de la police, le corps de la
femme assassinée est bien celui de Jane.*

L'ordinateur était en cours de démarrage, le
sergent activait le programme où il enregistrera, le
document qui joint à la procédure prouverait que
la famille a bien été prévenue de la mort de leur
fille.

Le sergent gêné, demanda au lieutenant s'il
pouvait poser les questions réglementaires sur le
début du procès-verbal. Jim demanda à la mère de
Jane s'il pouvait commencer à lui poser encore des
questions. La grand-mère hocha la tête pour faire
signe que l'audition pouvait commencer.

---- Qu'est ce qui va nous arriver, mon petit fils
et moi ?

---- On va retrouver la personne qui l'a tuée, et
on va lui faire payer, dit le policier.

---- Mais on l'a tuée comment ?

---- L'assassin l'a frappée avec un objet
tranchant à la tête et a abandonné le corps sur l'île, le
corps est resté depuis dans un terrain vague, on l'a
retrouvé par hasard. Le corps ne peut pas être vu, il
est en état de décomposition avancée. Vous ne
pourrez pas la voir, elle est dans un cercueil de
plomb, tellement il est abimé, il est resté plusieurs
mois abandonnés dans un sous-bois.

Le sergent trouvait le temps long, il voulait
commencer son procès-verbal le plus vite possible.

---- *Je suis désolé, madame, mais il faut*

*commencer l'audition, Lieutenant, demanda le
sergent.*

    ---- *On y va* ! dit la femme.

Le sergent commença à poser les questions à
la vieille dame sur son identité, elle répondait avec
des mots remplis d'émotions et entrecoupés des
sanglots qu'elle étouffait avec un vieux mouchoir. La
première partie du document était déjà terminée,
c'était la plus longue et règlementaire. La deuxième
partie débutait, la maman devait seulement prendre
acte de l'annonce de la mort de sa fille, seulement
quelques phrases pour reconnaitre cet état de fait et
elle porterait plainte pour cet homicide volontaire.

Pendant toute la rédaction du procès-verbal, le
lieutenant regardait la vieille dame, et de temps en
temps, il regardait par la fenêtre donnant sur le
chemin pour éviter son regard plein de tristesse. Le
fils de Jane devait rentrer de son école. La porte
s'ouvrit doucement et le visage du petit garçon
apparut dans l'interstice. Le lieutenant Jim laissa le
sergent finir la rédaction. Il bloqua l'accès de la porte,
il prit le garçon paternellement avec son bras sur son
épaule et ressortit dehors.

Il s'assit sur la petite terrasse à côté du petit
garçon qu'il prit sous son épaule, quand il lui
annonça sans ménagement le décès de sa maman, ce
dernier fondit en larmes, et tomba dans les bras du
policier qui savait que cette étreinte était si
naturelle qu'il la
sollicitait autant que Yan. Après plusieurs
secondes de pleurs, et de cris, le lieutenant
expliqua à l'enfant les circonstances de la découverte

du corps de sa mère.

    ---- *Mamie m'avait prévenu que ce n'était pas normal que maman ne vienne plus nous voir, elle était très inquiète depuis la dernière fois où vous étiez venus nous voir.*

    ---- *Je sais que tu aimais beaucoup ta maman, on va tout faire pour retrouver la mauvaise personne qui a fait ça, il faut que tu aides ta mamie.*

Il prit Yan qui était toujours à l'abri sous son bras gauche, l'accompagna dans la petite maison, Yan partit embrasser la vieille grand-mère qui avait le visage malade et défait par l'annonce de la mort de sa fille. Le sergent Tao finissait d'imprimer le document, il fit signer la grand-mère avec un stylo qu'il lui présenta, elle hésita à signer.

Pour elle, c'était la fin de vie de sa fille, elle connaissait la dureté de son travail, mais n'aurait pas imaginé une fin aussi horrible. Elle signa en tremblant, le lieutenant la préviendrait le jour où elle pourrait récupérer le corps de sa fille. Les deux policiers rangèrent leur sacoche, le précieux procès-verbal, après un mot gentil pour la mamie, et une tape sur l'épaule de Yan, le sergent ouvrit la porte, le lieutenant le suivit. Il posa un regard humide sur la vieille femme, son petit-fils pleurait tout seul au bout de la table.

Il voyait son fils à la place de Yan, il avait une grande envie de quitter cette petite maison du malheur. Il sortit sans se retourner, uniquement, quand la voiture quitta le chemin de terre, et reprit la route du commissariat. Un coup de fil à Boone pour le

prévenir de la suite et il passerait déposer l'acte d'avis
à la famille à son bureau.

Le lendemain, le capitaine et le lieutenant
réunirent leurs deux équipes de policiers, après le
café partagé, l'équipe du capitaine fut chargée de
reprendre toute l'enquête de terrain que les hommes
de Jim avaient commencée.

La troupe fut tenue au courant de l'avancée
de l'enquête, des résultats de l'autopsie et du
changement de classification des investigations.

Il fit un exposé sur le rapport de l'analyse
ADN, et des détails sur le coup mortel que le
docteur légiste avait établi de manière très détaillé.
Il avait fait faire de multiples photos qu'il distribua à
tous les policiers, c'était la photo que le lieutenant
Jim avait trouvée chez la maman de Jane. Une équipe
repartirait sur l'île de la découverte du corps pour
poser quelques questions aux rares habitants et pour
inspecter les alentours de la scène du crime à toutes
fins.

Le secteur de Samui avait été découpé par
zones précises sur une carte, chaque équipe avait reçu
un secteur à passer au peigne fin, il fallait retrouver
des traces du dernier client de Jane.

La chose n'allait pas être facile, les recherches
difficiles car le meurtre avait
eu lieu, il y a plus de six mois. Jane travaillait
rarement dans des bars à hôtesses.

Elle privilégiait les accompagnements de
touristes européens et ne fréquentait pas les quartiers
animés. Son protecteur, VIDURA Rama, le
lieutenant Jim l'avait déjà rencontré pendant son

enquête sur la disparue, le capitaine Boone et le
lieutenant Jim iraient lui rendre visite à nouveau,
mais il fallait prendre les précautions nécessaires.
L'individu faisait partie de la mafia locale, il é t a i t
très puissant, ses amitiés étaient hautement placées, il
fallait y mettre les formes.

Le grand chef voulait des résultats rapides,
tous les lieux fréquentés par les prostituées et les
touristes européens devaient être visités. Les
prostituées, les clients des bars, les patrons des
boites à hôtesses devaient faire l'objet de questions
très précises. Une fois, les différents secteurs répartis,
les équipes partirent dans toutes les directions de l'île.

Chapitre V

Les platanes du boulevard perdaient de plus en plus vite leurs feuilles, le mois de septembre 2009, coïncidait avec le besoin indicible pour Georges, retraité bien installé dans son petit quartier de penser à retourner au soleil pour y profiter de plusieurs mois de farniente.

Ses dernières vacances l'avaient déçu, avoir été victime d'un vol par son escort-girl en fin de séjour l'avait aigri. Il ne pensait jamais au geste mortel qu'il avait fait. Il était ce vieux célibataire sans aucun sentiment pour ces femmes, ses actes ne l'empêchaient pas de dormir, il traitait toutes ces filles comme du bétail. Il cherchait une autre destination pour passer deux ou trois mois à la chaleur asiatique. Il consulta tous les sites de voyages pour trouver une oasis aussi verte et accueillante que l'île de Koh Samui. Il hésitait entre la Malaisie et le Vietnam, son cœur penchait toujours pour l'ancien royaume de Siam, car la prostitution était plus tolérée et libre. Il voulait le soleil pour parfaire son apparence à laquelle il tenait beaucoup, ainsi qu'au contact sensuel des petites mains asiatiques.

La Malaisie lui faisait envie, mais la perle des Iles de l'océan indien l'attirait comme une pie par un objet brillant, Il avait beau vouloir un autre pays, Koh Samui et sa douceur de vivre reprenaient le dessus. Ses exactions et ses mésaventures le laissaient de marbre et sans remords, il ne voulait plus connaître ce concubinage payé avec une prostituée régulière mais profiter de son argent.

Il voulait surtout ne pas se le faire voler pendant son séjour comme l'année précédente. Dans un tiroir dormait la carte d'une location devant laquelle, il était passé une année auparavant. C'était la maison de Gilbert et d'Eliane. Sur ce petit flyer, une superbe vue de la mer prise de la belle terrasse figurait. Il prit l'adresse et envoya un courriel pour demander si un appartement ne serait pas disponible pour les mois de février, et mars de l'année prochaine. La réponse ne tarda pas un appartement était disponible pour la période demandée et le tarif précisé.

Il accepta la proposition chiffrée du loueur qui lui expliqua qu'il était le bienvenu sur l'île et dans sa maison. Il se jeta sur un autre site pour acheter son billet, mais pas question de comparer les prix, il acheta ses deux billets sur sa compagnie favorite, la Thaï, il était toujours fanatique de la beauté des avions ainsi que des hôtesses de l'air, qui lui donnaient des espoirs de conquêtes futures.

Les billets d'avion seraient rapidement réservés, les mois de février et mars 2010, seront passés sous la douceur de l'Asie. Une fois, ces formalités établies, notre célibataire partit se promener dans le bois de Vincennes situé à quelques centaines de mètres de son domicile. Il croisa toujours des connaissances, son objectif était de supporter les premiers frimas de l'hiver avant de se dorer au soleil. En partant vers la Porte Dorée où débutent les promenades du bois de Vincennes, il rencontra Max, son copain de sa cantine « La Civette », les discussions partirent sur le mode plaisanterie.

---- *Tu n'es pas en vacances le vieux*, dit Bob.

---- *Non mais j'y repars en Février, direction l'Asie*, répondit Georges.

---- *Tu ne t'emmerdes pas ?*

---- J'essaie, *viens avec moi !*

---- *Je n'ai pas le temps, je ne suis pas retraité, je bosse moi.*

---- *T'as tort* ! répondit Georges, puis ils se quittèrent.

La promenade solitaire commença, avec des pensées joyeuses et confuses mais toutes sur les futures filles qu'il pourrait se faire, l'avenue Daumesnil était si triste et déserte, en cette journée sans soleil. Il ne resterait que quelques semaines pour repartir au soleil asiatique, il ne voulait pas renouveler un séjour aussi long, il ne restera en Thaïlande qu'une période de deux mois. Il ne voulait pas dépasser les trois mois.

Le séjour ne deux mois ne nécessitait pas l'obtention d'un visa auprès des services consulaires. Il prépara son voyage comme tous les autres voyages, la valise avait été remontée de la cave et époussetée. Elle était déposée sur la table du salon, ouverte, et chaque jour, il repliait ses affaires d'été soigneusement repassées.

Le linge était toujours entouré de papier de soie pour qu'il soit le moins froissé possible.

La fin de la semaine arriva, la valise petit à petit se remplissait, le départ était prévu dans quatre jours. Le mois de janvier était terminé, le décollage pour la Thaïlande, approchait. Le départ était toujours prévu par la compagnie habituelle en fin de soirée du dimanche. Georges patientait, méticuleusement, continuait ses préparatifs de départ avec des achats divers dans la grande surface voisine. Il partait la veille du départ chercher ses préservatifs et quelques produits d'hygiène et de bronzage.

Il salua la caissière du magasin qu'il aimait bien, elle était eurasienne, il passait toujours à sa caisse avec ses courses, quand elle était présente au travail.

C'était le début de ses vacances, il lui faisait toujours la cour, mais le charme de Georges n'était pas aussi porteur avec les femmes qu'en Thaïlande.

Tous ses voisins de l'immeuble étaient au courant que notre parisien repartait vers l'Asie. Ce dimanche soir, comme les deux années précédentes, il attendait le taxi qui devait le conduire vers l'aéroport de Roissy Charles de Gaulle.

Le portable sonna dans l'appartement, c'était son copain qui était chauffeur de taxi, l'appelant pour l'amener à l'aéroport. Il attendait au bas de son immeuble. Georges finit de fermer tous les compteurs, électrique et eau, ferma la porte et mit les clés dans sa sacoche banane.

Le taxi avait son compteur éteint sur le toit, son copain venait de finir sa journée de travail, il avait été obligé de fermer son compteur et ne pouvait plus travailler aujourd'hui. Il amènerait son copain jusqu'à l'aéroport gracieusement, ou moyennant une course qui ne figureraient sur aucun compte bancaire. C'était une soirée froide de fin janvier, Georges pensait aux trente degrés supplémentaires qu'il apprécierait à son atterrissage à Bangkok. La signalétique des différentes aérogares se profilaient, le terminal T1 s'affichait avec ses cerceaux de lumière orange. La dépose fut rapide, une poignée de main avec un billet en signe de dédommagement fut échangée. Georges et sa grosse valise s'engouffrèrent dans le hall départ de l'aérogare.

Le vacancier était heureux, il connaissait cette aérogare par cœur, il sifflotait, en prenant les escaliers roulants qui le conduisaient vers la plateforme pour enregistrer les bagages.

Les formalités de douane et de police lui paraissaient superficielles et amusantes. En attendant l'embarquement, il remarqua l'équipage naviguant qui passait au contrôle, sans réaction, devant la beauté des hôtesses qui composerait l'équipage. Ses pensées étaient complètement tournées vers le soleil et les filles qu'il trouverait sur son chemin pour son plaisir. Le vol de nuit de la Thaï se passa comme les autres, le bal des hôtesses le ravissait toujours autant, et ses phantasmes les plus fous étaient ravivés par les silhouettes longilignes et si gracieuses du personnel féminin.

Les idées du séducteur se dissipèrent quand il s'endormit dans son fauteuil en regardant un film, il se réveilla pour le petit-déjeuner servi une heure avant l'atterrissage sur Bangkok. Le transfert fut rapide entre les immenses halls de l'aérogare, il connaissait si bien cet endroit qu'il saluait les employés des magasins de duty-free.

Le passage devant les contrôles de police se déroula comme d'habitude, l'examen de l'iris se fit au moyen du faisceau laser vert, sans aucun problème. Il était un peu inquiet, mais une fois le top du passage du policier, l'aventure thaïlandaise pouvait commencer de plus belle.

Le vol de la compagnie « Thaï » en petit porteur, après une escale de deux heures, vers l'île se passa rapidement au milieu de touristes dont c'était le premier voyage sur cette île.

Le parisien c o n s e i l l a i t les voyageurs sur l a vie locale et expliquait les nombreuses choses à voir sur ce coin paradisiaque. Le bouddha blanc attendait son arrivée sur le côté droit de l'avion avant l'atterrissage. Gilbert, lui, aussi, patientait dans le parking de l'aéroport. La valise récupérée, Georges se dirigea vers le parking et faisant de grands sourires carnassiers à toutes les rabatteuses de voiture de luxe, et de locations diverses sur l'Ile. Gilbert patientait, une poignée de main, des nouvelles échangées sur l'épouse de son hôte, et sur la vieille Europe pour Georges. Le véhicule partit vers la location sous une chaleur écrasante et orageuse.

A peine sorti de la zone aéroportuaire, a l o r s q u e l e s d e u x h o m m e s d i s c u t a i e n t, la tête de Georges regardait de gauche à droite en repérant les nouveaux salons de massage ou de prostituées.

La route côtière avait déjà été quittée, et le 4/4 montait sur le chemin très pentu, il reconnaissait les lieux, les nouvelles résidences fleurissaient, dans un grand pré un buffle imposant paissait tranquillement dans des herbes hautes. La résidence était belle, la végétation luxuriante et d'un vert superbe sur fond de mer. Toujours impeccable, la terrasse avait un mobilier visiblement récent, le bruit de la piscine à déversoir était un enchantement au milieu de ce calme paradisiaque.

L'appartement loué était beau, Eliane l'épouse de Gilbert, l'accueillait fort amicalement en lui présentant une coupe de fruits et un rafraîchissement à base de litchis que le locataire but goulûment. Après quelques mots convenus, l'invitation pour le restaurant en cette soirée fut lancée par les hôtes.

Le lendemain matin, Gilbert amènerait son locataire pour choisir un deux-roues chez son loueur habituel. La valise n'eut pas le temps d'être vidée que Georges partit pour profiter de la piscine et du solarium. Un jacuzzi avait été ajouté pour agrémenter le confort des touristes lequel fut honoré tout de suite par le nouvel arrivant qui était au bord de l'extase en se relaxant sur un transat, le visage face à la mer de Chine.

Le couple d'hôtes regardait de leur maison, penché sur le garde-corps de la terrasse cet enfant dans sa pataugeoire. Eliane avait préparé un petit-déjeuner pour Georges, le lendemain matin, la vie était belle au soleil. Il fit sa toilette sous la superbe douche en plein air, s'assoupit, puis rangea ses affaires dans la penderie, les vacances de monsieur Salaud pouvaient commencer.

La première soirée fut passée dans un restaurant sur pilotis où ses hôtes l'invitèrent en signe de bienvenue, hormis le désagrément causé par quelques moustiques, fut agréable.

Le lendemain, Gilbert et Georges se rendirent chez le loueur de deux- roues, un scooter neuf fut fourni, la location payée en liquide permit à Georges de faire de substantielles économies et au loueur de payer moins d'impôt. Georges ne voulait pas de contrat écrit pour plus de discrétion qu'il accepta cette transaction pour payer moins cher.

Il eut la chance d'avoir un casque de protection intégral qui dissimulait son visage mais difficile à porter du fait de la chaleur ambiante. La poignée de main échangée, une liasse de billets donnée, le vacancier partit vers le supermarché pour y faire quelques emplettes.

Il reprit la route côtière et huma fortement l'odeur chaude des vacances et le plaisir de conduire sans aucune entrave. Il avait bien mis son casque de protection, mais malgré sa visière transparente ouverte, il crevait de chaleur.

En bon citoyen, il le garderait au moins le premier jour. Les courses principales faites, le vacancier rentra à la location pour s'y reposer un peu. Le décalage horaire et la chaleur devenaient de plus en plus difficiles à supporter. Le premier jour fut très calme, il revint chez son loueur et lui demanda de changer son casque trop serré et chaud sous le soleil. Le loueur lui expliqua qu'il n'en avait pas d'autre de disponible actuellement. Il invita son client à passer de temps à autre quand des clients ramèneraient les leurs, il ne possédait aucune comptabilité, ni trace de ces prêts.

Une grande partie des locataires dans cet îlot de liberté ne les demandait pas. Pendant les vacances, on faisait ce que l'on voulait, même si des accidents nombreux se produisaient souvent.

La chaleur et la beauté du pays passaient au-dessus des considérations de sécurité routière. Les premiers jours de ce troisième voyage furent consacrés au farniente et à la préparation de l'épiderme du vacancier à supporter le soleil, c'est-à-dire qu'il ne fit presque rien mis à part se lover sur les beaux transats au bord de la piscine.

Il traînait le soir dans les tripots sur les petites routes, il fuyait les lieux où travaillaient ses anciennes conquêtes comme Nae Nam et le quartier Fisherman à Bophut. Il ne voulait pas trop s'arrêter chez son ancien pourvoyeur en filles comme Gianni, le propriétaire du restaurant chez Roméo, éviter tout problème et surtout être reconnu.

Le casque intégral lui permettait une discrétion bienvenue et un incognito parfait pendant ses promenades dans l'île. Il commença par aller chercher une compagnie féminine vers le village de Lamai qui n'était pas très loin de son lieu de résidence. Il appréciait d'être quasiment inconnu, ayant peu trainé dans ce village, lors de ses allées et venues des années précédentes. Il ne voulait plus refaire un séjour avec la même fille, il avait surtout peur d'être volé de nouveau. Seule une soirée par semaine serait consacrée à la drague payante, une fille par semaine lui suffira pour ce séjour.

Il repéra la grande rue où beaucoup de salons de massage, restaurants, ainsi que des boîtes de nuit en plein air se trouvaient.

Ses qualités de Casanova étaient banales, il choisit un petit bar à la pointe de la rue, où des filles de joie sans équivoque sur leur prestation tarifée se trouvaient au milieu d'européens en train de boire.

Il reviendrait demain soir pour se faire plaisir. Aujourd'hui pas de préservatif donc pas de fille, il fit un tour complet de la ville pour y repérer d'autres bars, mais le premier bar qu'il venait de découvrir lui plaisait beaucoup. Pas trop de lumière et une terrasse avenante mais discrète.

Quelques traits de lumière éclairaient une terrasse avenante mais discrète sur des airs de musique anglophones langoureux. Le visage dissimulé dans son casque intégral lui permettait de rester devant les commerces, assis sur son deux-roues et y repérer la fille qu'il pourrait se taper. Malgré quelques invitations de filles l'ayant remarqué sur sa moto, il fit signe de la main pour les remercier et dire qu'il n'irait pas les voir ce soir. Ce n'est que le lendemain, qu'il revint pour visiter ce nouveau bordel, il stationna son cyclomoteur loin de ce drôle de commerce pour ne pas être reconnu. Il avait changé ses shorts et tee-shirts. Une fois son casque accroché sur son cyclo, il se dirigea vers le bar à filles après avoir pris un petit encas à un restaurant local.

Il regardait de l'autre côté de la rue, le manège de trois filles qui rabattaient les touristes pour les amener dans le bistrot. Il choisit la plus jolie mais aussi la plus âgée des trois. Il attendit que sa proie fût seule quelques instants, pour l'accoster et lui demander si elle voulait prendre un verre avec lui. Il rencontra donc Lola, elle avait entre trente et trente-cinq ans, elle était plutôt jolie, elle le prit par le bras et le fit assoir sur un tabouret derrière le bar.

Elle se mit à côté de lui, lui demanda ce qu'il voulait boire. Il lui commanda une bière, elle se servit une coupe de champagne européen.

La discussion dans un anglais basique commença, l'issue de ce speed-dating était prévue d'avance, le client emporterait l'exclusivité de cette fille pendant quelques minutes. La fille était souriante, elle connaissait son métier. Elle posait de temps à autre sa main sur les genoux de Georges qui était heureux, les bières et les coupes de champagne se succédaient, le client était généreux.

Le tarif de la conclusion était prévu et sans discussion, l'amateur de filles voyait que les autres couples constitués rapidement se dirigeaient vers l'arrière-boutique. Les filles devaient avoir un local à proximité pour terminer leur travail. La dernière pinte descendue, la coupe de champagne terminée, la fille prit la main de Georges et se dirigea vers la sortie arrière du bar.

Un petit chemin bordé de vieux mobilier usagé, et des chaises de salon veillottes, conduisait à des chambres dans un bâtiment immonde de l'arrière-cour.

Le binôme croisa un autre couple dont la prestation venait de se terminer. L'homme, un touriste européen, sortait et baissa pudiquement la tête en quittant la chambre voisine, la fille rajusta sa tenue légère et courte. Lola poussa une porte grinçante, Georges la suivit. Les chambres étaient dénuées de tout confort et toute sensualité, un canapé vieillot était déposé en son milieu, seul un éclairage composé d'un fil électrique et d'une ampoule pendait au plafond. L'ampoule était d'un jaune pâle, des toiles d'araignées étaient visibles à l'angle des murs. Juste une chaise, des portes manteaux rouillés étaient fixés sur le verso de la porte d'entrée composaient le mobilier sommaire.

La fille fit rentrer son client, machinalement, elle enleva ses rares habits qu'elle déposa sur la chaise. Georges méticuleux, enleva ses habits qu'il déposa sur les deux porte- manteaux de la porte, il posa ses chaussures sur le sol, la fille l'attendait sur le c a n a p é . Il chercha son préservatif puis se dirigea vers la fille louée pour l'instant.

Sur la banquette pliable, vieillotte et usée, elle l'attendait allongée. Point le temps de la déplier, Il s'approcha de la fille qui ne voulait pas être embrassée, elle avait déposé son téléphone portable à côté de son oreiller, elle y posait son regard de temps à autre. L'assaut masculin ne dura que le temps nécessaire. Une fois la mission terminée, point de toilette pour personne, la fille se leva, recoiffa sa chevelure, et s'apprêta rapidement avec un stick de rouge à lèvres et un poudrage de son visage.

Lui, le client jeta le préservatif usagé dans une poubelle métallique, se refit une prestance en remettant ses habits. Il se regardait dans une glace qui était accrochée à un malheureux clou sur le mur. Il se recoiffa avec soin, la fille était présente près de la porte, elle attendait la sortie de son client, elle ferait sûrement un autre client dans la soirée. Georges fit le tour de la chambre pour vérifier aucun oubli, il prit dans sa poche une poignée de bahts, et la tendit à la fille.

Elle les prit dans sa main, sépara son salaire de la somme due au patron de la boîte, seul un sourire de la fille servit de remerciement à ce client si banal. Le couple fit le chemin inverse, une fois dans la salle, la prostituée partit, sans un regard pour Georges,

Elle s'assit sur un haut tabouret en bordure de rue pour tenter de racoler un futur client. Georges continua et se dirigea vers la sortie en marchant le cœur léger pour récupérer sa motocyclette. Il reprit la route de Bophut et de la location, sa première soirée s'était bien passée comme, il voulait, il pensait bien revenir un autre jour, il avait repéré d'autres jolies femmes qu'il voulait consommer.

Georges reprit son scooter, il apprécia la rapidité de cette relation sexuelle, il y ferait une sortie nocturne de temps à autre, il pensait bien que la diversité de filles allait lui être préférable à un séjour qui comme les années précédentes s'était mal terminé. Il se coucha ce soir-là, content de lui, les deux mois de vacances seraient paisibles, il ne regrettait pas ses gestes des années passées.

Il n'avait plus aucune pensée pour les deux prostituées qui avaient eu la malchance de tomber entre ses mains.

Ce quartier de Lamai était peuplé par de nombreux bars à filles, Georges voulait éviter les

endroits où il avait résidé les années précédentes.
Dans les jours qui suivirent, il trouva a u cours d'une
promenade, un restaurant tenu par un autre résident
belge, dissimulé au bout d'un chemin de terre. Une
plage, paradisiaque était située juste devant. Un
édicule sacré en bois, sur pilotis était déposé sur la
plage, à l'ombre de superbes eucalyptus qui le
protégeaient. Des draps multicolores le décoraient,
sur des matelas des masseuses professionnelles
attendaient les baigneurs pour leur prodiguer leurs
bienveillantes caresses. Il appréciait le calme de cet
endroit, ainsi que la nourriture excellente. Il
passait ses journées sur des matelas confortables et
prenait entre deux bains le temps de se faire
masser en écoutant le bruit des vagues.

Quatre à cinq personnes pouvaient faire l'objet
de massage simultanément, Georges appréciait la
compétence de ce groupe de femmes qui toujours
avec un grand sourire faisaient leur travail. Pour un
peu d'intimité, elles tendaient sous le toit de
l'édifice, des paréos qui flottaient au vent et donnaient
un sentiment d'intimité et de bien-être.

Il passait une heure par jour à subir les assauts
d'une fille aux mains de fée, il restait sur le matelas
de longues minutes en extase, et la quittait le
corps huilé. Il succombait rapidement au plaisir du
lavage des pieds et d'un gommage, suivi d'un
massage près du corps à huile essentielle. Il adorait
les massages du cuir chevelu, Anada, sa masseuse
favorite, l'attendait tous les jours pour s'occuper de
lui. Il était généreux et laissait toujours le petit billet
qui rendait son sourire encore plus éclatant et mettait

le touriste en émoi. Le massage ouvrait son appétit, il avait pris ses habitudes pour ces massages entre onze heures et douze heures.

Ce coin de paradis était situé devant un restaurant, pourvu de matériel de plage, d'une belle terrasse, il y déjeunait régulièrement le midi. Quelques contacts avec d'autres touristes français sur le sable, mais il recherchait le calme, il lisait beaucoup.

La résidence possédait un coin bibliothèque, Gilbert le garnissait des ouvrages qu'il amenait dans ses valises, il ne voulait pas charger ses bagages pour le retour en métropole. Georges appréciait le farniente et la sieste, ces instants calmes suffisaient à ses occupations journalières.

Un soir par semaine, c'était le bar à hôtesses r é g u l i e r où par habitude, il prenait quelques verres et consommait une fille avant d'aller se coucher.

Il choisissait souvent la même fille, jolie, jeune, c'était Lola. Il l'avait rencontré le jour de sa première venue dans l'établissement. Il s'était habitué à ses soirées de travail, il venait quand la fille était présente.

Par discrétion, il laissait toujours son deux – roues stationné loin du bar, il ne disait que des mots d'anglais basique, la fille régulière qu'il fréquentait aussi. Quelques minutes pour prendre un verre, et quelques instants pour arriver à son objectif de mâle dominant, et il pouvait rentrer le cœur léger à son appartement de vacances.

Ainsi passaient les vacances, le mois de Mars

débutait entre le ciel et les plages, le parisien goûtait à des journées calmes et ensoleillées.

Le gros véhicule tout terrain stationna à l'entrée de Fisherman, c'était le boss du quartier qui arrivait dans son repaire « Le Between » Vidura Rama, le Don Corléone de ce secteur de l'île. Officiellement, il tenait le bar restaurant mais régnait sur un grand nombre de filles qu'il protégeait. Le parrain était respecté par tous ses voisins commerçants du quartier qui le recevaient avec crainte et respect, il possédait toujours une somme en liquide très importante dans ses poches. Le protecteur des filles ne négligeait jamais les personnes de tout milieu à qui il distribuait des liasses de billets. Son chauffeur et garde du corps était un birman, ancien boxeur de boxe thaïlandaise.

Son visage reflétait son ancien métier de boxeur, peu de gens lui cherchaient noise, il l'accompagnait partout son patron.

Ce couple connu et reconnu passait ses soirées dans le bar à jouer au billard avec des filles. La voiture du capitaine Boone, et du lieutenant Jim, se dirigeait aussi vers la base habituelle du parrain, ils venaient de quitter le bureau de leur chef qu'ils avaient vu avant de partir du. Les instructions ne faisaient aucun doute, il fallait mettre encore les formes, ce monsieur était très puissant et ses amitiés politiques redoutables. Les deux enquêteurs partaient poser des questions au protecteur, le c o m m i s s a i r e avait voulu que ce soit les responsables de deux équipes de recherche qui se chargent d'interroger monsieur VIDURA.

La voiture était sur la route, elle stationna juste à proximité du grand porche à l'entrée de cette zone remplie d'hôtels et de restaurants en bordure de plage. Les deux policiers connaissaient bien ces lieux, le lieutenant Jim était déjà venu il y a plusieurs semaines. L'enquête était une simple disparition, même si, aujourd'hui les policiers possédaient des pouvoirs supplémentaires vu la qualification judiciaire plus importante.

Le protecteur n'aurait sûrement pas posé les mains sur cette fille. Il avait assez de personne qui auraient pu faire cette besogne. A l'entrée, trois filles se trouvaient derrière le bar en discussion avec des touristes. Le capitaine et le lieutenant rentrèrent et vinrent s'adresser au barman. Le capitaine sortait son insigne, le barman savait que ces deux personnes n'étaient pas des clients comme les autres.

Il partit voir si le patron était là, le garde du corps du boss rentra dans le bar, il reconnut les policiers et fit demi-tour rapidement pour gagner l'arrière salle. Le capitaine vit le garde du corps, et fit signe à son collègue de s'assoir et d'attendre. Une dizaine de minutes après, le gorille revenait sur place, et vint chercher les deux policiers. Ils prirent le chemin vers l'arrière que le lieutenant reconnaissait, c'était le chemin des poissons qu'il avait emprunté la dernière fois. Le boss était encore assis sur le bord du bassin à poissons, il avait toujours ses bas de pantalon remonté jusqu'aux genoux, les poissons étaient à l'ouvrage. Il lisait un périodique, il leva la tête, dévisagea les deux policiers, puis il reconnut le lieutenant.

---- *Bonjour messieurs, vous voulez un bain de pieds ?*

---- *Merci, nous venons vous poser des questions.*

---- *Je sais ! On m'a prévenu.*

Sa poche droite était remplie d'une grosse liasse de billets dont une partie était visible. Les policiers savaient que leur venue avait été annoncée, ce monsieur avait des appuis. Amicalement, il proposa un thé, les deux policiers acceptèrent.

Le garde du corps partit chercher les boissons dans le bar, les trois hommes étaient assis et discutaient de tout sauf de l'affaire qui les amenait sur place.

---- *Vous venez donc pour cette prostituée que vous avez retrouvée, une pénible affaire, pour la famille*, dit le boss.

---- *Vous connaissiez cette fille ?*

---- *Non, je ne sais pas qui était cette fille, je ne trempe p a s dans ces histoires, c'est dur pour la famille, mais je ne vois pas ce que je pourrais dire.*

---- *Vous connaissez beaucoup de monde dans le milieu, pardon, les affaires, vous n'avez aucune information à nous communiquer* ? demanda Boone.

  ---- *Vous me voyez gêné de ne pas pouvoir vous aider, mais les affaires de prostitution, je ne m'en occupe pas.*

  Le gorille apporta les trois tasses de thé, servit la première à son patron et repartit. Les policiers prirent la leur, et la burent rapidement, cette visite ne leur apporterait rien de bon. Sans témoignage formel, il était intouchable.

  Après un clin d'œil complice entre les deux policiers, ils décidèrent de terminer cette discussion de salon, en remerciant le boss. Celui-ci, était très occupé à s'essuyer les pieds, il vérifia le bon travail des poissons, et remit ses chaussures légères. Il se leva, et raccompagna les policiers par l'arrière de la boutique, devant la porte de son bar.

  Il les remercia de leur venue, il garda précieusement la carte du capitaine dans la poche qu'il donna à son garde du corps. Dans la voiture qui regagnait le commissariat de Nathon, les deux policiers étaient énervés par cette visite protocolaire et inutile. Leur venue avait été annoncée mais cela ne changeait rien, ils allaient essayer de mettre la ligne du protecteur sur écoute et d'en récupérer les fadettes. Le capitaine Boone prévint son collègue que cela serait difficile, il savait que le parrain ne possédait pas de téléphone portable, le seul était celui de son garde du corps et il ne s'en servait jamais. Il faisait téléphoner son chauffeur et ainsi il évitait toute écoute policière à son encontre.

  ---- *De toute façon, je ne vois pas pourquoi, il*

aurait fait disparaitre une fille qui lui rapportait de l'argent, dit le lieutenant Jim.

---- *Je pense comme toi*, acquiesça le capitaine.

La visite au protecteur de Jane n'avait rien donné, les écoutes du téléphone du chauffeur n'étaient pas encore connues, les policiers ne se faisaient aucune illusion. Le lendemain matin, une réunion des deux équipes en présence du patron de la police de l'île allait avoir lieu au commissariat pour faire le point sur l'avancée des investigations dans le milieu de la prostitution. Chaque équipe allait passer un oral et expliquer l'avancée de l'enquête.

Le bureau des réunions était rempli comme un œuf, la totalité de fonctionnaires enquêteurs était sur place. Le chef de service arriva sans ménagement dans la salle de réunion, la carte de l'île sous les yeux, commença par appeler chaque policier chargé de son secteur. L'enquêteur du premier secteur prit la parole, Il commença un long exposé sur la prostitution dans l'île, chose dont tous les officiers et chef de sa police se moquaient.

---- *Si j'ai compris, monsieur, vous n'avez rien !* dit le boss d'une voix cassante.

Le deuxième policier responsable du secteur suivant n'avait que peu de chose à signaler depuis ses débuts d'investigations.

Les recherches avec la photographie ne donnaient rien, le physique de la défunte était semblable à beaucoup de filles du secteur.

Petit à petit, la presque totalité, de l'île, ses bars, et restaurants avaient été prospectés, peu de renseignements intéressants, pas grand-chose, aucune

piste. Il restait le secteur de Nae Man, le sergent
Tao, adjoint du lieutenant Jim, fit prendre un léger
sourire aux deux officiers, Jane avait été vue avec
des touristes étrangers mais les signalements étaient
très vagues et les périodes indéfinies du fait de sa
présence rare dans les bars à hôtesses.

Le milieu n'était pas coopératif, les filles ne
voulaient pas de représailles de leurs protecteurs, si
elles ouvraient un peu trop leur bouche. Le sergent
continuerait son travail, le chef de la police lui asséna
:

*---- Bien monsieur, mais il n'y a pas relâche.
La réunion est terminée, on se revoit dans quinze
jours si on n'a rien avant.*

Les policiers se levèrent à l'appel du
capitaine, en respect du boss qui partait, les deux
officiers renvoyèrent les effectifs sur les secteurs.

Boone et Jim partirent boire un café en
discutant de l'affaire et de la difficulté à trouver
des traces de cette fille. Elle travaillait seule, sur
des périodes longues avec des touristes, pas de
traces dans les bars, vraisemblablement, le tueur
était déjà loin de la Thaïlande. Seulement quinze
jours après la demande d'écoute téléphonique du
protecteur, les premières fadettes ne donnaient rien, le
boss ne se servait pas de cet appareil, seules les
conversations de son chauffeur et garde du corps
étaient enregistrées. L'examen sur six mois, des
communications étaient sans résultat, le parrain était
très prudent et ne possédait pas d'adresse mail, on est
jamais trop prudent.

Le lieutenant Jim et le capitaine a r r ê t è r e n t d'envoyer des équipes r e n c o n t r e r l e s prostituées, les indics, patrons de bars, ces investigations demeuraient vaines et n'apportaient rien. Ils envoyèrent les groupes d'enquêteurs dans les résidences de vacances, les hôtels, les agences immobilières, avec la photo de Jane.

Peut-être une personne aurait remarqué ce couple sur une longue période dans une location, le client ne pouvait qu'être resté dans une location pour préserver son calme et sa quiétude. La fille aurait formé le parfait couple avec le client, et si la chance était là, une piste sérieuse verrait peut-être le jour.

Les premières recherches sur les secteurs prédéfinis montrèrent le nombre important des locations de toutes sortes sur l'Ile et les îles voisines. La liste des locaux susceptibles d'avoir reçu notre couple était impressionnante. Il rajouta également les restaurants ouverts le soir, ou leur passage aurait pu être remarqué. Le mois de janvier 2009 se terminait, les enquêteurs marquaient le pas, tous les établissements visités ne connaissaient ni la fille, ni le client habitué, plus de 8 mois étaient déjà passés depuis la date de l'assassinat. Le capitaine vérifia une à une, les fadettes, il y avait peu de choses, seuls trois appels de téléphone attiraient son attention. Ces appels avaient eu lieu au début du mois de janvier de l'année c'était des échanges téléphoniques entre le chauffeur du boss et un commerçant. Les comptes rendus détaillés mirent en évidence sur deux jours, trois appels d'un restaurant de l'île au chauffeur du Boss de Fisherman.

Bien sûr, c'était le portable du chauffeur, d'après l'écoute des messages, le restaurant demandait du matériel en location pour trois mois sans autre précision et lui demandait de passer à son restaurant. L'oreille du policier vibra, il appela son collègue Jim pour lui faire part de sa trouvaille.

Les policiers savaient bien que cette demande de location ne prouverait pas grand-chose, mais permettrait de convoquer le patron de ce restaurant près de l'aéroport, c'était le Roméo. Après recherches sur internet, le patron du restaurant fut identifié, ses antécédents et recherches administratives étaient sans résultat.

Après un coup de fil au service de l'immigration de la préfecture, le nommé Gianni Doni, possédait une carte de séjour de dix années. Il était marié avec une locale dont il avait deux enfants. Le casier judiciaire était vierge, aucun signalement de l'administration en sa défaveur.

Vu le manque de pistes, les deux officiers décidèrent de convoquer le tenancier du restaurant pour lui demander le motif de ces appels téléphoniques. Le lendemain matin, le téléphone sonna au « Romeo ». Ce fut l'épouse qui prit l'appel du capitaine, il fut convenu de la convocation du mari, le lendemain matin à 09 H 00 au siège du commissariat de police pour audition. On lui demanda de l'accompagner pour faciliter la traduction des questions.

L'épouse demanda le motif de cette convocation, le capitaine précisa que c'était suite au renouvellement du titre de séjour qui arriverait dans un an. L'épouse salua le policier et confirma leur venue le lendemain.

Le lendemain matin, la voiture des époux Doni stationna dans la rue principale de Nathon, et se dirigea vers le commissariat qui se trouvait à côté. Le couple se présenta au policier de l'accueil qui le dirigea au premier étage.

L'homme et la femme s'assirent sur une banquette défraichie, Gianni était confiant, ce n'était pas la première fois qu'il avait affaire à l'immigration pour sa carte de résident. Le lieutenant se présenta, il les accueillit avec le sourire, surprise pour l'époux, seule son épouse accéda au bureau du capitaine. Gianni était étonné que seule sa femme soit entendue. Sa tête tournait des deux côtés du couloir, un petit sentiment d'inquiétude se faisait sentir. Le capitaine voulait parler à l'épouse isolément et lui poser des questions précises sans le mari.

Trente minutes d'attente et le lieutenant repartit chercher Gianni qui battait le pavé en attendant le début de l'audition. Il rentra dans le bureau du capitaine qui ne le salua pas, et lui demanda qu'il fournisse son passeport et son titre de séjour.

Il était glaçant, son épouse lui faisait des signes avec son visage, qu'il ne comprenait pas. Le lieutenant était assis derrière eux, ce qui gênait Gianni, qui se retournait de temps en temps. Le capitaine avait délégué la rédaction à ses équipe assis à sa place et débutait son travail de procédurier. Lui était debout adossé à un meuble de rangement d'archives. Sur le bureau, se trouvait une chemise cartonnée assez épaisse, de couleur jaune pale.

Une fois, le scribe à l'arrêt, la partie règlementaire et l'en-tête terminées, le bureau était muet, les gens se regardaient sans parler, Gianni commençait à s'inquiéter.

Le capitaine voulait aller droit au but, il ouvrit un gros dossier et en extirpa une photo en format type A4, c'était le visage d'un cadavre de femme non identifiable. Le lieutenant Jim la montra au couple, recula sa tête devant l'horreur, sa femme ne la regarda que très rapidement, puis se retourna.

---- *Pourquoi vous montrez-nous cette horreur ? dit l'épouse. Elle traduisit directement ses paroles du policier, à son mari.* Gianni et son épouse se parlaient en anglais dans la vie, la traduction était compréhensible par les policiers.

Le capitaine et ses adjoints ne répondaient pas, une deuxième photo fut extirpée du dossier, c'était une des rares photos de Jane que sa mère avait fournies, elle y figurait avec son fils.

---- *Qui est cette femme dit l'épouse ? Gianni la regarda et feignit de ne pas la reconnaître.*

---- *Vous êtes sûr, monsieur Doni, que vous ne la connaissez pas ? elle n'est jamais venue chez vous ? c'est une prostituée que nous avons retrouvé assassinée.*

---- *Non, je ne connais pas cette femme, j'ai beaucoup de clients qui sont accompagnés par des filles !* répondit l'épouse, qui posa la question en anglais à son mari.

---- *Il répondit par la négative, d'un air assuré,*

je ne la connais pas.

Après cette réponse, plus de question, le rédacteur de l'audition, prit les documents d'identité près de lui et rédigea la partie où figure tout l'état civil des deux personnes. L'épouse servant d'interprète pour son mari.

Une fois cette partie règlementaire terminée, les deux officiers revinrent dans le bureau après un petit conciliabule, les époux commençaient à trouver le temps très long, il fallait ouvrir le restaurant. L'homme lui s'inquiétait de plus en plus, il avait bien reconnu la
fille dont il ignorait tout, mais comme résident étranger, il pouvait avoir des gros ennuis avec les autorités. Le capitaine revenait à la charge, et demanda pourquoi, il avait appelé à trois reprises le chauffeur de monsieur VIDURA, il précisa les jours, heures et le contenu des écoutes.

Il répondit toujours en anglais à sa femme qui traduisit :

---- *C'était sûrement du matériel en location pour le bar, des pompes à bière, j'ai eu une panne, en début d'année.*

Le capitaine ne se satisfaisait pas de cette réponse, il prévint Gianni que des policiers étaient chez le chauffeur, et que s'il mentait, cela chaufferait.

---- *Il vous dit la vérité*, traduisit sa femme, qui elle en doutait.

---- *Monsieur, la prostitution est tolérée dans ce pays mais pas les meurtres, si vous connaissez cette femme, il faut nous le dire.*

---- *Nous pouvons vous garder dans le*

*commissariat pendant quelques jours et vous mettre
en prison si vous mentez,* dit le capitaine.

Gianni commença à suer à grosses gouttes
après la traduction de son épouse. Le lieutenant fit
mine de téléphoner aux supposés policiers qui
questionnaient le garde du corps. Il était mal, si le
garde du corps disait le contraire, il n'était pas
thaïlandais, il risquait la prison locale.

Il murmura en anglais à l'oreille de sa femme,
pendant une minute et sa femme se mit à parler.

---- *Mon mari a bien téléphoné à ce monsieur
car un client voulait trouver une prostituée pour
plusieurs mois, il lui avait demandé s'il connaissait
une fille.*

Il lui avait demandé ce service, mais il n'avait
pas reçu d'argent contre ce service.

---- *Vous avez le nom de ce client ou l'endroit
où il habitait ?*

Sur l'interrogation du policier, après la
traduction de l'épouse, elle donna le prénom de la
personne, c'était Georges, il venait de France, il ne
savait pas où il résidait sur l'île, si ce n'est qu'il se
déplaçait en deux roues de location. Le scribe nota
toutes ces réponses, les policiers avançaient, mais rien
n'était bien défini, le fait que le suspect soit étranger
n'allait pas faciliter l'avancée des investigations.

L'épouse continua ses déclarations :

---- *L'homme et la prostituée sont venus dîner
deux ou trois fois au restaurant en début de l'année ;
Après qu'ils furent repartis, ils ne les avaient
jamais revus. Mon mari n'a jamais reçu d'argent, il
a trouvé cette femme sur demande pressante du client.*

---- *Vous n'avez pas pris de l'argent ?*

---- L'épouse du restaurateur traduisit la question en anglais à son époux.

---- Après un signe de négation avec sa tête, l'épouse confirma aux policiers qu'il n'avait pas touché d'argent.

Les deux policiers en doutaient fortement, mais leur objectif n'était pas de lutter contre la prostitution mais de retrouver l'assassin de Jane. Gianni reprenait un rythme cardiaque plus lent, il était passé non loin de la crise cardiaque.

Il restait quelques questions banales sur le signalement de ce monsieur, le restaurateur était dans le vague.

Après une année écoulée, seul l'âge approximatif, la nationalité, quelques détails sur la chevelure noire teintée et gominée restaient dans sa mémoire. Le rédacteur s'arrêta de taper sur son clavier, appela son capitaine pour lui demander si c'était bien la fin de l'acte et s'il pouvait clore le document. Il acquiesça, et il lui demanda de l'imprimer et lui montrer l'ouvrage. Le couple Doni patientait, sur les chaises rigides. Le capitaine retira les pages imprimées dans le receveur en deux exemplaires dont l'un fut montré au lieutenant pour qu'il donne son avis. La lecture fut rapide, l'accord tacite entre les deux policiers, ils n'avaient plus rien à gratter sur cette personne pour l'instant.

Les époux signèrent le document, le capitaine regarda longuement en silence le restaurateur, et par l'intermédiaire de son épouse traductrice, il lui lança :

---- *Si vous voulez rester chez nous, faites attention à ce que vous faites, vous n'allez pas avoir que des amis, nous ne dirons rien à votre fournisseur de matériel de location, mais faites attention, vous n'êtes qu'un invité dans notre pays.*

---- *Vous allez voir au bureau à côté, nous allons essayer de faire un portrait-robot de ce monsieur, et vous montrer des photographies d'étrangers arrêtés chez nous.*

Un policier dédié à cette tâche vint chercher le couple, et le conduisit dans un bureau proche.

Le portrait banal d'un touriste sexagénaire fut établi, semblable à beaucoup d'autre.

Quelques minutes après, le mari et sa femme le couple quittèrent le commissariat, dans la cour du bâtiment, les deux policiers regardaient par la fenêtre, ils devinèrent une explication orageuse entre les deux époux. La sanction familiale et conjugale tombait. Les deux officiers de polices se réunirent dans leur bureau, pour voir sur quels objectifs ils allaient diriger l'enquête. Seulement, le prénom du français était connu. Comment faire ? Il fallait de toute façon prévenir le procureur de la république de l'île pour continuer les investigations.

Le lendemain matin, le capitaine prit rendez-vous avec le procureur pour lui expliquer l'enquête et ses derniers développements. Le lieutenant demanda si sa présence était nécessaire, il lui demanda de vaquer à ses autres affaires. Le capitaine Boone irait chez le magistrat connaître ses instructions et directives.

Jim souhaita bonne chance à son supérieur, qui

rencontrerait le procureur qu'il connaissait un peu, il rappellerait son collègue pour savoir la suite des directives. Même si la brigade du lieutenant n'était pas directement impactée par cette enquête, il s'impliquait de plus en plus. D'un commun accord avec son supérieur sur ces investigations, il en faisait une affaire personnelle pour découvrir la personne qui avait tué Jane. Il devait la vérité et la justice au fils de Jane. Le lendemain, le capitaine Boone appela son subordonné, il lui expliquait que le procureur de l'Ile voulait plus de précisions sur le suspect avant de prévenir son chef à Bangkok qui pourrait valider une demande d'informations aux autorités françaises ; en un mot, que le service de police fasse le maximum pour identifier cet assassin.

Il invita le lieutenant à passer le voir dans son bureau pour discuter.

Après le déjeuner, les deux policiers se retrouvaient devant la machine à café. Le capitaine avisa le lieutenant qu'il venait de demander la totalité des fichiers des personnes à l'embarquement sur tous les vols à destination de l'Ile. Il fallait étendre les recherches sur tous les avions qui arrivaient sur tous les aéroports internationaux de Thaïlande.

Les recherches se focaliseraient sur toutes les personnes qui voyageaient seules, ou accompagnées et majoritairement en provenance de France. Il fallait également voir toutes les listes des lignes maritimes, il faudrait plusieurs jours pour éplucher les centaines de listes. Il venait de faire la demande auprès de toutes les compagnies desservant l'île, des jours complets

seraient nécessaires pour les recevoir et commencer
à les exploiter. Boone avait demandé sur une période
d'une année avant le meurtre, la totalité des fichiers
des arrivées sur l'ile.

Il fit la demande aux aéroports internationaux
qui possédaient des liaisons directes et indirectes sur
Koh Samui des transferts de tous les avions. Les
lignes maritimes furent questionnées pour la même
durée, et les listings complets sur cette période furent
exigés par la police royale. Le lieutenant proposa
quatre policiers de son équipe. Dès que ces
documents seraient parvenus ; lui-même donnerait le
coup de main supplémentaire.

Quelques jours après, les premiers fichiers de
tout format, de plusieurs compagnies aériennes
arrivaient par e-mail.

Un bureau fut dédié à la réception de toutes
ces pièces, tous les documents étaient classés par jour,
compagnies, puis rangés dans des gros dossiers
ouverts au fur et à mesure de leur réception. Les
employés des compagnies de ferrys faisant la
navette depuis la Malaisie, apportaient tous les jours
les gros fichiers sur support papier empilés dans des
gros cartons. La grande salle de réunion devenait
une immense librairie où étaient empilées sur des
tables. Nous étions déjà à la mi-mars, plusieurs
équipes avaient été chargées du décryptage des listes
de passagers.

Le travail était simple mais relevait de
galérien, il fallait isoler dans ces listes, tous les
hommes voyageant seuls, ou en couple dont le
prénom était Georges, et de nationalité française.

Une période d'une année fut délimitée pour ces recherches autour de la date de l'assassinat de Jane.

Les enquêteurs établiraient une liste de suspects, qui serait affinée par la suite. Le début des consultations de liste commença et de plus en plus de documents à analyser parvenaient au service. D'autres policiers de tous les services furent mis à contribution pour donner un coup de main et récupérer des fichiers informatiques. Les deux officiers effectuaient un travail de contrôle et veillaient qu'aucune période ne soit oubliée.

C'était l'effervescence à l'étage, un tableau Velléda comme dans les séries policières américaines, avait été disposé pour recueillir les dates, noms, dates d'arrivées et départs de l'île des futurs suspects.

Les premiers jours du mois de mars de 2008 venaient d'être étudiés, le tableau restait vierge de toute personne qui pouvait faire l'objet de suspicion, pour les enquêteurs c'était une période trop lointaine mais, il fallait tout vérifier.

Quelques français se prénommant Georges furent trouvés mais ils voyageaient en famille ou en couple.

Ils furent néanmoins marqués sur une deuxième liste des possibles. La vérification de leur sortie du territoire les dédouana rapidement, les séjours dépassant rarement trois mois maximum. D'autres équipes firent l'examen de tous les français habitant l'île à l'année ou en Thaïlande, il fallait retrouver cette aiguille dans une meule de foin.

Le chef de service réquisitionna d'autres effectifs de services voisins, il voulait mettre le paquet sur cette partie sur l'investigation la plus importante. C'était tout l'étage qui vivait au tempo des recherches sur tous les supports papiers et informatiques.

Les premiers « Georges » se retrouvaient sur le tableau, rapidement effacés, quand les officiers vérifiaient leurs dates de séjour et la confirmation du retour vers l'Europe. Les listings 2008, du mois de janvier, étaient en cours d'étude, les policiers avaient toujours leur tête baissée dans les listes et les tableaux informatiques. Un cri dans un bureau dans le bureau du sergent Tao survint, qui avait sur son bureau les PNR (Passager Name Recorder) des compagnies aériennes pour les lignes régulières internationales qui arrivaient à Bangkok.

---- *Je l'ai cet enfoiré !*

Les deux officiers et ses collègues appuyés sur les montants de la porte le regardaient ravi de sa bonne chance, un Georges Charpentier, français, avait atterri l'année du décès au mois de Janvier à l'aéroport de Bangkok, il y avait fait une escale et était arrivé sur l'Ile le 3 Janvier 2008.

L'immigration allait être contactée pour s'assurer des bonnes dates, les enquêteurs voulaient avoir le cœur net sur le retour en Europe du fameux Georges. Après une courte attente, son collègue officier chargé de la sécurité de l'aéroport vérifia, la sortie du territoire et lui confirma avant tout le monde que Monsieur Georges était reparti dans la même période que la date supposée du meurtre de la prostituée.

Le capitaine appela le lieutenant pour lui

annoncer la bonne nouvelle. Les deux policiers affichaient un large sourire, mais l'enquête n'était toujours pas finie. Les autres policiers continuaient de poursuivre leur travail de fourmis, ils devaient continuer leurs recherches jusqu'à la limite fixée par les officiers pour ne laisser aucune place au hasard. Au mois de juin, trois mois après la mort de Jane.

Un autre Georges, français, entra en Thaïlande dans le courant du mois de Janvier, mais il repartit vers Paris, quinze jours plus tard, Jane était toujours en vie. Son nom ne resta que peu de temps sur le tableau, après celui de Georges Charpentier, dans la colonne des suspects.

Les deux policiers prirent rendez-vous avec le Procureur pour l'aviser de l'identification d'un suspect.

Le lendemain, le ce dernier était ravi de la tournure de l'enquête, les policiers l'assuraient que d'autres vérifications dans le temps étaient en cours. Le policier demanda au capitaine de lui faire une note de synthèse sur les recherches pour la transmettre à son supérieur à la capitale qui devrait formuler une requête d'entraide internationale.

Il assura les policiers qu'il fera le maximum mais les traductions et les filtres diplomatiques allaient prendre du temps.

---- *La France n'extrade pas ses nationaux, si votre assassin est ce monsieur Charpentier, il ne viendra jamais en prison ici.*

---- *Nous savons*, monsieur le Procureur, répondit le capitaine.

---- *Bon boulot, les gars, tenez- moi au courant.*

Les deux officiers repartirent vers leur service, le travail de vérification des listes n'était toujours pas fini.

Les vacances commençaient à toucher à leur fin, les derniers jours en Thaïlande se profilaient, Georges savourait toutes ses journées type avec le farniente, massage, repas sur la plage. Les petites femmes, c'était une fois par semaine et souvent le vendredi soir.

Notre touriste n'imaginait pas que tant de policiers étaient sur ses semelles. Les bureaux de la police bruissaient des conversations des enquêteurs qui potassaient des longues listes de noms. Le nom de Georges Charpentier était l'unique suspect, les dates de son voyage de l'année dernière coïncidaient avec le meurtre de Jane.

Le bureau de la police de l'air et des frontières fut saisi pour un inventaire précis des allers et des retours du français à la frontière de Thaïlande. L'officier de permanence à l'aéroport avait été saisi d'une demande de Boone pour s'assurer que le français n'avait pas fait d'autre voyage en Thaïlande, les années auparavant. Les recherches s'avérèrent fructueuses pour l'année précédente du meurtre, il avait bien séjourné un mois sur l'île. Le lendemain, une photocopie du passeport français avec la photo de Monsieur Charpentier Georges arriva par email sur l'ordinateur du Capitaine.

Le français avait un visage enfin pour les enquêteurs, le sergent Tao avait été chargé de collecter toutes les affaires judiciaires entre les clients et les prostituées sur l'ile. Il trouva sur la période de l'année précédente au meurtre de Jane, une trace de plainte pour tentative de meurtre contre un européen non identifié de la part d'une prostituée du prénom de May.

La prostituée avait été frappée et jetée dans la mer par un client. Elle avait survécu, l'examen de la plainte et de la procédure démontra qu'elle était restée gravement handicapée par cette attaque, dont l'agresseur de cette fille n'avait jamais été identifié.

Le capitaine se rendit sur les fichiers polices des années précédentes, il voulait savoir si des prostituées avaient été agressées, pendant les deux périodes où le Français se trouvait sur l'île.

Il retrouva le dossier de May exhumé par le sergent Tao.

Les recherches n'avaient pas abouti la prostituée avait perdu l'usage de la parole, et restait handicapée suite aux coups reçus. L'adresse de l'ancienne prostituée figurait sur la plainte, une équipe composée du sergent Tao, du capitaine Boone, et du lieutenant Jim se rendit vers l'adresse indiquée. Le dernier domicile connu de la prostituée était situé vers Bophut, non loin d'un hôtel de luxe. L'officier sortit de la voiture le premier devant une maison ou une dame de trente à quarante ans, les cheveux coupés très courts, restait immobile, assise devant la petite terrasse sur une chaise à balancier.

Les policiers saluèrent la dame immobile et silencieuse, mais celle-ci ne bougea pas, une autre femme sortit de l'intérieur de la maison.

---- *Vous êtes May*, demanda le capitaine, à la femme qui sortait de la maison, la deuxième restait sur sa chaise à regarder le vide.

---- Non, *je suis la sœur de May, May est sur le fauteuil depuis plus d'une année, depuis sa sortie de l'hôpital, elle a été agressée à la fin du mois de Mars 2007 par un client, depuis elle ne parle plus, et a perdu l'usage de la vue suite à son agression. Le client l'a frappée et jetée dans la mer, depuis elle est aveugle, elle ne parle plus.*

---- *Elle est aveugle* !! dit le capitaine, qui avait amené dans son blouson, une photo du français, prise sur son passeport.

---- *Elle ne vous entend pas, elle ne nous parle plus depuis son agression, à personne. Elle ne vous comprend pas. Vous savez qui lui a fait ça ?*

---- *Nous avons une piste mais nous pensions que votre sœur allait nous aider, nous sommes désolés de son état de santé, nous vous tiendrons au courant de l'avancée de l'enquête.*

May était toujours sur son fauteuil à bascule,

à regarder dans le ciel, dans le vide, elle était dans son monde. Ses yeux étaient fixes et sans aucune expression. Les policiers repartirent dépités de chez la sœur de May, elle n'avait rien apporté, son handicap en faisait une victime muette, elle ne pourrait plus jamais témoigner.

---- *On va chez le restaurateur, lui, il a vu le client de la prostituée,* dit le capitaine Boone.

La voiture se dirigea vers la route de l'aéroport qui était très fréquentée en ce début d'après-midi, se gara sur le bord de la route. Le restaurant était vide, seul un barman était occupé à refaire les stocks de spiritueux en compagnie du livreur. Le capitaine montra sa carte de police, le barman avait deviné la qualité de ces trois hommes, il demanda à voir Gianni, le patron. Le barman dit qu'il n'était pas là.

---- *Vous l'appelez, c'est urgent* !

L'employé téléphona depuis la caisse de son patron, il le prévint de la venue de la police.

---- *Il arrive dans dix minutes, il est à sa maison, je vous sers quelque chose à boire ?*

---- *Non merci,* répondit le capitaine, *on va s'assoir dans la salle si cela ne vous dérange pas.*

Quelques minutes plus tard alors que les trois policiers discutaient entre eux, un gros véhicule tout terrain s'arrêta en faisant valser des gravillons.

Les policiers admiraient ce puissant véhicule de couleur gris métallisé au vitrage fumé. Gianni DONI, en tenue légère, lunettes de marque sur le front, sortit de sa voiture, il était inquiet de se retrouver devant la police. Son épouse l'accompagnait, elle sortit quelques instants après, elle était occupée au téléphone et la discussion allait bon train.

Les policiers se levèrent pour le saluer comme son épouse, le couple s'assit face au trois policiers. Le capitaine, poussa un juron. Il avait oublié la photo du suspect dans la voiture.

En attendant le retour, Gianni fit mine d'être décontracté, mais il ne menait pas large, les deux autres policiers le regardaient sans rien dire ce qui le gênait de plus en plus. Son épouse, elle, était muette. La feuille de papier dans la main, le capitaine la déposa à l'envers sur la table pour que le restaurateur ne devine pas tout de suite l'objet de la visite.

---- *Vous n'avez rien à nous dire, rien appris sur la prostituée qui a été retrouvée morte ?*

---- *Rien d'autre, c'est la dernière fois que je dépanne un client.*

Le capitaine retourna la feuille de papier, le visage de Georges lui sauta aux yeux, il reconnaissait ce visage qu'il avait vu à plusieurs reprises.

Que devait-il répondre, allait-il dire à la police que c'était bien le client, ou ne pas le reconnaître ?

De toute façon, s'il faisait un faux témoignage, il pourrait aller en prison.

A l'encontre, le fait de trouver une prostituée n'était pas punissable mais toléré et de toute façon, il ne devait rien à ce français si ce n'est tous ces emmerdements. Il regardait cette photographie et le visage de sa femme qui attendait la réponse.

---- *Vous reconnaissez cette personne ?* demanda le capitaine.

---- *Oui, c'est bien lui qui avait demandé une prostituée pendant ses vacances, il était venu diner un soir avec elle, il était arrogant, comme tous les français.*

---- *Vous saviez s'il avait une voiture de location, un véhicule deux roues ?*

---- *Il venait en scooter, sûrement de location, mais je ne souviens pas du type et de la couleur, je l'ai vu deux fois, mais dans la salle du restaurant, la deuxième fois, je l'ai vu sur son scooter avec la fille quand il partait en fin de soirée après son dîner.*

---- *Merci, monsieur, vous pouvez passer demain au service pour mettre vos déclarations sur papier*, un adjoint prendra votre déposition.

Le pouls de Gianni battait la chamade, sa femme était toujours impassible, les policiers prirent congé du couple, en rappelant qu'ils l'attendraient le lendemain matin à leur service.

Les policiers connaissaient le nom du dernier client de Jane, et peut-être l'assassin, la probabilité du même auteur pour les deux affaires était quasiment sûre.

---- *Je vais rappeler le procureur*, dit le capitaine Boone.

Une équipe de policiers qui venait de consulter le dossier de Charpentier Georges, s'était rendu à l'adresse ou le français avait résidé, laquelle qui était inscrite sur ce dossier aux services de l'immigration. Les policiers venaient de rencontrer la propriétaire, la jolie Sarah, elle se souvenait bien de ce client toujours gentil et disert. La propriétaire de la location confirma la présence du français et celle de Jane pendant plusieurs semaines l'année précédente.

Elle reconnut Jane sur la photographie en possession des policiers, elle avait demandé au client de la prostituée d'être discret pour ne pas gêner les autres résidents.

Quand elle eut la réponse à ses questions sur les raisons de la recherche, elle frémit. Les policiers lui expliquèrent que le corps de cette femme avait été retrouvé sur l'île de Koh Tan. Cette prostituée, elle ne l'avait vue qu'à quelques reprises pendant le séjour, après le départ du locataire, elle ne l'avait jamais revue.

Les dates de présence dans la location furent de nouveau relevées, le départ du français coïncidait avec la disparition de Jane. Les policiers quittèrent Sarah, et contactèrent le capitaine Boone qui leur demanda de rentrer au commissariat, ces informations étaient importantes pour la suite de l'affaire. Bouddha devait veiller sur les enquêteurs ce jour-là, une équipe était à l'embarcadère où les deux principales sociétés de bateaux qui emmenait les touristes sur l'Ile de Koh Tan.

C'était le sergent Tao, et un collègue, qui s'étaient chargés de la consultation du fichier des deux sociétés qui transportaient les touristes vers le vert luxuriant de cette île. Sur leur lancée, les policiers avec l'accord de leurs supérieurs firent un crochet jusqu'à l'embarcadère des bateaux pour examiner des éventuels fichiers comportant les listes

de passagers. Les listes données étaient incomplètes,
Il fallait se rendre compte et vérifier la présence de
ce couple sur un de ces bateaux.

Le policier et son collègue se trouvaient
dans les bureaux de la société
« Michels », organisait une mini-croisière pour la
journée tous les jours quand la météo le permettait.
Les listes de passagers étaient toutes sur des
fichiers informatiques mensuels. Une partie des
listings n'avaient pas pu être envoyée du fait d'une
panne du système informatique du serveur de la
société.

Le sergent Tao avait la mission de fouiller
dans tous ces listings de passagers, il avait une
fourchette de huit à quinze jours qui entourait la date
présumée de la mort établie par les examens
médicaux légaux. La quinzaine de jours que
les enquêteurs espéraient était disponible, tous les
listings manquants étaient sur des supports
informatiques. Depuis plusieurs minutes, son
collègue était au siège de la société située en face
de la société Michel, elle commercialisait aussi les
voyages d'une journée dans l'île de Koh Tan.

Le sergent visionnait ces longues séries
de listes de nom de passagers précédente,
heureusement pour les deux policiers ces listes de
passagers étaient enregistrées sous fichier dit Excel
qui facilitait leur consultation. Le sergent isola
dans le fichier journalier le nom de Charpentier
Georges dans la fenêtre de recherches, la consultation
ne dura que quelques secondes.

Le 29 Mars de l'année précédente, monsieur

Charpentier avait réservé deux places pour la journée avec repas sur l'île de Koh Tan. Il avait donc pris le bateau pour cette journée avec une deuxième personne, le bon était enregistré sous le nom de Mr et Mme Charpentier Georges. Le sergent appela son collègue qui cherchait à la société en face, pour qu'il arrête ses recherches, il venait de trouver le bon listing.

Il copia le fichier sur une clé USB pour l'imprimer au service et le joindre à la procédure. Il tenait un indice de plus qui prouvait la présence du suspect le jour supposé de la disparition. Le lieutenant Jim apprit au téléphone la confirmation de la présence du suspect pour cette journée, sur un bateau au mouillage près de l'Ile. Il passa rencontrer les membres de l'équipage, du bateau pour leur présenter la photo du suspect et de la défunte.

Les faits remontaient à une année, aucun souvenir ne trainait dans la tête des membres de l'équipage. Le physique de Charpentier Georges était banal. Sur le retour du bateau encore amarré au ponton, les policiers croisèrent la file des touristes qui se rendait à l'embarquement. Le ponton bougeait sous le poids de toutes ces personnes, un photographe prenait des photos. Il commercialisait des photos des couples de touristes et des petits groupes de touristes avant leur départ. A l'arrivée, les photos réussies étaient imprimées et vendues aux passagers au débarquement du bateau au port de Nathon.

Les deux policiers posèrent la question pour connaitre la durée de garde des photos, pouvait-il exister des photos du couple, sur les photos du jour de la croisière si elles existaient encore et n'avaient pas été détruites.

Le jeune photographe, montra les petits bureaux où il travaillait les photos en numérique. Il les envoyait vers le débarcadère de la préfecture auprès du port. Les épreuves imprimées étaient affichées à la descente du bateau et vendues par son ami sur place. Il invita les deux policiers à les attendre, il finissait les photographies avec les futurs passagers, et irait leur montrer les cartes mémoires qu'il gardait quelques mois. Il enregistrait toutes ses photos pendant une année dans des disques durs.

Les policiers commençaient à penser à leur bonne étoile. Le sergent Tao et son collègue attendaient l'arrivée du photographe. Ce dernier prenait des clichés des derniers arrivants qui participeraient aux promenades dans les îles sur le long ponton de bois. Il arriva au bout de quinze minutes, posa son appareil numérique sur son bureau et le brancha avec un cordon sur son ordinateur pour visionner le produit de son travail. Il enregistrait les photos, il les envoyait à son associé qui les imprimait à Nathon.

Son copain les imprimerait dans des cadres fantaisies pour les exposer et les vendre aux touristes à leur arrivée sur le port au retour.

Alors que les photos défilaient sur l'écran de l'ordinateur pour l'enregistrement, le photographe cherchait dans ses tiroirs. Il en sortit deux disques durs multimédia, il gardait les photos dans des dossiers informatiques, il les classait par semaines, puis par mois. Les photos du mois de mars de l'année précédente, devaient dormir dans ces dossiers, mais avait-il pris des photos du couple, ce jour-là.

Le bureau voisin fut réquisitionné et les deux policiers commencèrent à visionner le premier disque dur, sur les fichiers remplis de photographies numériques, ils débutèrent sur la première semaine d'avril où la date de la mort était établie. Les premiers jours d'avril furent regardés, puis petit à petit, l'attention des deux policiers baissa, mais il fallait continuer la vérification de toutes les épreuves. Les policiers passaient derrière l'écran e n faisant avancer avec la souris de l'ordinateur les photos après leur inspection.

Il restait encore des milliers de photos à voir jusqu'au début du mois de mars, les visages sur les photos de ces couples étaient tous bronzés et radieux pour poser avant la petite excursion sur le bateau. De temps en temps, le sergent qui connaissait par cœur le visage de Georges Charpentier, regardait le visage de cet européen sur la photographie extraite du fichier d'immigration qu'il retrouverait peut-être sur une de ces photos de couple.

---- *On l'a, on l'a* !!!

Le sergent Tao explosa, son collègue parti chercher un café, le rejoignit. Il lui montra une photo qui n'avait aucune valeur artistique. Elle venait d'être bloquée sur l'écran, on y voyait le suspect français le visage froid et le visage de Jane à ses côtés. Ils avaient bien pris le bateau cette journée ensemble. Il imprima cette photographie qui était

datée. Il prévint le photographe de sa mise sous
scellés de ce disque dur pour les fins de l'enquête.

Le téléphone du lieutenant Jim et du capitaine
Boone sonna, le sergent avait bien travaillé, il était
au septième ciel, il avait des indices
supplémentaires pour affirmer la probabilité de la
culpabilité du français. Les deux officiers, présents
dans leur bureau, félicitèrent le sergent et son collègue
pour ce superbe travail.

De retour au commissariat de Nathon, le
capitaine et le lieutenant montèrent directement à
l'étage au-dessus de leur bureau. Ils frappèrent
mollement au bureau du chef de la police. Ils
devaient rendre compte des investigations.

Le chef était absent, il arriverait dans quelques
minutes d'après son adjoint. Les deux officiers
s'assirent dans des gros fauteuils, et espérait l'arrivée
du chef qui se faisait désirer. Le chef de service
apparut en tenue d'uniforme, il rentrait d'une
réunion avec des notables de la ville de Nathon, il
salua les deux officiers et leur demanda de se
rassoir.

---- Je vous écoute, Capitaine.

---- Nous avons identifié le suspect qui aurait
tué la prostituée l'an passé sur l'Ile de Kho Tan, on
doit lui mettre aussi sur le dos, une agression
non résolue sur une autre prostituée, il y a deux ans.
Les recherches et l'enquête n'avaient rien données.

La première femme agressée souffre d'un
gros choc traumatique, elle a perdu l'usage de la
vue, elle est devenue sourde et ne communique avec
personne, elle vit chez sa sœur.

---- Et vous l'arrêtez quand !

---- Il est de nationalité française, voilà la photocopie de son passeport, il va falloir voir avec Interpol pour le faire arrêter.

---- Vous savez que la France n'extrade pas ses locaux, il va falloir faire une demande à Bangkok, pour la transcription du dossier. Vous me faites un double de tout le dossier que je vais transmettre au grand chef à la capitale.

---- *On vous fait cela rapidement, vous aurez le double très vite qu'on puisse enfin d'arrêter ce salaud,* dit le capitaine.

L'affaire était résolue, le suspect identifié, mais le français était en liberté quelque part. Le travail administratif allait l'emporter sur le judiciaire, la procédure qui serait traduite devait être parfaite, les traducteurs des affaires étrangères étaient des puristes. Le formalisme était très important, les autorités françaises étaient vigilantes et pointilleuses sur les traductions qui devaient être parfaites en la langue de Molière.

Respect de la procédure et de la hiérarchie oblige, la réunion avec le chef de service terminé, le capitaine et son collègue Jim, se dirigeraient vers les bureaux du procureur. Le magistrat les attendait, il était au courant de la réussite de l'identification du principal suspect. Il les accueillit avec des félicitations chaleureuses et sincères, il demanda qu'on lui fournisse la procédure en double pour ses chefs et qu'il établisse la demande d'entraide de la justice française. Il fallait continuer le travail et les avis à la hiérarchie puis clore le bordereau d'envoi de la procédure.

Le procureur général de Bangkok allait être saisi de cette demande et dirigerait la suite de la procédure. Dans la voiture, les deux policiers discutaient sur la nécessité de prévenir la mère de Jane, Jim préféra attendre la suite, et connaitre la position des autorités policières françaises. La grosse partie de l'enquête était terminée pour les policiers locaux, le dossier serait transmis au procureur général de Bangkok dans la journée. La note de synthèse qui accompagnerait le double de la procédure suivrait dans le même moment.

Le procureur transmettrait une fois cette note traduite par ses services au représentant de la police française qui avait ses bureaux dans l'ambassade de France à Bangkok. A peine de retour au service, le capitaine et son collaborateur r a s s e m b l è r e n t la totalité de la procédure pour pouvoir la compacter. La traduction sera faite par les services du Procureur Général de la capitale.

Les deux policiers devaient terminer ce travail très important dans la journée.

Le procureur attendait tous ces documents, il en établirait la note de synthèse qui devrait arriver la première aux autorités judiciaires françaises. Il mit les bouchées doubles pour terminer son document, qui fut établi en langue locale, et en anglais, celui-ci était bilingue, sa formation de droit fut validée par un titre de docteur en droit d'une grande université en Angleterre.

Il était environ, 18 h 00, un appel téléphonique parvint au bureau du capitaine Boone et chef d'enquête. Le secrétariat du procureur de l'ile venait de transmettre au procureur général à Bangkok, la note finale de l'enquête pour :

La mise en cause de monsieur :

CHARPENTIER Georges, né le 26 Mars 1954 à Paris 15, de nationalité française, demeurant 26 Boulevard de Reuilly à Paris 75012 pour les chefs d'assassinat, et tentative d'assassinat.

Les délais pour la réponse des autorités judiciaires françaises étaient inconnus, c'était la première affaire internationale que les deux officiers avaient à traiter. Il fallait attendre la suite, le chef de la police de Koh Samui connaissait l'officier de police français qui était en poste auprès d'Interpol à la capitale car il l'avait côtoyé lors d'une réception à l'occasion de la fête nationale.

Il se chargerait de le joindre pour lui demander de le prévenir de l'avancée du dossier, celui-ci passerait obligatoirement dans ses mains avant l'envoi vers Paris.

Il aurait une vue, et un point de repère sur la progression de la procédure. Il validerait l'équivalent de la Commission Rogatoire internationale qui arriverait au Procureur de la République de Paris. Le nom du mis en cause, les renseignements sur son identité, étaient dans un cartouche situé en haut et à droite du document, qui comportait une dizaine de pages.

C'était la dernière semaine de vacances pour Georges sur l'île, il ne se doutait pas que ses agissements allaient se terminer. Son emploi du temps était le même depuis son arrivée. En cette journée comme tant d'autres, il finirait sa matinée de baignade par un massage sur la plage, le repas sous les arbres, et une sieste.

Il avait une dernière fille dans son nouveau fief, il avait déjà un rendez-vous avec cette prostituée devenue sa favorite, elle donnait le change, la passe ne durait pas longtemps. Les derniers jours du voyage étaient là, la valise et les papiers de soie étaient réapparus. Le vieux célibataire ressortait ses habits qu'il repassait et déposait dans la valise soigneusement rangée. Un parfum de fin de vacances.

Georges continuait sa vie de bohême, soleil, massage, sieste, il était impatient de retourner voir sa prostituée préférée, et finir sa période de vacances. Il aimait discuter avec tous les petits marchands qui allaient et venaient sur la plage. Ceux-ci proposaient des glaces, des fruits locaux et des tenues légères pour touristes.

Il était sur son fauteuil de plage, il regardait le si bel océan, cette plage délimitée par cet îlot qui brisait les grosses vagues et faisait de ce joli lagon, une piscine si bleutée et géante. La vie rêvée, d'un vieux célibataire au bord d'une plage de rêve, la serviette de bain multicolore, une boisson gazeuse et l'exemplaire du figaro qu'il achetait dans une boutique de Lamai.

Tous les jours, le ciel était d'un bleu parfait, pourtant des nuages gris se profilaient dans son ciel personnel. Il ne les voyait pas, ses lunettes de marque ray-ban sur les yeux, il profitait pleinement de la chaleur et de ce cadre magnifique.

Chapitre VI

Koh Samui, le 25 mars 2009

Le réveil avait été difficile, la soirée avait été arrosée dans un petit bar, il avait picolé plus que de mesure en compagnie de jolies filles aux prestations tarifées. Il avait quitté Lola en début de soirée après la passe dans la chambre sordide. Ce jour, il faisait méticuleusement sa valise, ses habits comme le vieux garçon qu'il était. Ses sous-vêtements, chaussettes, étaient pliés, ses pantalons repassés et roulés méticuleusement. Georges empilait tous ses vêtements minutieusement, il adorait le bruit du papier de soie sur ses habits.

Comme un employé de pressing, il veillait à ne pas faire de faux plis dans ses chemises et pantalons.

Il continuait ses préparatifs de départ, tout en regardant le point de vue extraordinaire que lui donnait sa location, sur la colline boisée encore préservée de l'urbanisation, la villa était lovée dans une forêt et regardait la rade de l'Ile de Koh Phangam.

Pendant sa mission ménagère, il voyait au loin les avions de lignes qui atterrissaient sur l'aéroport. Depuis les années où il venait, les horaires et les compagnies, il les connaissait presque par cœur. L'avion qu'il prendrait pour le retour, décollerai en fin d'après-midi pour Bangkok, où il prendrait un avion long-courrier pour Paris. L'après-midi, se terminait mais pas son mal de tête dû à l'excès d'alcool de la vieille. Sans fermer sa valise, il allait faire le dernier bain dans la belle piscine à déversoir avant de prendre le vol de nuit.

Le plongeon et le contact de l'eau fraîche, réveillait la plénitude de ses sens, quelques longueurs de piscine et une pause sur les transats finit par le rendre moins vaseux. C'était un des derniers contacts avec la douceur asiatique.

Il replia soigneusement sa serviette de bain, vérifia qu'il n'avait oublié aucun effet, puis se dirigea vers l'entrée de son appartement. Stupeur, il s'arrêta devant l'accueil, il venait d'apercevoir un policier en uniforme qui entrait dans la résidence. Il portait le même uniforme que les motards de la route américain. Il hésita à continuer sa route vers son studio et marqua un temps d'arrêt.

Le policier entra dans le hall de la maison, puis discuta avec Gilbert.   Que pouvait-il se dire ? Pourquoi était-il là ?

Après un court conciliabule, le policier sortit son stylo et annota un carnet à souche puis quitta rapidement la maison pour repartir avec sa moto. Effrayé et inquiet, après s'être assuré de l'éloignement du policier, il partit demander à Gilbert la raison de la présence de ce policier dans les lieux.

Gilbert expliqua que ces policiers venaient de temps à autre dans toutes les résidences ou se trouvaient des locations pour faire des contrôles officiellement, mais un sourire moqueur lui suggéra que cela était des passages intéressés. Il expliqua le principe de la Police Box qui rapportait quelques baths supplémentaires à ces policiers, cet usage étant très répandu en Thaïlande. Ouf !!

---- *On se retrouve dans une heure ?* dit-il

Georges prit un air rieur, il venait d'avoir une sacrée trouille. Par habitude, l'hôte le raccompagnerait à l'aéroport de Koh Samui. Lui, la serviette de bain autour de la taille rentrait dans son appartement pour se préparer à son départ.

---- *OK* ! dit Gilbert.

La valise fut fermée précautionneusement, la porte fermée de son appartement, Gilbert salua son hôtesse. La voiture prit le chemin pentu qui redescendait sur la route côtière, où elle se dirigerait vers l'aéroport international. Sur un coude de la route, le buffle de taille imposante trainait dans un pré aux herbes hautes. Négligemment le bovin, accroché à un cocotier, par une longue corde tourna la tête pour narguer ce touriste qui rentrait chez lui.

Gilbert voyait bien que son hôte était un peu fatigué, mais les discussions repartaient sur l'année prochaine où il viendrait en encore pendant les deux premiers mois de l'année. La route défilait et laissait le grand bouddha blanc sur la gauche, par habitude, il languissait son regard sur les jolies filles qui étaient assises dans les bars où la musique commençait à se faire entendre. L'aéroport était sur la droite, le véhicule longeait l'unique piste d'envol, pour aller au pavillon d'enregistrement des bagages Ce bâtiment était une construction thaïlandaise, délicieusement entourée de bassins aux fleurs luxuriantes.

Après une solide poignée de main, Gilbert
repartit, Georges enregistra ses bagages au comptoir
au milieu de touristes au teint halé, et soucieux en
regardant le tableau des départs des avions. La valise
disparue sur le tapis roulant, l'enregistrement de ses
bagages terminés, il partit vers le hall
d'embarquement séparé par quelques mètres et une
zone commerciale aguichait les partants.

Après le passage rapide aux contrôles de
sécurité pour son bagage à main, il se présenta au
contrôle policier pour la sortie du territoire. Au
guichet des services de l'immigration, le mince
laser vert regardait son iris comme pour son
arrivée. Le fonctionnaire froid sans mot dire passa
son passeport sur le scanner et confisqua le
triptyque d'embarquement qui garantissait le départ de
la personne du pays.

Le policier appela un autre policier dans le
box à côté du sien, après un long conciliabule en
thaïlandais, le passeport f u t rendu sans autre
explication. La deuxième crise d'angoisse venait de
se terminer, allait-il rentrer en métropole, il craignait
d'être arrêté. Georges prit le couloir et le beau
chemin arboré qui arrivait au hall d'embarquement.
Le hall de forme ronde était composé d'une immense
maison coiffée d'un toit typique conique ressemblant
à du chaume, il était ouvert aux quatre vents, et
possédait une belle vue sur les pistes. Il était pourvu
de sofas et tables typiques, c'était un plaisir
d'attendre le retour, et donnait l'impression au
touriste qu'il était toujours en vacances. Il se servit
un délicieux jus d'orange fait sur place dans un petit

bar, offert par un personnel souriant et amical de l'aéroport. Il regardait les caméras de surveillance avec méfiance, et si, on le surveillait, avait-il été identifié par la police ?

Les longues minutes d'attente sur le sofa dans le hall départ durèrent une éternité. Un avion de la Thaï qui faisait la navette entre Bangkok et Koh Samui se posa. C'était le vol tant espéré. Enfin une douce voix dans les hauts parleurs demanda aux passagers de se présenter à l'embarquement pour le prochain départ.

Il se leva le premier et commença la file d'attente avec sa carte d'embarquement enfermé dans son passeport. Il ne quittait pas les yeux des caméras qui le surveillaient. C'était le départ et la montée dans les petits wagons si caractéristiques de cet aéroport, autotractés et dirigés comme les vieux tramways.

Le petit train composé de quatre wagons, se dirigeait sur le côté de la piste où des avions attendraient leur départ, réacteurs en chauffe. Les différents fuselages de ces avions étaient de toutes les couleurs, bariolés, sauf celui de Georges, c'était la compagnie habituelle « Thaï Airways », de couleur blanc avec l'empennage mauve qui va le conduire à Bangkok pour l'escale habituelle. L'embarquement se fait comme sur tous les petits courriers par un escalier.

Une fois dans l'avion, et assis dans son siège, ses vacances étaient finies, seul le décollage lui fit regarder le bouddha blanc qu'il salue.

L'ATR 442 monta rapidement dans les

nuages épars, laissa l'Ile de Koh Phangam, sur sa gauche, la centaine de passagers, les visages en majorité européens bien bronzés étaient calmes et souriants, l'avion prenait la direction de Bangkok.

Il sommeillait pendant la première partie du voyage. De son hublot, il regardait les minuscules bateaux sur l'océan, pas le temps de s'endormir le commandant annonça la descente sur Bangkok, le jour tombe. Il reprendrait le long courrier entre la capitale de la Thaïlande et Paris dans un gros Boeing 777 qui le ramènerait à Paris. L'escale se fit rapidement, juste deux heures pour traîner dans l'aéroport et passer des lignes intérieures pour les grandes lignes internationales. C'était inutile de récupérer les bagages, quelques pas entre les boutiques de duty-free et dans les salons d 'attente pour prendre le long courrier.

L'appel des places pour l'embarquement commença, de nombreux voyageurs se levèrent de concert, Georges plaisanta avec d'autres français qui attendaient l'accès dans l'avion. Pendant l'attente, son attention fut détournée par l'arrivée de l'équipe des navigants. Il adorait regarder ces jeunes hôtesses qui arrivaient avec leur tenue de travail violine, toujours accompagnées par des pilotes de petite taille mais toujours vêtus avec de costumes et casquettes impeccables. La vue de ces jolies filles lui procurait toujours autant d'émotions, c'était un fanatique de la beauté thaïlandaise ou asiatique, il était dans un état second. Dans l'avion, une fois assis à sa place, il attendait le service du dîner, les jeunes femmes revêtaient les tenues en soie, laissant leur physique si attractif, et sourires enjôleurs éclater à sa vue. Le commandant dans un anglais impeccable annonça qu'il venait d'avoir l'autorisation de décoller.

Rapidement le grand oiseau quitta Bangkok et ses lumières, il était vingt-trois heures quarante, le personnel une fois le décollage fini, se mit à servir le dîner. Georges avait une position stratégique, il était sur la dernière rangée de sièges près du local ou le personnel entreposait tout le système de restauration rapide et les denrées.

Il déshabillait du regard le physique et le manège des hôtesses, qui avec le chariot roulant dans les couloirs, commençaient le service de restauration. Il les trouvait toutes à son goût, c'était sa dernière récréation asiatique avant de revenir en France. Quelques jeux sans intérêt sur son écran vidéo, et il se prépara pour essayer de dormir, le vol de nuit durait plus de dix heures. Comme à son habitude, il redevenait le vieux garçon minutieux et tatillon, il dépliait sa petite couverture, vérifiait le bon état de son petit oreiller. Il rangeait toutes ses affaires dans son sac qu'il remisait dans les coffres à bagages.

Après un dernier sourire à son hôtesse préférée, il s'allongea sur son siège et chercha le sommeil. Il connaissait tellement ce voyage et le déroulement que la mise en position sommeil de son siège coïncida avec l'extinction des lumières dans l'avion et le passage en mode nuit. C'était un amoureux des vols de nuit, il sommeillait facilement, une fois le masque occultant sur ses yeux et les bouchons dans les oreilles à leur bonne place. Le

voyage se passa comme habituellement, sans
encombre, quelques perturbations, mais le sommeil
du juste n'en fut pas perturbé.

Nathon, le 26 Mars 2009,

Le matin, la voiture du lieutenant Jim,
conduite par le sergent Tao, venait de démarrer du
commissariat, et se dirigeait vers la maison de la
mère de Jane. Le lieutenant en concertation avec le
capitaine Boone, avait convenu qu'ils iraient prévenir
la mère et le fils de la prostituée assassinée. Le
policier avait le cœur plus léger depuis la dernière
fois où il avait annoncé à la mère et son fils, le décès
de Jane.
La matinée était douce, les deux policiers
étaient apaisés, l'enquête était terminée pour leur
partie, les autorités thaïlandaises et françaises devaient
prendre le relais.
Un arrêt discret devant la maison, les deux
policiers en descendirent et le lieutenant Jim frappa
sur la porte pour demander à accéder à l'intérieur ;
----*Entrez* !
La maison empestait le tabac froid, sur la
table, dormaient des vieilles revues, ainsi que des
vieux cendriers qui vomissaient des mégots par

dizaines. Les deux policiers saluaient la vieille dame qui était assise derrière la table unique de la pièce principale, à la même place où ils l'avaient laissée la dernière fois. Elle fumait une cigarette dont la cendre paraissait ne pas vouloir tomber dans le cendrier. Les deux policiers demandèrent la permission de s'assoir.

Ils prirent une chaise chacun, le lieutenant faisant face à la vielle dame.

Le sergent était assis de profil et regardait les gestes lents de la grand-mère.

Il regardait les cercles de fumée concentriques qu'elle faisait régulièrement.

---- *Madame, nous avons identifié l'assassin de votre fille, c'est un homme de nationalité française, qui habite en France, nous avons fait la demande par notre correspondant à Interpol, c'est la police internationale, ils vont prévenir la police française pour l'arrêter dans leur pays.*

---- *Ils vont l'arrêter bientôt ?*

---- *Cela peut demander du temps, il faut passer par nos ambassades respectives, il ne sera jamais extradé vers la Thaïlande, ce pays n'envoie jamais ses ressortissants dans des pays étrangers, mais il sera arrêté et jugé dans son pays. Ils vont lui faire payer le meurtre de votre Jane.*

---- *Et le corps de Jane, je pourrais le récupérer bientôt, je dois prévenir le bonze pour qu'il bénisse le corps et la sépulture de Jane, je dois prévenir le peu de famille qu'il nous reste pour qu'elle assiste à la cérémonie,* demanda la grand-mère.

Les questions sur les funérailles se succédaient, le lieutenant la rassura, il allait s'occuper de faire rendre le corps de Jane à sa mère le plus rapidement possible.

---- *Je dois rappeler la morgue pour en être sûr, je vous tiens au courant*, répondit le lieutenant.

Le sergent avait son regard fixé sur le visage de la grand-mère, il était impassible sans aucune expression, si ce n'est ses narines et sa bouche qui exhalaient des torrents de fumée. La vieille femme alluma une cigarette presque à la suite de la dernière qu'elle venait d'écraser.

---- *Je préviendrai Yan de cette nouvelle, il est à l'école, je ne vous cache pas que ses résultats scolaires ne sont plus les mêmes.*

---- *J'imagine bien madame, j'ai un fils de son âge, nous allons tout faire pour que le bourreau de sa mère paye pour son crime.*

Les policiers après un clin d'œil complice, se levèrent, la vieille dame ne bougea pas, elle faisait toujours des volutes de fumée, toujours assise sur sa chaise du bout de table. Un salut, les deux hommes sortirent en fermant la porte délicatement sans un mot.

La voiture regagna le commissariat, le lieutenant passa voir son supérieur le capitaine Boone à son bureau, celui-ci raccrochait son téléphone.

Il le prévint de l'avis à la famille du défunt. Le capitaine le remercia, ainsi que toute son équipe pour la résolution de cette affaire. Le lieutenant demanda à son supérieur pour savoir la date où le corps de la malheureuse serait rendu à la famille, c'était une demande de la maman.

---- *Je vais voir avec la morgue, le légiste, et le bureau du procureur pour l'autorisation de rendre la dépouille à la famille, je te tiens au courant,* répondit le capitaine.

---- *Salut, à un de ces jours !*

---- *Encore merci, à tes équipiers, on ira se faire une petite soirée entre collègues, je connais un petit bar, plein de filles vers Nae Nam,* demanda Boone.

---- *Je vois duquel, tu parles, la fille qui nous a signalé la disparition, Jira y travaille. Tu vois de qui je parle.*

---- *Tout à fait,* la spécialiste des coffres d'hôtels, dit le capitaine en plaisantant.

---- Le lieutenant ne répondit pas, un grand sourire, inonda son visage, celui du capitaine aussi.

Bangkok se réveillait sous ses traditionnels embouteillages, les autoroutes aériennes étaient déjà saturées. Christophe MEUNIER s'approchait au volant de sa voiture sur son lieu de travail. Il arrivait par la Silom road, et tournait sur l'avenue Charoenkrung, encore un petit carrefour sur la gauche, puis le portail de l'ambassade de France s'ouvrit sous la surveillance d'un policier en faction.

La voiture s'arrêta devant le policier en faction, la vitre s'ouvrit, le visage du chauffeur était bien connu du garde armé, l'insigne tricolore était collé sur le parebrise qui autorisait l'accès au parking du bâtiment consulaire. La lourde porte de métal peinte en vert bouteille et décorée de deux superbes insignes de métal doré avec les inscriptions R.F s'ouvrit.

Christophe était en poste à Bangkok, il était commandant de police, affecté au bureau Interpol de la capitale, et s'occupait du service intérieur de sécurité de l'ambassade. Il était le responsable de la sécurité de l'ambassadeur et de tout le personnel consulaire français en poste à Bangkok. C'était un policier qui avait fait toute sa carrière en France dans plusieurs services de police judiciaire de la région parisienne. Il avait été affecté à ce poste il y a trois ans, il aimait l'Asie et ses charmes.

Christophe était célibataire, il n'avait que peu d'attaches familiales en France, avait choisi ce poste dans le service de garde des ambassades comme responsable de la sécurité. Il avait été échaudé suite à une affaire qu'il avait traitée dans son dernier service de police en métropole. Il n'en pouvait plus de son travail, de la justice française, il avait demandé une affectation lointaine dans les services de police dite de coopération.

Ce chef de police parlait un anglais parfait et aimait son travail, et surtout la météo favorable de ce coin de la planète. Son travail de représentation lui plaisait comme son cadre de vie, il avait tissé des liens d'amitiés avec l'ambassadeur en titre qui était comme lui originaire de la région nantaise, natif de la ville de Saint-Nazaire.

Le policier faisait des passages tous les jours auprès des services d'Interpol, situé au siège de la police royale de la capitale, où il avait un bureau. Il participait à des réunions si des ressortissants français étaient impliqués dans des affaires criminelles ou délictuelles. Comme chaque lundi, un rendez-vous avec l'ambassadeur était calé, y exposait les affaires où étaient impliqués des nationaux, et divers incidents avec des français dans le pays.

Peu de dossiers à traiter, il faisait le point sur les déplacements officiels de son excellence dans le pays. Ce fonctionnaire l'accompagnait souvent et prévoyait les mesures de sécurité pour lui. L'heure passait rapidement et leurs discussions professionnelles se terminaient souvent par des analyses sur le dernier 18 trous du golf de Summit Wind Mill Country Club. C'étaient des golfeurs enragés, le choix des drives, balles et matériels, c'était leur passion.

L'ambassadeur et son ami partaient le samedi matin pour arpenter les différents greens, et savourer quelques vieux whiskys dans les superbes hôtels qui les bordaient.

Le téléphone portable sonna alors qu'il fermait la portière de sa voiture de fonction, il décrocha et surprise, c'était l'ambassadeur qui l'appelait. Il était très étonné, c'était très inhabituel.

---- *Vous êtes arrivé ?* dit l'ambassadeur.

---- *Je suis dans la cour*, répondit-il.

---- *Nous vous attendons, ne traînez pas !* Dit

l'ambassadeur.

Christophe monta trois par trois les marches qui amenaient au bureau de l'ambassadeur, il était préoccupé, c'était la première fois qu'il appelait sur son portable pour le travail.

La secrétaire particulière était déjà à son travail, elle annonça à son chef qui était au téléphone derrière son bureau l'arrivée du Commandant MEUNIER. Elle le fit entrer, il s'assit face au superbe bureau de travail de son excellence. Sur le côté droit, donnant sur le jardin, derrière les rideaux, un homme de petite taille, en tenue de ville, attendait la fin de la communication téléphonique de l'ambassadeur. Il était de dos et regardait le jardin intérieur de la résidence.

L'ambassadeur fit un geste à Christophe pour qu'il s'asseye en lui faisant un discret clin d'œil pour le saluer.

Le petit monsieur s'assit à côté de lui, il lui serra la main cordialement.

---- *Commandant MEUNIER, je vous présente monsieur le substitut, auprès de monsieur le procureur général de Bangkok, il va vous expliquer la raison de sa venue dans notre ambassade.*

Le magistrat sortit d'un petit cartable une note de synthèse rédigée en français et en anglais, et une demande officielle de concours de la police française pour l'arrestation d'un ressortissant français. Le procureur adjoint se leva comme dans une conférence de presse, et commença à expliquer en anglais à l'ambassadeur, les tenants et les aboutissants de l'enquête de la police royale Thaïlandaise.

Il connaissait la note presque par cœur, le commandant MEUNIER la lisait dans le même temps que l'ambassadeur. La traduction dans la langue de Molière arriverait dans la journée à l'ambassade. L'intégralité de la procédure serait également traduite par les services du procureur général, le travail avait déjà débuté dans les bureaux. Le commandant regardait la note qui ne laissait que peu de doute sur l'implication de Georges CHARPENTIER dans la disparition et l'assassinat de Jane. Le procureur laissa la note de synthèse, ainsi que la demande de concours des autorités françaises. Il rectifia sa tenue, rangea son porte document, salua en inclinant la tête devant l'ambassadeur ainsi que devant le policier.

Il fit un demi-tour rapide puis quitta le bureau en refermant délicatement la porte du superbe bureau. L'ambassadeur le raccompagna et lui expliqua que la France allait faire son travail.

---- *Je dois prévenir le Quai d'Orsay de cette histoire, il me faut être demain au ministère des affaires étrangères à Bangkok pour y être reçu officiellement, e t remettre un courrier officiel. Ils vont me demander des nouvelles sur la procédure. Je compte sur ta rapidité et compétence pour faire accélérer le travail de la police et justice française.*

---- *De mon côté, je vais voir avec mes vieux amis du ministère de la Justice, pour presser le procureur de la République de Paris, vous me tenez au courant,* dit l'ambassadeur.

Le commandant MEUNIER regagna son

bureau. Il prit son téléphone pour prévenir son supérieur à Interpol et lui expliqua cette affaire. Un coursier se présenta avec un volumineux dossier en deux parties, pour l'ambassadeur en provenance des bureaux du procureur général. C'était le double de la procédure traduite, la partie la plus importante était le dossier d'assassinat.

Un dossier plus mince était joint, c'était le dossier de l'agression de May, qui venait d'être sorti de l'oubli et de la poussière. Les dossiers montèrent rapidement dans le bureau du policier, le passage dans le bureau du secrétaire de l'ambassadeur fut rapide, les instructions étaient de ne pas perdre du temps et de le faire viser par le commandant de police.

Pour aller plus vite, le secrétariat prépara un bon d'envoi pour la valise diplomatique, qui partirait ce soir si possible par un vol régulier d'Air France pour une arrivée à Paris dès le lendemain matin. Le commandant se déplaça vers le secrétariat et récupéra la procédure traduite. Il lut rapidement la note de synthèse, et trouva la procédure bien établie et rédigée. La police française devrait poser des questions à ce ressortissant en métropole.

Dans le même instant, son téléphone portable sonna, il reconnut la voix cassée du chef de la police de Koh Samui. Il l'avait rencontré dans des réunions de formation dans la capitale, et au siège de la police royale. C'était la procédure, il voulait conforter le travail de ses équipes, rassurer le policier, aussi demanda-t-il de le tenir au courant de la suite de la procédure. La réponse fut rapide, le dossier partirait à Paris par la valise diplomatique de ce soir.

Il félicita le chef de la police pour le travail de ses équipes qui avait permis d'identifier le principal suspect du meurtre et de l'agression.

---- *Je vous tiens au courant rapidement de l'issue de ce dossier,* dit Christophe.

Puis il se replongea dans la lecture des documents qu'il devait valider avant de les rendre pour l'envoi à Paris par voie diplomatique. Il passa un long moment sur l'album photos, il scrutait avec attention la photo où le français se trouvait sur le bord de la plage, le suspect était à côté de la fille retrouvée morte.

La photo était accompagnée des références avec le jour et l'heure de la prise, ainsi que le procès-verbal de la saisie effectuée par les policiers.

Le commandant MEUNIER était impressionné par le travail des policiers et la traduction en français et en anglais. Du travail bien fait. La procédure était rédigée dans un bon français, les investigations laissaient indiquer que le ressortissant français était sûrement le dernier client de la prostituée et l'assassin présumé.

Une fois la totalité des actes lus, le policier joignit l'ambassadeur pour lui ramener le dossier. Il remonta vers les bureaux de l'ambassadeur qui l'attendait. Il lui raconta la procédure, la qualité des investigations, des deux traductions, la responsabilité de cette personne n'était pas établie formellement mais de nombreux indices laissaient penser à sa responsabilité. Le dossier d'accusation était bon, les autorités françaises recevraient ce dossier demain dans la matinée par la valise diplomatique.

L'ambassadeur héla son secrétaire particulier, qui lui apporta son parapheur avec le bordereau de transmission du dossier à signer, la totalité serait envoyée à l'aéroport de Bangkok pour le vol Air France de la soirée.

Le commandant prit congé de l'ambassadeur qui le prévint, ce dernier aviserait ce soir le procureur général à une réception officielle.

Il l'avisera de la transmission aux autorités judiciaires françaises de la procédure.

---- *On se voit samedi pour un dix-huit trous, je réserve le parcours au Summit Country, j'oubliais, je vais appeler la Chancellerie à Paris et le Quai d'Orsay pour les prévenir de l'envoi, j'ai un ami qui est directeur aux affaires internationales auprès du Garde des Sceaux, il va faire accélérer.*

Les autorités d'ici vont nous demander des comptes bientôt.

---- *O. K, bonne journée,* monsieur l'ambassadeur.

Le commandant regagna son bureau, il reprit son portable et rappela le chef de de la police sur l'île. Après quelques sonneries, la voix du chef résonna.

Il dit à l'officier supérieur que la procédure était validée, et que les autorités de son pays recevraient le dossier demain matin, il serait tenu au courant de la suite de l'enquête loin de son ile.

---- *Merci, mon ami, viens me voir un week-end, on ira faire un tour de bateau dans les Îles.*

---- *Je t'en prie, on fait le même métier, à*

bientôt. Dès que j'ai des nouvelles, je te rappelle.
Puis il raccrocha.

PARIS. Quai d'Orsay

Un motard des compagnies cyclistes de la Préfecture de Police, apportait la valise diplomatique renfermant le précieux dossier dans les superbes bureaux de siège du ministère des affaires étrangères. Le policier toujours coiffé de son casque, le visage marqué par la froidure d'hiver portait le volumineux d o c u m e n t sous clés au directeur du cabinet du ministre.

Il était le seul habilité à ouvrir le sac, il demanda au policier de patienter quelques minutes à côté et d e prendre un café encore fumant sur une table attenante à son bureau encombré de nombreux dossiers. Le policier buvait son café en regardant la splendide vue sur l'escalier d'honneur du ministère. Il était en admiration derrière sa fenêtre, la verrière brillante et merveilleuse du Petit Palais, brillait sous le soleil matinal. Le haut fonctionnaire sortit les deux dossiers provenant de l'ambassade de Bangkok, il les posa de côté, puis rédigea un petit bordereau de transmission pour le chef de cabinet auprès du Garde des Sceaux.

---- *Monsieur, le policier, je vais vous mettre à contribution, pouvez-vous me porter ces deux dossiers à la Place Vendôme, c'est urgent, d'après l'ambassadeur de France en Thaïlande, vos collègues vont avoir du travail.*

---- *Bien sûr,* répondit le policier, qui posa les deux dossiers dans une sacoche étanche, salua le haut fonctionnaire qu'il remercia de son café. Il regagna la cour intérieure, qui donnait sur le Quai d'Orsay. Le motard quitta la cour du ministère par le quai sur sa gauche, puis traversa la Seine, la place de la Concorde, et quelques minutes après, il se présenta devant les bureaux de la Chancellerie, place Vendôme.

Le gendarme en faction fit entrer le fonctionnaire de police et sa moto sous le porche. Il gara son deux-roues dans la superbe cour qui donne sur le très beau jardin intérieur. Il prit la sacoche étanche sous ses bras et se dirigea vers les bureaux du cabinet du ministre qui attendait déjà averti de l'arrivée de ce dossier. Le policier se présenta au secrétariat, la secrétaire récupéra les deux dossiers et lu le bordereau d'envoi. Elle regarda la partie haute des deux enveloppes avec le tampon en rouge « URGENT » apposé par l'ambassade de France de Bangkok.

Elle remercia le policier qui quitta le ministère, partit le porter à la Direction des Affaires Civiles et du Sceau (Bureau de l'entraide civile et commerciale internationale) qui en assurerait le suivi.

Palais de justice de Paris

Dans son bureau de juge d'instruction, Monsieur DUMOULIN qui possédait une vue superbe sur le Quai des Grands Augustins, lisait avec intérêt, un rapport d'analyse balistique sur une des affaires criminelles qu'il instruisait. Dans son bureau voisin, la greffière était, elle aussi, en train de rédiger des actes de son patron qu'il avait enregistré sur son dictaphone. Les armoires où s'entassaient les nombreux dossiers que le cabinet instruisait, avaient les portes ouvertes et des fatras de dossiers multicolores s'empilaient sur les bureaux et divers rangements. Une vraie caverne d'Ali Baba.

Trois coups à la porte de la greffière, elle ouvrit la porte, elle salua, monsieur le substitut de procureur de la République de Paris, qui venait lourdement chargé de dossiers qu'il portait à bout de bras.

Le juge entendit la voix du substitut facilement reconnaissable car habillé d'un fort accent du Nord du plus bel effet. Les deux magistrats se connaissaient pour avoir participé à plusieurs réunions de formation et se rencontraient chaque année pour la cérémonie d'ouverture de l'année judiciaire dans l'enceinte du Palais de Justice.

---- *Tu m'amènes du travail et toujours pas d'argent ?*

---- *Désolé, mon gars, cela vient de la chancellerie, c'est une affaire qui concernerait les agissements criminels d'un français en Thaïlande.*

Voilà les deux dossiers, la traduction a été faite par les services de la justice thaïlandaise, c'est pour la même personne, dit le substitut.

> ---- *Je vais le poser où, madame la greffière ?*

> ---- *On va le mettre sur votre bureau, le mien est rempli, je suppose que vous allez ouvrir une commission rogatoire.* répondit-elle.

> ----*J'oubliais, monsieur le juge, cette affaire est surveillée par nos amis du ministère des affaires étrangères qui demanderont rapidement des nouvelles. On se comprend ?*

> ---- *On se comprend, je dois l'étudier, fissa.*

> ---- *Pour gagner du temps, je l'ai parcouru, il est solide et étayé, je te donne ma demande d'ouverture d'information contre ce monsieur Charpentier, qui m'a l'air d'un triste sire. Tu me tiens au courant, je dois prévenir le grand chef.*

Le substitut quitta le bureau de juge d'instruction après lui avoir souhaité une bonne journée.

Dès son départ, le juge se plongea dans la lecture de la procédure traduite. Il commença par celle de l'agression de May qu'il trouva bien établie et traduite puis il ouvrit l'étude du deuxième dossier pour l'homicide sur la deuxième prostituée Jane.

Il appela Michèle, sa greffière, à qui il amena le premier dossier déjà lu, pour avoir son avis, leur collaboration était déjà ancienne, il lui faisait une confiance totale, et ses avis sur les actes de procédure étaient écoutés. Le lendemain, à neuf heures, du matin, le téléphone du commandant Giraud, chef de groupe, de la brigade Criminelle de Paris sonnait dans le vide.

Celui-ci se trouvait dans une salle attenante au stand de tir de la police qui se trouvait non loin de son bureau dans le commissariat de police du cinquième arrondissement de Paris. La proximité de ces deux locaux permettait un entrainement au tir régulier pour les fonctionnaires de son équipe, et une petite promenade pédestre entre le 36 Quai des Orfèvres et la place Maubert sur la rive gauche, le matin avant de commencer le travail.

Une fois l'entrainement terminé, la qualité des tirs des policiers analysée, le commandant, après une courte discussion avec les moniteurs de tirs quitta les sous-sols du commissariat.

La sonnerie du rappel de réception d'un message fonctionna sur le portable dès qu'il remonta du stand de tir situé dans les sous-sols, vers la surface devant le commissariat. Le commandant prit le message directement. Il devait rentrer au siège de la brigade Criminelle, le commissaire, l'attendait à son bureau pour des instructions nouvelles.

Le commissaire l'attendait en buvant son café, il lui demanda de joindre à son bureau, le juge DUMOULIN, dès que possible.

Quelques minutes après, le commandant se présentant au greffe de monsieur le juge, fut accueilli par un large sourire de la greffière qui partit chercher le juge dans un bureau voisin.

---- *Bonjour TK, comment vont les affaires ?*

---- *Ça va, monsieur le juge !*

---- *Monsieur, j'ai reçu une demande*

d'entraide internationale de la justice de Thaïlande qui a des présomptions de culpabilité sur un français qui aurait tué une prostituée et blessé gravement une autre, un an auparavant. Je vous donne une commission rogatoire pour interpeller ce monsieur qui habite à Paris. Je vous demande d'étudier ce dossier et de faire quelques vérifications sur ce monsieur.

---- Je vous charge de la surveillance de cet individu, monsieur, prenez quelques informations discrètement sur lui, et pour l'instant, vous ne l'interpellez que sur mes instructions.

---- On va prendre du temps, quand vous aurez bien analysé cette procédure de nos amis thaïlandais, je l'ai en double, on se tient au courant de vos investigations, on le loge, puis on se revoit quand la procédure sera étudiée.

---- Je vous donne la copie de ma commission rogatoire que je vous livre dès aujourd'hui, bonne lecture, commandant.

---- Je vous salue, monsieur le juge, à bientôt.

Après quelques minutes et quelques longueurs de couloirs dans le palais de justice, le commandant convoqua deux policiers de son groupe, il leur donna les coordonnées de monsieur CHARPENTIER pour qu'ils aillent faire une VD, c'est une vérification de domicile dans le jargon policier dans le douzième arrondissement. Il leur demanda de faire une petite enquête de voisinage discrète et sans effaroucher l'éventuel suspect et éviter une fuite.

Les deux hommes et une femme prirent une voiture garée sur le quai des Orfèvres dans le parking réservé à la brigade et partirent vers le boulevard de Reuilly.

C'était jour de marché, le boulevard était encombré de véhicules, ce qui obligea les policiers à se garer sur l'avenue Daumesnil. Les policiers appréciaient bien ce marché parisien joyeux, et sonore. Le faux couple pénétra dans le hall du 26 du boulevard de Reuilly à l'aide d'un double du passe dit PTT qui permet l'accès au facteur pour pénétrer dans certains halls d'immeubles et mettre le courrier dans les boites à lettres.

Sur le mur du hall, parmi toutes les boites à lettres visiblement neuves, celle au nom de CHARPENTIER Georges, était bien là, était remplie jusqu'à la gueule par de nombreux prospectus et lettres.

Les policiers sonnaient sur le visiophone au nom de CHARPENTIER pour s'assurer de sa présence ce dont ils doutaient, ils trouveraient une excuse en se faisant passer pour des agents chargés du recensement. Alors qu'ils attendaient une réponse sur le visiophone, ils croisèrent un propriétaire qui leur demanda la raison de leur présence. C'était le voisin de palier du suspect, pour ne pas ébruiter l'affaire dans l'immeuble, les policiers se firent passer pour des cousins lointains qui venaient saluer leur oncle de Paris.

----*Vous n'avez pas de chance, il est parti en vacances pour deux mois, il va souvent en Thaïlande, je pense qu'il y est encore, qu'il devrait bientôt rentrer, mais je ne sais pas quand*, dit le voisin.

---- *Quel dommage, nous repartons cet après-*

*midi pour la province, ce n'est pas grave, je
l'appellerai au téléphone d'ici deux jours,* répondit la
fausse nièce désolée.

  ---- *Merci, monsieur, bonne journée.*

  Le faux couple de cousins, sortit du hall, puis
après quelques mètres vers leur voiture, appelèrent
leur commandant. Ils lui assurèrent de la bonne
adresse du domicile, de l'absence du suspect de son
domicile et des autres renseignements collectés sur
sa destination de vacances. L'officier demanda aux
deux policiers de rentrer à la base, il discuterait avec
eux au retour.

  Le commandant appela le juge pour le
prévenir que le suspect était logé mais absent d'après
l'enquête de voisinage effectuée. Il serait susceptible
d'être encore en Thaïlande ou en Asie. Le juge lui
demanda de continuer son enquête, et de le
prévenir de l'avancée des recherches.

  Un petit briefing eut lieu, le commandant
expliqua le pourquoi de cette commission
rogatoire à ses équipiers disponibles, leur demanda
de retrouver le lieu de vacances du suspect, et la
date de son retour de vacances. Il constitua plusieurs
équipes qui partiraient sur l'aéroport de Roissy pour
renseigner dans toutes les compagnies qui
organisent des vols en provenance d'Asie. Chaque
équipe reçut des instructions du lieutenant Kune, son
adjoint pour aller vérifier au siège des grandes
compagnies internationales dans la zone
aéroportuaire, les listes des passagers des prochains
vols en provenance de Bangkok ou divers aéroports
des pays voisins ayant des correspondances avec la

capitale.

Elles devaient toutes être examinées. Malgré le week-end qui arrivait, les quatre équipes de policiers se dirigeaient vers l'aéroport, en emmenant avec eux la liste des compagnies qui devaient être prospectés à compter du lendemain.

Les recherches débutèrent, les enquêteurs par équipes de deux, partirent consulter les fichiers des passagers des prochains vols qui atterriraient à Roissy Charles de Gaulle.

Le travail était important, le commandant limiterait la recherche aux plus grandes compagnies voyageant en vol direct, ou avec une seule escale. L'informatique et les fichiers clients allaient faciliter ce travail. Etihad, Thaï Airways, Air France Klm, et toutes les autres possédaient des fichiers clients complets, les recherches s'en trouveraient plus rapides.

En ce début de soirée, le téléphone portable du commandant GIRAUD sonna. C'était le lieutenant Kune qui venait de trouver les œufs de Pâques dans le jardin.

Monsieur CHARPENTIER débarquerait lundi matin aux aurores au terminal numéro 1, par le vol Thaï Airways. Il avait pris ses billets aller-retour par cette compagnie.

Le commandant appela et demanda aux autres équipes en enquête auprès des autres compagnies aériennes afin de suspendre leurs recherches et de rentrer à leur domicile pour le week-end.

Le lieutenant en possession des photocopies de l'e-ticket d'avion du suspect rentra vers le -36-

pour présenter le document à son commandant.

    ---- *Super boulot, dit le commandant, j'appelle DUMOULIN pour le prévenir de la chose, c'est génial, on va pouvoir l'accueillir mais pas avec des fleurs.*

Le téléphone du magistrat sonna, mais dans le vide, le juge d'instruction ne répondait pas, vu l'heure tardive, le commandant laissa un message pour avertir de la bonne nouvelle du retour du suspect.

Le magistrat ne répondit pas, seule la boîte vocale fit son travail, le commandant laissa un message très respectueux et demanda au juge chargé de l'affaire de le rappeler rapidement. Quelques minutes après, le juge rappela le policier et fut avisé de l'arrivée du français dès lundi matin, celui-ci rentrant visiblement de l'Asie. Le juge demanda au commandant s'il avait bien pris connaissance de la procédure et des charges qui pesaient sur le ressortissant français.

Le commandant fit un portrait du suspect, il reprit toutes les pages et les preuves accumulées par la police du Pays. Il était incontestable que le nommé CHARPENTIER avait vécu plusieurs mois avec la prostituée dont le corps avait été trouvé sur une île plusieurs mois après son assassinat.

C'était le dernier témoin à l'avoir vue vivante. Pour le policier, le motif d'arrestation tenait pour le meurtre de Jane, qui avait été assassiné, seuls des aveux du suspect pourraient entraîner une mise en cause de celui-ci pour la première agression. Le juge Dumoulin, cessa de parler pour quelques instants.

Le commandant était habitué de ces moments de réflexion de sa part. Il le laissa, il lui dit rapidement.

---- *Vous me rappelez,* monsieur le juge ? Ce qu'il fit cinq minutes plus tard,

---- *Je vous donne un mandat d'amener, vous allez me le chercher à l'aéroport, et le placer en garde à vue, je vous l'envoie à votre service demain, la copie vous sera adressée sur votre boîte e-mail. Tenez-moi au courant de l'interpellation et de la conduite au 36, dès qu'il est au frais, appelez-moi, je viendrai à votre bureau.*

---- *Bien sûr, monsieur le juge. On va aller lui souhaiter la bonne année, et on le conduit au 36, on va lui trouver une chambre.*

---- *Bon week-end, monsieur GIRAUD.*

Le commandant appela son adjoint, le lieutenant Kune qui attendait l'appel avant de se coucher, le commandant l'avisant du mandat d'amener, le lieutenant était heureux d'aller sauter cet enfoiré. Il proposa un effectif de dix policiers plus eux deux, pour cette mission matinale du lundi qui arriverait vite.

Le commandant laissa son adjoint prévenir les autres policiers disponibles et les commander pour une heure de prise de service très matinale, au siège de la brigade criminelle, il ne fallait pas rater le retour du français sur le territoire.

Le samedi matin, le commandant appela le service Interpol à Bangkok, c'était samedi là-bas, en fin de journée, le téléphone sonna dans le vide pendant de longues minutes sans résultat.

Il voulait avoir la confirmation de la présence dans l'avion de l'assassin présumé, la place n'avait pas été confirmée à la compagnie pour le retour, mais le billet aller-retour était validé.

Monsieur CHARPENTIER n'était pas visiblement un grand délinquant, les recherches auprès de tous les fichiers de polices n'avaient rien donné, il n'avait pas non plus de condamnation si ce n'est celle du tribunal de police de Paris pour des infractions légères au code de la route.

Le week-end passa rapidement, le commandant avait déjà son esprit à l'aéroport, il désirait retrouver cette personne qu'il ne connaissait que par la photographie de son passeport.

La dernière soirée de liberté pour Georges se précisait, lui par le jeu du décalage horaire, se trouvait pour la dernière journée près de l'embarquement à Khôl Samui pour rallier Bangkok. Le commandant partit se coucher pour se lever dès potron-minet, le français ne le savait pas mais il était déjà prisonnier dans sa prison d'aluminium à dix kilomètres d'altitude.

Paris, lundi 28 Mars 2010   04 H 00.

Plusieurs réveils se mirent à sonner dans plusieurs appartements de la région parisienne, des visages blancs et très pâles, sortaient de leurs couches, la douche et la toilette ne devaient pas tarder, le rendez-vous de cette équipe de policiers de la brigade criminelle, c'était le bureau du 36 quai des Orfèvres.

Il ne fallait pas traîner, le commandant avait prévu un petit briefing pour 5 heures du matin, ce lundi-là. Les cafés bus rapidement, les voitures de service démarrèrent, les différents itinéraires vers Paris furent rapides, tout le groupe était dans la salle de réunion de l'étage.

C'était le bureau du commandant et du lieutenant. Autour d'un café très noir, et servi dans des tasses blanches et vieillottes, l'exposé de la mission fut rapide, le cadre juridique du juge d'instruction rappelé aux policiers, u n e m i s s i o n n o n d e s p l u s d i f f i c i l e mais la plus inhabituelle. La brigade criminelle allait cueillir un criminel supposé qu'ils ne connaissaient pas.

Un rendez-vous à six heures, à l'aéroport de Roissy, vu l'heure, les voitures pourraient rester garées sur la station de taxis près de la porte T, le lieutenant partirait le premier avec un effectif désigné puis passerait au poste de police de l'aéroport pour prévenir les policiers de la police de l'air et des frontières. Le top fut donné les voitures et l'intégralité des policiers partaient vers le nord de Paris à l'aéroport Charles de Gaulle.

Dans le ciel polonais, au-dessus de Varsovie, Georges prenait son petit déjeuner, les yeux bordés de fatigue, mais heureux, cette année les vacances s'étaient terminées sans aucun problème. Sa réception surprise était presque prête, mais le récipiendaire ne le savait pas.

Chapitre VII

Paris, le 28 Mars 2010.

La nuit était toujours bien présente sur la capitale, il était quatre heures du matin. Le policier de garde devant le 36 quai des Orfèvres, vit arriver de bon matin plusieurs voitures de police qui se garaient devant l'entrée du célèbre service de police. Paris dort. La dizaine de policiers se dépêcha de gagner les bureaux de la brigade criminelle, une petite réunion avait été prévue chez le commandant GIRAUD, chef de groupe. Son adjoint, le lieutenant KUNE avait appelé ses subordonnés la veille pour les convoquer à cinq heures du matin pour une prise de service.

Les visages sont blêmes, la cafetière crachote le café du matin. Au petit briefing à ses collègues, le commandant p r é s e n t e un dossier provenant du juge d'instruction qui leur demandait d'aller chercher un ressortissant français à la descente de son avion à l'aéroport Roissy Charles de Gaulle. La requête d'entraide internationale provenait d'un juge de la Cour Royale de Justice de Bangkok pour assassinat et coups et blessures.

Cette commission rogatoire émanait de Mr DUCHEMIN, un juge d'instruction parisien chargé des affaires criminelles au Parquet de Paris. Il avait saisi le commandant GIRAUD directement, le secret étant toujours bien gardé, et avait prévenu ses effectifs au dernier moment. Une photocopie de la photographie d'identité de la personne à arrêter, fut distribuée à chaque équipe pour se familiariser avec ce physique si banal.

Le groupe se rend pour prendre les armes et le matériel radio dans le coffre-fort de la salle blindée, le chef en second du groupe, le lieutenant KUNE, sera chargé de l'interpellation elle-même, le commandant et deux de ses hommes partiraient en premier pour vérifier auprès des autorités de l'aéroport et de la compagnie la présence effective du suspect dans ce vol.

Le cortège quitta le 36 Quai des Orfèvres, les trois véhicules sortaient du parking souterrain Rue de Harley, et partaient vers le boulevard du Palais, s'engouffrèrent sur le boulevard de Sébastopol.

En cette heure matinale, cet axe n'était livré qu'aux véhicules de livraison et de la Voirie de Paris. Quelques rares piétons égarés déambulaient sur les trottoirs sous des halos de gyrophares oranges des véhicules de la Propreté de Paris.

Le boulevard Magenta fut avalé par le cortège policier, seuls les lumières bleues tranchaient avec le jaune pâle de l'éclairage urbain. Pas de sirènes pour faciliter le passage aux intersections, le commandant respectait le sommeil du parisien. Une fois, la porte de la Chapelle passée. L'autoroute A1 s'ouvrait devant le cortège, destination Roissy. Les discussions dans les voitures tournaient sur la personnalité de ce gazier qu'ils allaient sauter au pied de l'avion.

Un petit quart d'heure, après la sortie de

Paris, les chauffeurs des trois voitures voyaient au loin le terminal T1 de l'aéroport et prenaient la rampe pour l'accès au parking qui est situé au-dessus des portes d'arrivées.

Le lieutenant KUNE dévia sa route pour l'immeuble où étaient rassemblés tous les services de police de la Police de l'Air et des Frontières (P.A.F). Il devait comme le règlement l'impose, prévenir les autorités de leur présence et de l'intervention dans l'aéroport. Il ne trouva que le major de police qui commandait la brigade de nuit, un vieil ardéchois au langage rocailleux qui lui proposa quatre policiers en renfort et surtout de les guider dans ce labyrinthe de couloirs et de halls.

Le lieutenant le remercia, mais ses effectifs devaient suffire pour l'interpellation, il laissera néanmoins deux policiers à la porte côté station de taxi à toutes fins.

Ses effectifs en tenue de la police de l'air et des frontières resteraient en extérieur pour faciliter le départ des policiers de la criminelle. D'un commun accord, les véhicules du « 36 » furent acheminés et mis en stationnement vers la station de taxis près de la porte T. Tout le dispositif se mit en place dans l'aérogare, deux policiers restaient à la porte de sortie ou tous les passagers arrivaient. Deux autres se rendraient à la salle de retrait des bagages, il fallait attendre que le suspect récupère les bagages avant son interpellation.

Le commandant et deux autres fonctionnaires, accompagnés d'un policier de la Police Judiciaire de l'aéroport et d'un fonctionnaire des Douanes qui permettaient de naviguer dans la zone internationale de l'aéroport, resteraient dans une salle vitrée. Cette salle possédait une vue sur le long couloir qui prolongeait les ponts roulants et permettait la descente des passagers de l'avion. Le lieutenant KUNE et les derniers policiers se positionneraient dans un bureau de la Police de l'Air et des Frontières, à proximité des guichets de police pour surveiller l'accès. Le policier désigné suivrait ensuite l'homme dans la foule des voyageurs jusqu'à la récupération des bagages.

Le commandant avait prévu d'interpeller le suspect à la porte d'arrivée près de la sortie vers les ascenseurs et la station de taxis. Les visages de tous les policiers fatigués par le réveil matinal scrutaient le tableau des arrivées des vols Thaï Airways. L'avion était toujours en approche et l'arrivée prévue à l'heure à 06 H 45, au terminal numéro 1.

Les écoutes et micros discrets étaient en fonctionnement, les rares discussions entre les policiers étaient de nature potache, le commandant laissait ses subordonnées plaisanter dans des discussions ni policières ni académiques. Sur le tableau d'approche, le vol était en cours d'atterrissage, un appel du commandant sur la fréquence de la Brigade Criminelle, fit que les plaisanteries stoppaient. Les policiers reprenaient leur calme et sérieux, l'attente commençait, les tableaux d'arrivées mentionnaient le mot magique et attendu.

---- Landing----

Un appel général radio à la vigilance et à la discrétion se fit entendre., Le suspect devait sortir de l'avion d'ici quelques minutes, le commandant et deux de ses collègues restaient dans une pièce pourvue d'une glace sans tain. Ils reconnaîtraient le suspect dès la sortie de l'appareil. De son point d'observation, GIRAUD devinait au loin cet imposant avion, le 777, qui arrivait des pistes d'atterrissage et se rapprochait avec toutes ses lumières et feux de position allumés.

Il pouvait voir la longue rangée des hublots éclairés, les touristes commençaient à récupérer leurs affaires d'hiver dans leurs rangements au-dessus de leur siège. Le long courrier virait sur sa gauche et se présentait vers les rampes de débarquement. L'employé de l'aéroport, comme les chiens jaunes d'un porte avion, guidait le pilote et l'appareil vers son lieu de stationnement. Puis toute la noria de véhicules de service aux gyrophares orange, encercla le Boeing. Les cales de stationnement posées, les rampes guidées vinrent se coller à la carlingue pour commencer la descente des passagers.

---- *Appel général de TK au dispositif, appareil arrêté début de la descente des passagers.*

---- *C'est reçu TK,* les trois autres indicatifs répondirent immédiatement.

TK. Indicatif radio du commandant.
TL indicatif radio du lieutenant.

Un policier de l'équipe avait été désigné et affublé d'un dispositif rétro réfléchissant comme celui des agents chargés de la sécurité des atterrissages. Il s'était positionné en compagnie du technicien qui commandait les rampes mobiles de débarquement. Son rôle le plus important était de localiser le suspect et de prévenir le reste de l'équipe. Le commandant Giraud, immédiatement dès le débarquement du suspect sur la terre de France préviendrait le reste de l'équipe de l'ouverture des portes de l'avion et il passa le message.

---- *Pour TK et TL de Charlie 1, et tout le dispo, ouverture de la porte, descente des passagers en cours. ---*

---- *De TK pour TL, bien reçu, appel général, on est vigilant, on ne rate pas le perdreau.*

La poignée libéra la porte, et le premier visage apparu, c'était le chef de cabine qui venait tâter la température pour le débarquement. Il vérifia la présence du personnel qui s'occupait de la prise en charge des personnes à mobilité réduite. Les premiers visages des classes « affaire et business » descendaient en souriant. La réalité du climat hivernal s'imposait, les premiers voyageurs se dépêchaient de se rendre dans les locaux chauffés pour fuir ce cheminement si froid.

---- *De TK, TL et dispositif, de Charlie 1, toujours RAS, ça descend toujours.*

Le long couloir, qui allait vers le contrôle des frontières se remplissait, les files d'attente aux guichets s'allongeaient, l'aéroport se réveillait sous une pluie fine. Les premiers visages bronzés descendaient de l'aéronef en souriant.

Peu de voyageurs sortaient en tenue d'été, la fraicheur matinale s'imposait.

Un message sur la fréquence police

---- *De TK, TL et dispositif, toujours RAS, ça descend toujours.*

La plus grande partie des voyageurs du vol THAI était déjà descendue, et les policiers commençaient à ronger leur frein.

Vers O6 H 55, un message court sur les ondes.

---- *Urgent*, de Charlie 1, le perdreau est identifié, il descend, je le filoche.

---- *Reçu,* dit le TK, et tous les policiers du dispositif accusèrent réception du message.

Georges, notre ami touriste provenant de la Thaïlande, l'œil fatigué, mais le teint bronzé, se dirigeait vers le poste de contrôle des passeports.

---- *Charlie 1, je suis toujours à une dizaine de mètres sur les arrières*

---- *De TK, je l'ai en visuel, on ne le lâche pas, Charlie 1 tu nous rejoins à la sortie porte Tango.*

Georges en sifflotant, passa le contrôle de police, puis se dirigea après les longs couloirs, vers la salle de récupération des bagages avec ces trois policiers accrochés à ses basques. Mais les policiers étaient noyés dans le flot des passagers des différents avions qui atterrissaient en début de matinée et surtout ceux en provenance de l'Asie. Une fois, l'attente passée au guichet de la police des frontières, il emprunta les longs couloirs qui l'amenaient vers le hall de récupération des bagages.

Une fois arrivés, dans la salle de récupération des bagages, les tapis roulants vomissaient les valises de toutes tailles et couleurs, Georges attendait sa grosse valise multicolore décorée d'autocollants de toutes sortes, en souvenir de ses nombreux séjours en Asie.

Le commandant et les autres policiers se trouvaient derrière une vitre où les personnes venant chercher leurs amis pouvaient les voir patienter en attendant leurs bagages tant espérés. Charlie 1, en tenue très voyante de technicien d'aéroport était arrivé près de la porte d'arrivée.

Enfin le lourd bagage surgit du trou noir, son propriétaire le récupéra prestement et le déposa sur un chariot. Il était heureux de revenir sur le sol français après deux mois passés au soleil et rentrer dans son appartement du douzième arrondissement de Paris. Il se dirigeait vers la douane qui était le dernier contrôle avant la sortie.

---- *Appel général à tout le dispositif, le perdreau est dans la nasse, on est derrière, pour TL, il arrive, il a un jean, sac à dos jean et une veste de survêtement Adidas avec les manches rouges, on est derrière lui.*

---- *De TL, on le tape, on est prêt---*

Notre touriste, regardait les couloirs monotones et baillait, il prit la porte de sortie près de la Porte T, d'où il appellerait un taxi. Après un virage avec son chariot sur sa gauche, les portes automatiques indiquant la sortie s'ouvrirent. Il évita un groupe de voyage organisé qui ravivait des souvenirs et s'embrassait comme des jeunes d'un voyage scolaire qui se quitte après un séjour. Il s'approchait du lieu-dit « Point de rencontre », quand un grand individu se présentait devant lui, il crut que c'était un des faux taxis qui pullulent dans cette aérogare en matinée.

    ---- *CHARPENTIER Georges* ?

    ---- *Oui !* il n'eut pas le temps d'ajouter d'autre mot.

    C'était notre lieutenant KUNE, et ses équipiers. Notre touriste se sentit décoller du sol, et s'affaissa violemment sur sa valise qui se trouvait encore sur le chariot. Ses deux bras furent bloqués dans son dos, et il entendit le grincement d'un dispositif qui lui bloquait les deux poignets, c'était des menottes.

    ---- *De TK, on se retrouve tous Porte T, aux voitures, le perdreau est en cage, merci à tous, on se retrouve aux voitures, on rentre au service.*

    Le rare public ne broncha pas, quelques faux taxis qui racolaient des voyageurs, se retirèrent du hall, ils savaient bien que les keufs venaient chercher quelqu'un.

    Dans le doute, ils s'éloignèrent vers une autre porte plus calme. Sans aucune parole, le cortège des dix policiers et l'interpellé, quittèrent le terminal numéro 1, escorté par les deux policiers en tenue d'uniforme de la Police de l'Air et des Frontières jusqu'à leur voiture sur la station de Taxis.

    Le lieutenant KUNE récupéra les bagages et les affaires du suspect. Le cortège quitta Roissy en France, toutes sirènes hurlantes et reprit l'autoroute

A1 en direction de Paris. Georges ne disait rien, assit au milieu de deux policiers à l'arrière de la voiture du Commandant GIRAUD. Sa lèvre supérieure avait souffert de la chute sur sa valise et était tuméfiée mais ne saignait pas.

Il était bloqué sur le siège du milieu à l'arrière de la voiture, les menottes lui abimaient les poignets. Les policiers afin de le tenir immobile lui avaient mis sa ceinture de sécurité pour qu'il ne puisse pas bouger. Aucune parole n'était échangée, aucun policier ne lui adressait la parole, Georges était dans un état second, abasourdi. Il ne pouvait pas parler. La longue autoroute était prise sous une pluie fine qui accentuait les reflets des gyrophares bleus dans l'habitacle, ce qui en faisait un étonnant contraste avec le teint hâlé du touriste et celui plus pâle des policiers.

---- *Monsieur CHARPENTIER, nous nous rendons à votre domicile pour une perquisition, vous êtes placé en garde à vue !*

---- *Vous habitez toujours au 26 Boulevard de Reuilly ?*

---- *Oui,* ce fut la première parole de Georges depuis son interpellation et son retour sur le sol français. La voiture qui fermait le cortège, sortit de l'autoroute sur sa gauche et le lieutenant Kune partit vers l'aéroport pour remercier le chef de poste du Commissariat de la police de l'Air et des Frontières.

Le jour commençait à percer à travers les nuages, les deux premières voitures arrivaient enfin Porte de Bagnolet et s'apprêtaient à emprunter le périphérique intérieur jusqu'à la Porte Dorée. Les deux chauffeurs des premières voitures et leurs passagers connaissaient bien cet itinéraire. Georges dès l'arrivée sur la Place Daumesnil, indiqua d'un signe de tête le bon côté du boulevard à emprunter pour arriver au numéro 26, où il élisait domicile. Manque de chance, ce matin-là, c'est le jour de marché sur le boulevard entre la rue de Charenton et la Place Daumesnil. Les camions de livraison et les camelots encombraient les trottoirs.

Le boulevard était fermé à la circulation dont les deux accès étaient délimités par des barrières de la voierie de Paris. Le cortège s'arrêta vers le métro Dugommier situé près de l'intersection avec la rue de Charenton. Les policiers encadrant « Georges » l'escortaient presque en rang serré vers le numéro 26. Au passage, le propriétaire du Bar, la Civette, commençait à préparer sa brasserie pour la journée. C'était Bob, Georges, qui venait en tant que client régulier pour déjeuner à la brasserie et lui étaient des copains depuis de longue années.

Bob vit passer le petit groupe sur le passage clouté devant son restaurant, il reconnut Georges et ses accompagnants. Il savait que ces trois voitures qui étaient stationnées non loin de chez lui, appartenaient à la police. Il se demandait dans quel pétrin, son client et copain s'était fourré mais, il ne voulait pas le savoir. Seuls les camelots et marchands en pleine activité auraient pu l'apercevoir, mais l'heure était au travail et à la mise en place des étalages. Le groupe se présentait devant la porte du 26, le commandant Giraud prit les clés et

le badge d'accès que le suspect avait dans la poche
de son pantalon. Le suspect, toujours entravé avait
dans la poche de son pantalon, le trousseau de clés.

Après le passage du badge, le petit couloir,
puis l'escalier impeccablement tenu et ciré les
conduisit vers la porte du premier étage qui donnait
sur la rue. Un policier ayant reçu le trousseau, stoppa
devant la boite à lettres, vida la totalité et tria le
courrier personnel pour le vérifier par la suite, les
mois de courriers non relevés l'avaient
complétement remplie jusqu'à la gueule.

Le premier tri sur place, permit d'écarter tous
les prospectus publicitaires qui foisonnaient. Un coup
de sonnette, mais le compteur électrique était coupé,
le petit groupe se rendit dans le salon.

----*Monsieur CHAPENTIER, depuis ce matin
07 H 3O vous êtes placé en garde à vue, le motif, je
vous le dirai à nos bureaux, nous travaillons sur
commission rogatoire et instructions de monsieur le
Juge DUMOULIN du tribunal de Grande Instance de
Paris----*

---- *Nous allons procéder à la perquisition
de votre appartement, la loi nous fait obligation
que vous soyez présent à cet acte d'enquête---*

---- *Vous avez quelque chose à dire ?*

---- *Non,* répondit Georges

---- *On y va,* dit le TK !

---- *Tonio, tu commences le procès-verbal
comme d'habitude   sur papier libre, les autres
au boulot,* j'appelle le juge.

Tonio était le scribe du groupe, un procédurier
hors pair en matière criminelle, lui et Giraud

formaient un couple de professionnels très au point, lui toujours pointilleux et son adjoint méticuleux sur ses écrits.

Le policier le plus jeune en administration était chargé de rester à proximité de l'interpellé, de ne pas le lâcher des yeux. Il le fit assoir sur le canapé, d'où entravé, il ne pourrait pas ressortir sans effort, le policier restait juste à ses côtés et le fixait. Lui, le regardait en silence, les policiers de la brigade criminelle qui vidaient méthodiquement et sans ménagement tous les objets dans son meuble bibliothèque. Tous les objets, photographies, albums photos, étaient empilés dans des cartons récupérés auprès d'un marchand de primeur portant tous une inscription « Banane de Martinique »

Les autres policiers occupés dans la cuisine déballaient tous les ustensiles, les inspectaient méthodiquement et les reposaient dans les meubles. Tout l'appartement résonnait des paroles des policiers et du bruit de manipulation de tous ces objets dont une grosse partie serait placée sous scellés.

Le scribe continuait son travail de description de l'appartement, il travaillait en silence, décrivait les meubles et décorations avant de marquer toutes ses observations sur le papier. Le premier carton é t a i t r e m p l i d'albums photos et de quelques clés USB, le commandant allait de pièce en pièce en jetant des regards sur plein de détails dans la décoration, les contenus des tiroirs. Il fut rejoint par le lieutenant KUNE fraîchement arrivé de Roissy où il avait offert un petit café à son homologue de la police de l'Air et des Frontières pour le remercier de son aide dans l'aéroport.

Le travail continuait dans l'appartement, le lieutenant commençait la fouille complète de la chambre, l'armoire des habits fut vidée, la literie défaite et les meubles bougés. Le deuxième carton contenait les vieux portables, des cartes SIM, le vieil ordinateur portable qui était dans la chambre sur un petit secrétaire fut mis de côté.

La chambre était dévastée, le lieutenant refit l'inspection de tous ses recoins avec sa torche électrique.

Les bruits du marché se faisaient entendre, les cris des camelots et des vendeurs résonnaient. La table du salon était remplie de cartons d'effets personnels qui allaient être mis sous scellés. La liste des effets était détaillée sur un long document qui allait être jointe au procès-verbal de perquisition. Un autre carton estampillé aussi des Dom Tom, regorgeait de papiers personnels avec tous les relevés téléphoniques, de comptes en banque, et le contenu de son secrétaire personnel. Georges était toujours silencieux et regardait la perquisition se faire, son garde, toujours à ses côtés, debout, à quelques centimètres.

A quoi pensait-il ?

L'acte de procédure touchait à sa fin, le procès-verbal de perquisition manuscrit était rédigé, comme celui qui mentionnait la totalité des effets, objets, qui étaient mis sous scellés pour l'étude future. Le scribe appela Georges, son chien de garde défit ses menottes sur la main droite, il devait

signer ses procès-verbaux, comme tout témoin ou mis
en cause.

Il ne regarda pas la totalité des écrits, signa
les procès-verbaux qui lui étaient présentés, puis
ses deux bras furent de nouveau entravés pour
repartir vers le siège de la brigade criminelle. Le
commandant, le scribe, le lieutenant signèrent les
procès-verbaux avant de les remiser dans le précieux
porte document qui ne le quittait que rarement e n
extérieur. Les déménageurs descendirent les
escaliers avec les bras chargés des cartons, le
commandant s'assura de la bonne fermeture de la
porte.

Le lieutenant apposa les rubans papiers
autocollants avec la mention que ce local était placé
sous scellés judiciaires et que nul n'avait le droit d'y
entrer.

Un imprimé à entête de la préfecture de police
de carton y fut collé, de couleur bulle, indiquant la
qualité de l'officier de police et le service de police
judiciaire qui prescrivait cet acte. On posa sur les
épaules de Georges un blouson de cuir pour le
protéger de la fraicheur parisienne, du regard des
voisins, et des passants dans le boulevard en ce jour
de marché.

Le cortège piéton descendit une partie du
boulevard sur le trottoir, plusieurs riverains
regardaient ce manège inhabituel se demandant ce
qu'il se passait. Derrière son bar, « la Civette », Bob
qui essuyait les verres pour le service du midi, revit
le passage de cette petite troupe, au milieu de
laquelle, son copain était retenu. La pose de son

blouson ne cachait pas totalement ses poignets entravés.

Il appelait Jack, le serveur qui venait de s'absenter pour un besoin urgent afin de lui montrer la scène.

A son retour le cortège des véhicules de police avait déjà redémarré vers son prochain objectif. Après un dernier regard sur son ancienne agence immobilière où il travaillait, la tête de Georges disparut dans la voiture de police, appuyée de la main d'un policier pour l'aider à pénétrer sans encombre dans la voiture aux places à l'arrière. Les derniers cartons dans les coffres, les trois voitures de police quittaient le douzième arrondissement pour le 36 Quai des Orfèvres, siège de la brigade criminelle. A peine, le cortège avait-il démarré que le téléphone du Commandant GIRAUD sonna.

C'était le magistrat auteur de la commission rogatoire qui demandait des nouvelles de la personne arrêtée et du déroulement du début de l'enquête. Le magistrat fut avisé de l'action des policiers et du placement du suspect en garde à vue dès sa descente de l'avion.

Le commandant le rassura sur ses instructions, en lui rappelant les mesures prises et les premiers prélèvements d'ADN qui seraient faits au siège de la brigade.

---- *Je vous tiens au courant, monsieur le juge.*

---- *Je passe dans vos bureaux, j'ai envie de voir la tête de ce monsieur Charpentier, je suis chez vous dès que je le peux.*

L'après-midi était bien entamée, Georges était dans la cage de verre de la brigade criminelle, dans un état de fatigue prononcé, difficile de croire qu'il passait du plein soleil de la Thaïlande à la grisaille d'une vieille peinture d'une geôle. La lumière provenait d'une applique située en extérieur de la cage de verre spécial et des montants en métal gris. Il n'était sorti de cette cellule qu'accompagné par un policier chargé de le surveiller, uniquement pour que sa garde à vue soit notifiée.

Il signa son procès-verbal de fouille, et d'autres actes nécessaires au début de la procédure. Il avait été aux toilettes accompagné de son gardien, puis un sandwich et un verre d'eau lui furent servis. Fini les hôtesses de la Thaï, c'étaient les hôtes du 36. Il touchait son nez qui avait souffert de l'interpellation, mais son esprit était clair, il allait devoir rendre des comptes sur ses agissements.

Vers les 15 H 00, le commandant GIRAUD, le lieutenant KUNE, vinrent chercher l'ancien vacancier dans sa cellule, ils le firent assoir sans ménagement sur la chaise face au bureau du lieutenant, les bras entravés par des menottes derrière le dos. Il n'avait rien dit depuis son arrestation, il avait les yeux sur la petite fenêtre mansardée qui donnait sur l'ouest où un timide soleil se devinait. C'était la première audition pour débuter la procédure en France.

Le lieutenant était sur son écran d'ordinateur, il préparait les phrases administratives obligatoires, pour débuter le procès-verbal. Il prit dans ses mains le passeport et activa l'impression de la

notification du mandat d'amener du juge
DUMOULIN.

Le policier se déplaça de l'autre côté de son
bureau, il ouvrit les menottes du gardé à vue pour
qu'il signe la notification du mandat d'amener. Une
fois, la signature apposée, ses deux bras furent à
nouveau entravés dans son dos. Le lieutenant se
rassit sur son fauteuil à roulettes de bureau qu'il
régla consciencieusement comme un pianiste sans la
queue de pie, le concert allait commencer bientôt. Le
commandant Giraud et concertiste adjoint du jour,
lisait la partition qu'il connaissait.

Il évitait de montrer les photos, il voulait
commencer par l'affaire de May, et assommer le
suspect pour le meurtre de Jane. Ce n'était pas un
homme habitué à ces confrontations avec des
policiers de leur calibre. Ils voulaient frapper fort,
déstabiliser l'homme, il ne devrait pas tenir longtemps
devant le déluge des enquêteurs.

GIRAUD déclencha l'artillerie lourde, et prit
une voix grave :

---- *Monsieur Charpentier, nous sommes
chargés de vous entendre comme suspect
concernant l'assassinat de Jane Min, et de la tentative
d'assassinat de May Annrin.*

---- *Nous allons commencer par vous
interroger sur votre identité, et des questions
personnelles sur votre situation, cela vous
permettra de réfléchir sur vos actes, et des saletés
que vous avez faites sur ces femmes.*

---- *Je ne comprends pas vos paroles*, dit
Georges.

---- *Nom*, prénom, date et lieu de naissance ?

Le commandant quitta le bureau pour aller voir son chef de service et lui rendre compte de son enquête, il passa quelques minutes dans son bureau.

Le chef était occupé cet après-midi, il passerait le voir un peu plus tard. De retour au bureau, KUNE continuait la première partie d'audition où tous les renseignements sur son identité, et sa vie personnelle étaient consignés. Georges répondait par des phrases courtes et mécaniques en regardant le ciel et la fenêtre entrouverte sur le ciel. Le commandant vit que le regard du suspect allait vers la fenêtre, il passa derrière la chaise de son collègue pour la fermer, une montée d'adrénaline du gardé à vue, un suicide par défenestration était à éviter absolument. Ces faits s'étaient déjà produits dans ce service de police.

---- *Une cigarette*, CHARPENTIER, demanda le commandant.

---- *Je ne fume pas*, répondit CHARPENTIER.

---- Avez-vous un téléphone portable ou un ordinateur en Thaïlande ?

---- Non, je n'en ai pas besoin là-bas.

---- On peut passer aux faits, *TK*, demanda le lieutenant.

---- Le commandant s'assit à côté du suspect comme deux amis, assis sur une banquette de bistrot, il désirait le regarder de très près, le dévisager, et mieux le connaitre pour pouvoir le démolir. C'était un fin psychologue, il adorait deviner et regarder toutes les personnes qu'il auditionnait, ce retraité français, il n'avait aucun doute, il fallait lui rentrer dedans tout de suite.

Il fit un clin d'œil à KUNE, et ouvrit le dossier de Jane, la prostituée assassinée.

---- *Monsieur, voilà Jane vivante, nous avons des preuves que vous avez passé une longue période avec cette prostituée en Thaïlande, et que vous l'avez tuée en mars de l'année dernière avant de rentrer en France, qu'avez-vous à dire ?*

Un grand silence et un visage livide furent la seule réponse du gardé à vue.

---- *Voilà la photo de May en pleine vie, la voilà sur un fauteuil et infirme à vie, sourde et aveugle, c'était avant qu'elle vous croise sur sa route,* dit le lieutenant.

Georges était blême, il suait à grosses gouttes, aucun mot ne sortait de sa bouche, il essayait de parler, il ne put prononcer qu'une phrase intelligible.

---- *Je ne comprends pas pourquoi je suis là….*

Il demanda à aller aux toilettes, il était épuisé par le décalage horaire, le commandant le rassura et l'accompagna vers le cabinet de toilettes, mais il était trop tard, il s'était uriné dessus sur la chaise, la vue de la photographie de May l'avait assommé.

Comment avait-elle survécu à sa noyade ?

Un brin de toilette dans le lavabo grisé par sa vieillesse, le pantalon était mouillé, le commandant lui proposa de le sécher près du souffle d'air chaud pour le séchage des mains à côté. Après quelques minutes, le pantalon reprit une couleur plus unie, le commandant repassa les menottes au suspect. Il le raccompagna dans le bureau du lieutenant Kune qui avait nettoyé la chaise souillée d'urine avec une vieille serpillère trainant dans les toilettes. Le commandant fit assoir Georges toujours entravé, sur la chaise nettoyée, il était très nerveux, mais aucune parole ne sortait de sa bouche.

---- *Monsieur, de toute façon, le dossier est complet, les preuves sont accablantes, vous avez tué la prostituée Jane, vous êtes le dernier à l'avoir vue vivante. Cette photo a été prise à l'embarquement du bateau qui vous a amenés sur l'Ile.*

---- *C'est là où vous l'avez tuée et caché son corps.*

Il lui montra la photo sur l'embarcadère du bateau, son visage était sans expression, celui de Georges trahissait un mécontentement, il faisait la gueule.

---- *Que vous ont-elles faits ? Pourquoi les avoir amochées, vous avez un problème avec les femmes, ou vous êtes malade ou impuissant.*

---- *Non, non, ce ne sont que des putes, des putes !* s'écria-t-il.

---- *Oui, mais pourquoi les avez-vous frappées ?*

Les yeux du gardé à vue étaient au niveau du plafond, il ne voulait pas croiser le regard des policiers, il ne disait rien. Les deux policiers stoppèrent leur audition et accompagnèrent Georges dans sa cellule pour le laisser réfléchir.

Ils lui laissaient une heure pour réfléchir, le décalage horaire se faisait sentir, il tombait de sommeil, il s'assoupit quelques minutes.

Quand les policiers en fin d'après-midi reprirent l'interrogatoire, les yeux de Georges étaient défoncés de fatigue, son pantalon était presque sec.

On le rassit sur sa chaise, concomitamment, arriva par hasard, le juge DUMOULIN dans le bureau. Il s'assit derrière le suspect et laissa les policiers reposer les mêmes questions.

Le juge après quelques minutes d'observation, et un clin d'œil aux deux policiers se leva en silence, passa derrière le lieutenant. Il prit parole, et regarda le suspect dans les yeux.

---- *Monsieur CHARPENTIER, je suis juge d'instruction, j'ai délivré un mandat d'amener à votre encontre pour assassinat et coups et blessures volontaires ayant entrainé une infirmité permanente. Vous venez de représenter la France en Asie de la pire façon qui existe. Vous êtes un salaud, vos vacances sont finies pour de bon.*

----*Pourquoi les avez-vous si maltraitées, pourquoi avoir tué, la dernière prostituée ?*

Le suspect avait les yeux dans les chaussettes, il était épuisé, il maugréait, il déclara :

---- *Elle m'a volé mon argent, elle m'a volé mon argent.*

Le commandant reposa la question,

---- *Pourquoi l'avez-vous tuée, pour de l'argent ?*

---- *Elle m'a volé mon argent, la deuxième, la salope, je ne sais pas comment elle a fait, il était dans le coffre de ma location, j'étais si gentil avec elle, elle m'a trahi, la pute.*

---- *Elle t'a volé, la prostituée, comment ?*

Petit à petit, Georges raconta ses vacances

lentement en regardant les policiers et le juge, il se plaignait de la malhonnêteté de la prostituée, il était effondré du vol dont il avait été victime, plus que du meurtre de la fille.

    ---- *Et la première ?*

    ---- *C'était un accident, elle s'est énervée et elle m'a frappé, j'ai répondu !*

Le juge vit que les enquêteurs tenaient le bon bout, les laissa continuer l'audition, sans un bruit, il quitta le bureau en faisant un geste de la main pour expliquer qu'il rentrait au palais de justice et que le commandant l'appelle sur son portable.

Le lieutenant écoutait les déclarations et les inscrivait sur le procès-verbal, petit à petit, l'histoire de la dernière journée et l'assassinat sur l'île dans un état de folie passagère existaient sur l'acte judiciaire et dans le marbre. Il précisa que l'objet était une machette abandonnée près des lieux du crime dans un grand trou d'eau. Le procès-verbal était terminé pour l'assassinat, le suspect reconnaissait sa culpabilité dans l'assassinat de la prostituée et les coups donnés à May, puis signa le procès-verbal. Il semblait apaisé, il avait l'impression que ces policiers avaient c o m p r i s la nécessité de ses actes et l'approuvaient.

Les policiers raccompagnaient Georges dans sa cellule et lui apportèrent un sandwich et une bouteille d'eau pour qu'il se repose. En fermant les deux verrous de la porte de la geôle, le commandant le prévint que les auditions reprendraient dans deux heures et qu'il se repose un peu.

La nuit tombait sur Paris, le quartier de la place Saint-Michel se remplissait, le Juge Dumoulin y dînait avec son épouse non loin de son bureau quand son téléphone sonna. Il se leva, s'excusa auprès de son épouse de l'appel, elle y était habituée.

Il sortit sur la place Saint André des Arts pour plus de discrétion, le commandant Durand le prévenait que le suspect venait de reconnaître le crime de la prostituée et qu'il reprendrait l'audition sur la deuxième agression après quelques heures de repos. Le juge félicita le commandant et son adjoint, il le salua. Il le rappellerait le lendemain matin pour délivrer le mandat d'arrêt et entendre le présumé coupable. Il salua et souhaita bonne nuit aux policiers, et repartit finir son dîner. Son épouse ne posa pas de question, elle avait l'habitude de ces communications discrètes. Ils reprirent leur repas comme si de rien n'était.

De l'autre côté du bras de la Seine, au 36, le commandant lui aussi comme son lieutenant fatiguaient, ils réveillèrent monsieur Charpentier qui fut conduit au bureau pour la suite de l'audition. Le prisonnier avoua spontanément les coups portés à May, c'était une dispute suite à un différend sur le prix de la passe. Elle l'avait frappé et il avait répondu à ses coups. Il l'avait abandonnée inconsciente, il ne pensait pas l'avoir autant abimée. De toute façon, elle ne méritait que ça.

Monsieur CHARPENTIER signa la deuxième audition en reconnaissant les coups portés à May, il était épuisé par le décalage horaire et la nuit qui tombait. Cette journée l'avait détruit comme il avait détruit les deux vies des prostituées.

La porte de la cellule s'ouvrit, le lieutenant et le commandant passèrent les bracelets au gardé à vue qu'ils allaient accompagner vers le dépôt, où il passerait la nuit. Le trio descendit les escaliers qui les mèneraient dans la cour de la Sainte Chapelle dans l'enceinte du palais de Justice puis par le souterrain vers le dépôt de la Préfecture de Police.

Le commandant de la brigade criminelle frappa à la lourde porte de fer qui permettait l'accès à la prison temporaire. Il donna un mot pour le chef de garde de la nuit, le petit bulletin de garde à vue qu'il accrocha à son registre des personnes gardées à vue. Les policiers accompagnèrent leur prisonnier dans sa cellule spéciale où les murs étaient capitonnés pour les détenus risquant d'attenter à leur vie. Il laissa le policier fermer la porte.

L'imposant verrou grinça, une fois la porte close, le commandant demanda au responsable policier de bien surveiller leur client, il venait de reconnaître sa culpabilité dans une affaire de meurtre. Il avait peur qu'il sombre dans une grosse dépression et qu'il ne fasse une tentative de suicide dans la nuit.

Les souhaits de bonne nuit échangés, il rappela les instructions données pour une grande vigilance pour la nuit, les deux policiers repartirent chez eux pour une nuit courte. Le lendemain, ils devaient revenir chercher le client pour l'amener à leur bureau, le faire voir par un médecin pour la visite autorisant la garde à vue.

Les deux officiers repartirent avec leur voiture
à leur domicile, Georges Charpentier dormait dans sa
cellule, l'œilleton s'ouvrait tous les quarts d'heure, un
policier passait pour vérifier que le prisonnier ne
fasse pas de bêtises mais visiblement la fatigue
régnait en maître. Le touriste venait de passer de la
belle lumière de l'Asie, à la lumière pâlotte d'une
ampoule cachée derrière un vitrage blindé. La Seine
coulait juste à côté, le parisien ne l'entendait pas, il
dormait, fini la piscine et les prostituées, son
visage était calme et apaisé.

Le lendemain matin, les deux policiers
passèrent récupérer leur prisonnier au dépôt, le
commandant signa le registre des sorties. Il traversa
la petite cour pavée et rentra dans les locaux de
l'Identité Judiciaire pour y faire établir la fiche
anthropométrique du suspect.

Après les prises d'empreintes digitales et les
photographies de face et de profil, monsieur
CHARPENTIER devait être de nouveau reconduit
dans sa cage de verre pour la suite de la garde à vue.

Les policiers passèrent les menottes au
suspect, puis prirent le chemin intérieur pour
regagner les bureaux du 36 Quai des Orfèvres. Un
docteur attendait dans le bureau du commandant
pour vérifier la compatibilité de la santé du gardé à
vue pendant sa rétention dans les locaux de police.
Le gardé à vue ne disait rien, il voulait juste un café
pour son réveil.

L'automate distributeur du service lui délivra
le précieux nectar. La visite du médecin fut rapide,
Le docteur délivra le précieux certificat à l'enquêteur,

pendant que le lieutenant finissait de rédiger les différents actes de procédures de la matinée. Un avocat commis d'office, à la demande des policiers se présenta pour la visite obligatoire de la vingtième heure.

Ce ne fut qu'une discussion symbolique et obligatoire, le juriste questionna le prisonnier, sur sa garde à vue, et si ses droits avaient bien été respectés. Georges CHARPENTIER ne répondait que par des phrases et des formules rapides. Il alternait des « *oui* » et des « ça *va* ». L'avocat termina l'entretien dans la geôle avec son client en lui disant que d'ici quelques heures, il serait présenté au juge d'instruction qui avait délivré le mandat d'amener. Il laissa sa carte de visite au gardé à vue s'il avait besoin d'un défenseur pour la suite de l'instruction et du procès qui s'ensuivrait.

La porte se referma, Georges Charpentier regardait son gobelet de café fumant, assis dans sa cellule. Les deux policiers terminaient le dernier procès-verbal de clôture de leur procédure. Le lieutenant en activa l'impression.

Le commandant GIRAUD vérifia l'ordonnancement du procès-verbal, et clôtura avec son tampon Marianne et sa signature la fin de sa procédure d'envoi devant le juge. La porte de la geôle s'ouvrit, Georges CHARPENTIER leva les yeux et posa le gobelet qu'il malaxait dans ses mains. Une chemise de couleur remplie de documents sous le bras, le commandant laissa le lieutenant et un subordonné passer les menottes au prisonnier.

Le trajet presque identique pour aller au dépôt

à pied fut repris, mais dans la cour intérieure de la Sainte Chapelle en direction du Palais de Justice.

Les trois policiers obliquèrent à pied vers la droite pour se diriger vers le bureau du juge instructeur..La porte verte et capitonnée du bureau du juge était fermée, les deux policiers et le prisonnier, s'assirent sur les banquettes face aux entrées des magistrats instructeurs. Le commandant frappa à la porte du greffe et fut accueilli par la greffière, qui introduit l'officier dans le bureau du magistrat.

Après une discussion rapide, le commandant expliqua au juge, les aveux complets du suspect, et lui présenta les procès-verbaux d'audition avec la reconnaissance de sa culpabilité dans ces actes criminels. Le juge lut puis appela sa greffière, pour qu'elle vienne rédiger son premier acte d'instruction pour cette affaire.

Il demanda de faire rentrer le désormais prévenu de l'assassinat, et de le faire assoir devant son bureau.

Le magistrat posa les premières questions au prévenu sur son identité, il lui fallait vérifier à nouveau son identité, code de procédure pénale oblige. Une audition de plus pour Georges. Une fois les points sur l'identité terminés, quelques questions sur la situation personnelle, la greffière retranscrivait les questions et réponses sur son ordinateur. Le juge demanda à sa greffière, si elle avait terminé la première partie.

---- *Pas de problème*, monsieur le juge.
---- *Monsieur CHARPENTIER Georges, je*

vous inculpe d'assassinat et tentative d'assassinat sur deux prostituées en Thaïlande, appelée May Min et Jane Arivan. Je délivre contre vous un mandat d'arrêt, vous allez être incarcéré pendant l'instruction. Je vois que vous avez un avocat.

Les deux victimes avaient maintenant un nom de famille.

---- *Avez-vous quelque chose à dire mais vous n'y êtes pas obligé ?*

---- *Non, je n'ai rien à dire,* répondit le prévenu.

Deux gendarmes chargés du transfèrement dans les prisons de la région parisienne appelés par la secrétaire, se présentèrent puis passèrent leurs menottes sur les poignets du prévenu. Ils firent une nouvelle palpation de sécurité sur l'individu, ils prirent le mandat d'arrêt, puis quittèrent le bureau du juge en direction du camion cellulaire qui partait peu de temps après vers la maison d'arrêt.

Le car de l'administration pénitentiaire patientait dans la cour intérieure du dépôt, il restait dans les cages une seule place pour le transfèrement vers la maison d'arrêt. Dans cette cage, seul un accessoire se trouvait, c'était un petit siège métallique.

Le gendarme ôtait les menottes des poignets de Monsieur CHARPENTIER, refermait la porte avec les deux verrous. Le camion démarra, une fois la porte arrière bloquée et close. Le car quittait de la courette par le portail du Quai de l'Horloge, le policier en faction facilitait le virage à gauche sur le quai qui l'amènerait vers la destination finale, la maison d'arrêt de Fresnes. Le commandant a i n s i que le lieutenant saluèrent le magistrat qui instruirait le dossier dorénavant, des remerciements réciproques pour le travail et la rapidité de l'enquête.

Ils partirent ensuite dans leurs bureaux pour prévenir le chef du 36.

Le substitut du procureur de la république fut avisé de la fin de cette enquête, il était satisfait de la fin de ces investigations Il renouvela les félicitations du juge d'instruction,

Le dossier CHARPENTIER était clos pour lui, le juge DUMOULIN se chargeant de l'instruction de cette affaire.

Le camion cellulaire s'engageait dans l'allée des Thuyas à Fresnes, assis derrière le fourgon cellulaire, dans une cage exiguë, le prévenu regardait par la petite fenêtre, son arrivée et l'arrêt devant le lourd portail qui s'ouvrit lentement.

Le véhicule et ses passagers après quelques secondes d'arrêt, rentrèrent dans le sas, puis dans la cour. Monsieur CHARPENTIER se rasseyait dans la cage métallique, puis il se tint la tête à deux mains. Le visage du prisonnier s'assombrit, les yeux attendirent la fermeture du gros portail puis il se mit à pleurer.

Les vacances de monsieur SALAUD venaient de se terminer.

EPILOGUE   -   Ile de Koh Samui

Les bureaux du commissariat de Nathon bruissaient de l'activité habituelle, quelques policiers se déplaçaient avec des dossiers sous les bras. Des particuliers patientaient sur des chaises situées dans les longs couloirs qui traversaient le bâtiment. Des personnes convoquées par plusieurs services de police du commissariat. Le Lieutenant Jim décrochait son téléphone, le capitaine Boone voulait lui parler et lui demanda de monter d'un étage pour discuter et prendre un café.

Le lieutenant monta énergiquement les escaliers deux par deux, puis rentra dans le bureau de son supérieur après l'avoir salué très respectueusement. Boone servit un café à son collègue officier. Il cherchait tout en discutant des affaires locales un document qu'il venait de recevoir de la haute direction de la police royale. Dans un de ses tiroirs, il en extrayait une enveloppe habituelle pour les transmissions de plis avec un superbe logo de la police royale.

Il la tendit à son voisin qui l'ouvrit et commença la lecture de la lettre de félicitation du général commandant la police royale pour l'arrestation et de la mise en détention de monsieur Charpentier pour l'assassinat de Jane ARIVAN. Le général félicita l'équipe du commissariat de Nathon pour la résolution de l'assassinat et l'agression de May. L'autorité expliquait qu'elle avait été saisie par

l'ambassadeur de France en Thaïlande d'un courrier
l'avisant de l'arrestation puis de la mise en détention
d'un ressortissant français pour l'homicide et les
coups et blessures sur May MIN.

Le chef de la police royale demandait aux
officiers enquêteurs de prendre contact avec la famille
des deux victimes pour les informer de l'arrestation du
prévenu, et de la possibilité de prendre un avocat pour
le procès qui adviendrait dans plusieurs mois. Jim
lisait en souriant la courrier, heureux de l'issue de son
enquête et de sa collaboration avec son collègue, une
phrase habituelle terminait cette missive officielle,
demandant aux officiers de féliciter toute leur équipe
de leur travail pour la résolution de celle-ci.

Le lieutenant demanda à Boone de lui faire une
photocopie de cette lettre officielle, il voulut prévenir
lui-même la mère de la prostituée assassinée ainsi que
la sœur de la deuxième prostituée restée gravement
handicapée. Jim voulait terminer définitivement cette
affaire, il réunit les membres de son équipe pour leur
faire part de l'issue de cette enquête et de la lettre de
félicitations du chef de la police à Bangkok. Une fois,
la lecture faite devant une dizaine de policiers de son
service, il ordonna au sergent Tao de récupérer une
voiture pour se rendre chez la mère de Jane et la
maison de la première victime.

Une fois sorti du parking du commissariat de
police, la route de la maison de la mère de Jane
défilait, le véhicule remonta le sentier défoncé qui
menait à la maison de la grand-mère. Il frappait fort
sur la porte, il n'entendit aucune réponse. Il poussait
la porte entrebâillée. Une odeur âcre de cigarette

empestait toujours la pièce principale, dans la pénombre, les volets mi-clos, la silhouette de la grand-mère se devinait assise sur le coin de table, le visage semblait accroché au nuage de fumée, un tas imposant de mégots encombrait le vieux cendrier.

Le visage blanchâtre de la grand-mère faisait peine à voir, elle regardait les deux policiers en silence, les mouvements de ses mains jaunies par la nicotine étaient lents, ses yeux restaient sans aucune expression.

---- Il n'est pas là, Yan ? dit le lieutenant.

---- Il est à l'école, répondit la grand-mère.

---- Madame, je vous préviens que le français qui a tué votre fille est en prison en France, il a reconnu être l'assassin de Jane, il a agressé une autre prostituée, il y deux ans, sur l'Ile. Cette fille est restée handicapée, elle est muette et sourde.

---- Il ne viendra pas en prison en Thaïlande ?

---- Non, il va être jugé en France, voulez-vous que je m'occupe pour vous trouver un avocat, vous pourrez être indemnisé, cet argent vous servira pour mieux vivre et aider votre petit-fils pour ses études.

---- Je n'ai pas d'argent pour le payer, je vais faire comment, supplia la vieille dame.

---- J'ai un ami qui est avocat, il peut vous aider, je vais revenir dans quelques jours, comptez sur moi, dit le lieutenant en prenant congé de la dame.

La grand-mère n'avait pas bougé de sa chaise, ralluma une vielle cigarette, et regarda le plafond encombré de fumée. Les deux policiers fermèrent la porte grinçante et prirent la route pour passer à la maison ou May, la première prostituée

agressée résidait chez sa sœur. La route côtière
déroulait ses lacets, la maison de la sœur le May
n'avait pas changé, les herbes du lopin de terre étaient
brulées par le soleil. Les deux policiers garèrent leur
voiture juste à proximité du petit restaurant sur le bord
de la route. Ils approchaient de la petite terrasse qu'ils
avaient quittée, il y a quelques mois, May était sur son
siège à bascule.

La terrasse était déserte, l'ancienne prostituée
handicapée n'y était pas. Le lieutenant Jim précédait
son équipier et frappa à la porte, la sœur de May se
trouvait dans la pièce principale et préparait le repas
pour le soir. Sur le siège à bascule ; à l'intérieur, May
balançait la tête en arrière, les yeux dans le vide, elle
ne tourna pas les yeux vers les deux arrivants. La sœur
de la prostituée salua les policiers qu'elle reconnut.

---- J'espère que vous avez des bonnes
nouvelles, vous avez retrouvé le salaud qui a rendu ma
sœur dans cet état ?

---- Oui, il est en prison en France, il sera jugé
dans quelques mois, il a avoué l'agression de May et
l'assassinat d'une autre fille sur l'Ile, répondit Jim.

---- Plus personne ne pourra m'aider pour
entretenir ma sœur, seul mon mari travaille et j'ai
deux enfants. May est une bouche à nourrir de plus,
elle est lourdement handicapée, comme vous pouvez
voir et ne peut pas m'aider en quoi que ce soit.

---- Je comprends, dit Jim, votre vie doit être
difficile, il faudrait trouver un avocat qui s'occuperait
de votre affaire.

---- Je n'aurais jamais de l'argent pour le payer,
grommelait la sœur.

---- Je connais un camarade qui est avocat à Bangkok, je vais le contacter pour savoir s'il peut s'occuper de vous, il pourrait peut-être s'occuper des intérêts de la mère de Jane et de son fils, la deuxième victime, c'est un gars bien, je vais l'appeler dès que possible, dit Jim, Laissez-moi un téléphone pour que je puisse vous rappeler. Les deux enquêteurs quittèrent la maison et saluèrent les deux femmes, May impassible se balançait toujours sur sa chaise. Plusieurs jours après, l'ami du lieutenant Jim, reprit contact avec lui, il acceptait de s'occuper de la défense des victimes et de leur famille. Maitre James Tana était intervenu auprès de l'ambassade de France pour représenter la partie civile la famille des victimes. L'ambassadeur de France avait pris fait et cause pour cet avocat qu'il avait rencontré en audience. Des coordonnées et renseignements avaient été échangés pour la suite de l'instruction.

Le diplomate avait toujours des contacts étroits avec le ministère de la justice français, par son intermédiaire, un cabinet d'avocat international basé à Paris avait été trouvé lequel en collaboration avec l'avocat de Bangkok s'occuperait de la défense des deux familles. Plus d'une année après l'arrestation de Georges Charpentier, la Cour d'assises de Paris, le condamna à trente années de réclusion criminelle, il fallait une année supplémentaire pour attendre le jugement du procès civil qui permettrait l'indemnisation des familles des victimes.

Un petit matin d'été, James Tana se présenta au commissariat de Nathon et frappa à la porte du bureau de son camarade, le lieutenant Jim. Une bruyante accolade entre ses deux anciens de l'armée royale, l'un avait pris le chemin de l'école de la police, le deuxième était passé dans la maison en face pour défendre la veuve et l'orphelin.

----Nous venons de recevoir le chèque pour l'indemnisation suite de procès civil en France, chaque famille reçoit un chèque de 200 000 baths, nos frais ont été ôtés. Je viens leur apprendre la nouvelle et donner le chèque, dit James.

---- Bonne nouvelle pour ces familles, tu as le temps de déjeuner avant ton retour à Bangkok, c'est un grand plaisir, on pourra parler de notre jeunesse dans l'armée.

---- Tu pourrais m'accompagner, tu connais mieux que moi l'Ile et ces personnes, demanda James.

---- Laisse-moi, dix minutes, je trouve une voiture et je te conduis.

Les deux hommes étaient redevenus les jeunes militaires, les vieilles histoires d'armée et de filles revenaient à leur mémoire. Il ne restait que quelques kilomètres avant la maison de May, le visage de Jim s'illumina, il allait annoncer une bonne nouvelle enfin à ces deux familles. May ne se rendit pas compte de suite de l'énorme somme d'argent qui tombait du ciel, sa sœur avait les yeux remplis de larmes, le dieu Boudha était là, il l'avait le visage de ce policier et de son ami. Une petite signature sur un bordereau, puis le quidam quitta la maison ou une parcelle de bonheur venait de rentrer.

Quelques minutes après, la voiture se garait près de la maison de la mère de Jane, le lieutenant frappa à la porte de cette maisonnette. La grand-mère avait bien vieilli, cuisinait avec son cendrier près d'elle. L'avocat lui montra le chèque pour l'indemnisation, la maman de Jane n'arrivait pas à comprendre l'énormité de la somme. Ce dernier expliquait que cet argent l'aiderait pour l'éducation de son petit Yan. Elle était muette de surprise, s'assit autour de la table, tellement émue par cette somme d'argent inespérée.

---- J'appellerai Jira pour la prévenir, dit Jim

La grand-mère acquiesça, signa le bon de remise, les deux hommes quittèrent la maison. Le lieutenant Jim salua la femme, en lui souhaitant une bonne santé et une belle réussite pour les études du petit-fils.

Le lieutenant Jim et son ami avocat rentrèrent à Nathon. Dans les deux maisons visitées, deux femmes regardaient le même bout de papier et le chèque avec l'imposant prix du malheur qui les avait assommés.

Je tiens à remercier pour leur aimable aide et
collaboration monsieur et madame HUBER, monsieur
et madame DAMAVE, monsieur et madame
BAQUELOT, Monsieur BERTRAND Dominique.

Sincères remerciements à Claire GESTA pour
son travail, et son aide précieuse.

Retrouvez l'auteur sur alain-lalanne.fr ou
@alinlalanne

<u>Bibliographie :</u>

Mon papi, il est policier   Editions Edilivre.
Une vengeance ordinaire   Editions Edilivre
Etat des lieux de sortie   Editions du
Panthéon.